诗人的价值之根

THE ESSENTIAL VALUE OF POETS

丁来先 ◎ 著

中国社会科学出版社

图书在版编目（CIP）数据

诗人的价值之根 / 丁来先著. —北京：中国社会科学出版社，2011.7
ISBN 978-7-5004-9980-0

Ⅰ.①诗…　Ⅱ.①丁…　Ⅲ.①诗人-价值-文化人类学-研究　Ⅳ.①I03

中国版本图书馆 CIP 数据核字(2011)第 143282 号

责任编辑	郭晓鸿（guoxiaohong149@163.com）
责任校对	李　莉
封面设计	李尘工作室
技术编辑	戴　宽

出版发行	中国社会科学出版社			
社　　址	北京鼓楼西大街甲 158 号	邮　编	100720	
电　　话	010—84029453	传　真	010—84017153	
网　　址	http://www.csspw.cn			
经　　销	新华书店			
印　　刷	北京君升印刷有限公司	装　订	广增装订厂	
版　　次	2011 年 7 月第 1 版	印　次	2011 年 7 月第 1 次印刷	
开　　本	710×1000　1/16			
印　　张	19.5			
字　　数	270 千字			
定　　价	38.00 元			

凡购买中国社会科学出版社图书，如有质量问题请与本社发行部联系调换
版权所有　侵权必究

内容简介

本书是国内第一部从文化人类学的角度研究诗人的系统的理论著作，本书突破了一般的论述诗人（如就诗论诗人）的窠臼，将着眼点放在了更大的人类经验的层次上，并从这个角度论及诗人的价值：当一位优秀的诗人究竟意味着什么？诗人的真正价值究竟体现在哪里？诗人与一般的社会成员或艺术家相比，其精神的特殊点又在哪里？如何才能在这种特别性的基础之上最大限度地发挥诗人之为诗人的优势。作者在各个章节都立足于原创精神，提出并论及了一些新颖的前人很少涉及的问题。

本书认为，从更为广阔的视野来看，诗人归根结底代表着人类的内在精神，诗人的价值和人类心灵的深层渴望有着密切的联系，和其在总体的文化经验的位置密切相关：总体而言，诗人代表的是人类经验中的偏"虚"的那个方面，代表的是人类精神深处的深刻的诗性向往，是人类精神深处的梦幻与梦想的象征与体现，也是身处阴影之中依旧向往光明的歌者。优秀的诗人促进人类想象力的活跃、情感的丰富与成熟，而诗人的基本使命就是要避免人类精神性想象力的衰退，并尽力赋予事物以想象性价值。这些是诗人的价值之根。诗人诗作的价值最终肯定不在其和大众相同的常规性的经验上，而在其所具有的精微而独特的精神性韵味里。在现代社会，诗人最有价值的经验通常恰恰是反世俗化的，其也可作为一种与世俗化情绪形成对照，并对之形成均衡的精神力量。

　　本书共有十章五十多个小节，从几个不同的侧面展开对诗人的论述，涉及诗人的历史、诗人的内涵及精神定位、诗人的基本任务与使命、诗人地理、诗人与诗意、诗人的非常态经验、诗人生活的内在性、诗人与语言、诗人的创造力、中国诗人与西方诗人等多个方面。本书认为，诗人的价值与地位根植于人类经验之中，并从他在其中所能发挥的作用里得以体现。本书跳出了一般的就诗论诗人的小视野，试图站在更为宽广的人类文化经验层面，来看待诗人在人类经验总体中的角色及功能，并以此思索诗人的真正价值。

引 言

诗人的价值与人类文化经验

> 人便是一把梭子，
> 他的彷徨寻觅
> 一如在织机中穿梭
> 上帝命令运行开机
> 因而注定不能让步停息

[英] 亨利·沃恩：《人》

  这首诗里的比方很新奇，把人比作上帝手中的梭子。其实人类尽管有被动性的特性，但却不同于物件，也不太像机器或机器的类似物，尽管有不少机械的唯物主义者试图让人们相信这一点。人类拥有非物质所能囊括的精神生命，正是这种精神生命使人和物拉开了距离。也就是说，人类所拥有的不是一般的生命，是一种特别的高级的有灵性的生命，人类的这种灵性不是体现在他的牲口似的物欲里，而是体现在他们种种奇妙的精神性经验里——微妙的感觉与情感、神奇的想象与梦幻，以及深刻的洞察与思

诗人的价值之根

想等方面。人之所以为人就在于他拥有种种基于灵性的丰富多彩的生命经验，而人类生命经验的独特性与神奇性在于：它可以超出自身的自然性的利益需求，向着更为深广更为深邃的梦幻般的方向迈进。人类所拥有的想象力与情感力量激励了这种勇敢行为。可以说，人类的这种充满勇气的行为创造了自身，也产生了种种被称为"精神性"的经验，这种超出自身自然性需求的精神性的试验或尝试，是人类最值得骄傲的行为，是人类所有经验中的精华部分。

在某种意义上，我们可以说人类祖先中那些最初的勇敢的探索者都是诗人，他们的想象力、情感状态及精神勇气和后来的诗人极为相似，而后来的诗人的价值也体现在与此相近的情境里。你也可以说这是上帝开启的结果，他们从此开始了真正面向只有上帝才拥有的无限性，以及建立在这个基础上的精神勇气。不管你怎样去作解释，那个结果是明显的：没有我们人类先祖的心灵的梦幻、大胆的想象以及其后的超出自然性需求的尝试，人类自身都不可能进化，更不可能获得后来的那些质变那些跃进；没有人类最初的这些勇敢的充满梦想的诗人，人类自己可能还会像我们的祖先类人猿或黑猩猩一样，停留在动物的本能状态里。我们从后来的那些伟大诗人的行为与作品里依然可以感受那些最初的梦幻者、探索者的心路历程。

> 为什么上帝，
> 聪明的造物主，住在最高天上的
> 阳性的神明，竟会在地上造出
> 这么新奇小巧的东西，大自然的
> 美的瑕疵
>
> ［英］弥尔顿：《失乐园》

引言　诗人的价值与人类文化经验

此刻我们把上帝创造人类的故事权且当做一种神话，我们也把人类进化过程中最初的诗人的想象力或情感状态暂时放在一边，集中精力来观察后来被称为"诗人"的那些诗人。

同先期那些充满想象的用勇敢的行动去探索的人们相比，后来的诗人以某种语言、意象、观念或情感等来表达他们对于未知世界的摸索，或对精神的执著追寻，并以此来展现他们的种种梦想，后来的优秀诗人的行为依旧有着原初的意义，这些诗人的精神性行为对人类整体的文化经验依旧至关重要。诗人也是通过这种想象力、情感力量与探索精神来获得其价值——对人类文化经验的独特贡献以及对人类整体进化的推动。如果人类整体的文化经验欠缺了这类诗人式的梦幻、情感与想象，那么势必会造成一种断裂与失衡，而诗人的价值正是通过他们对整体文化经验的某种均衡显露出来的。

后来诗人的队伍日渐壮大，角色似乎也变得较为明确，他们的行为也五花八门，他们的创作及其作品也很驳杂怪异，我们怎样去理解他们的行为与创作的价值？有没有这么一种基本的尺度与标杆用以度量诗人种种复杂的精神与生活行为——我们这里倾向于认为是有的，并基本肯定建立这种价值标准的尝试。这就需要我们跳离种种井底之蛙式的就事论事的观察事物的方式，站在一个更高更深广的角度来思考那些本来就很随性的诗人，这样才有可能看得更为清楚一点。我们这里找到了一个角度——从人类文化经验的根基入手考察诗人的价值。

关于诗人的许多问题只有放到人类文化经验的总体之中才可得到深入的理解。诗人是谁的问题，或诗人该干什么的问题，或诗人的价值与意义体现在哪些方面的问题，等等。这些问题单就自身来讨论，永远都只能在原地打转，只有和人类文化的整体经验联系起来才能看得更加明白。明白了这些之后，我们才能理解以下问题：究竟哪些方面是诗人最该着力去做的，哪些方面又是相对不那么重要的。过去时代条件下的诗人和当今时代的诗人有什么不同，诗人又该怎样随着这种时代的变迁而保留其诗人的基本特质呢，同时又强化其某一方面的功用。这些问题看似简单而又宏观，事实上它又的确能帮助我们理解诗人的本质与任务。

　　过去那些有价值的诗人通常在有意无意之中，契合了当时文化的潜在的精神任务，诗人用自己的生活或创作为文化经验的总体上的完善作出了贡献，纵观诗人的历史我们发现，那些被人们称道的诗人通常会起着一种类似时代的平衡器的作用，他们为人类文化经验的总体和谐与完美作出了贡献，并在某种程度上弥合了种种文化经验的断裂、倾斜与失衡。比如，在西方中世纪的所谓黑暗时期，那些有价值的诗人通常会更关心人类自己，他们怀着极大的热情与勇气歌颂人性的种种光辉，歌颂自然的美及其精神意义，甚至歌颂人类自身的种种感性的热望——爱情、种种冒险等。

　　和过去相比，当今的文化氛围已经发生了很大的变化，人类的文化经验变得更加科技化、物质化、市场化，由此人类的文化经验与生活也变得更加务实、更加外在，更愿意与客体世界照面，你也可以说更加空洞。在这样一种时代的文化背景之下，诗人的基本的价值倾向与立场肯定应和过去的时代有所不同，但那种作为时代的文化经验的平衡器的基本作用似乎并没有发生改变，当今的诗人更需要搞清这一基本的方向，并努力在人类文化经验的总体之中找到自己的最恰当的位置。[①]

　　如果我们仔细地观察一下当今社会的文化经验的状况，就会发觉：人类文化的发展在某些方面已经失衡，这种失衡体现在文化经验的感受方面更加明显，在文化经验的总体之中，某些方面太过突出、显眼、刺目，而另一些重要的方面由于某种复杂的原因被人们忽略了，有的甚至被遗忘了。一句话，当今的文化经验的总体图景，其结构被扭曲，其元素分布得

[①] 参见丁来先《文化经验的审美改造》，中国社会科学出版社2010年版。

引言　诗人的价值与人类文化经验

极不和谐均匀。这种整体上失衡断裂的文化经验很难给生活于其中的大多数成员带来真正的美好感。整体上完美的文化经验应该没有这种明显的失衡、偏颇与断裂，通常其文化的结构和谐均匀，其文化的元素分布得均匀有序，整体上来看完美的文化经验应该是充满杂多而又有统一感的经验。但当今文化经验的整体却明显地缺少统一感，其运行的大趋势正是朝着断裂、偏颇与失衡的方向行进，诗人自己的地位的变迁以及诗人的面貌所发生的变化也很能说明这一点。

当今社会的科技化、市场化、物质化倾向严重，在此基础之上形成了感性欲望过甚或过于机械理性的似乎是很矛盾的特点。这种务实的文化背景与倾向已经把诗人挤向某种边缘。这种文化现象或许正常但未必合理，也不符合人类深层的进化理想。试问：人类社会可以没有以梦幻为其核心特点的诗性倾向吗？人类社会可以没有种种表达诗性倾向的诗人而保持其精神的生机吗？再具体一点说，一个民族可以没有种种诗人而精神依旧充满基于想象的活力吗？这个问题似乎被好动务实的现代人遗忘了。在越来越关心物质元素的现代人看来，或许这根本就不是一个很重要的问题，甚至不应该作为一个问题被郑重地提起。但我们认为这的确是一个问题，是一个值得现代人——尤其是那些关心现代人的精神状况的人——认真思考的问题。我们可以这样说，一个民族如果缺少作为其心灵体现的伟大诗人，那个民族几乎不能算是文明的民族，一个时代如果缺乏作为其精神体现的诗人，那个时代几乎不可能是个伟大的时代。

另一个关键是诗人自己的态度、立场和选择。

诗人需要在某种程度上适应时代特性，这是没有问题的，但诗人该不该和这个时代的文化经验的主流站在一边——也就是说站在世俗、理性与务实倾向的一边，去歌颂感性、物欲、商业气氛或科技的力量，或者做出另一种更加充满精神勇气的选择：超越时代的文化经验的局限或者说站在其核心之处，去代表另一种更富于心灵性的反潮流的力量。在某种意义上

诗人的价值之根

可以说，这才更符合真正诗人的选择，这也是充满精神性勇气的选择。如果诗人站在这么一种精神的核心之处，那么他们或许就应该像西方中世纪之后的那些诗人所做的那样，冒着被冷落、被绞杀的危险，去颂扬另一种与时代主流不同的另一种精神，这种精神恰恰与那个时代占绝对主导地位的精神力量相反，他们会为那些和时代的大趋势不同的另一种精神力量歌唱。这样一来，这些诗人所做的就会在有意无意之中契合了文化经验的潜在的也是真正的精神需要，他们就会为文化经验的总体的完美、和谐与均衡作出贡献。诗人的潜在价值从而才得以真正的彰显。

据一些权威学说描述（如韦伯的社会学说等），现代社会就是一个各个方面正在转型的社会，是一个走向"现代性"的社会，而所谓现代性的社会的特点之一就是遵从理性并在各个方面"祛魅"，在这种社会转型的过程中，种种"巫魅"或巫魅的遗迹已变得不必要，甚至会造成对现代性的干扰。这种转型完成后的社会就是一个对种种"巫魅"下逐客令的社会。诚然，我们的社会文化在各个方面已经这么做了，而且似乎还必然继续这么做，传统类型的诗人似乎也是属于被驱逐的对象之一。据说这是现代文明的成果之一。

但我们认为在这种所谓的向现代性转型的过程中，充满了种种精神上的缺失与不当。我们认为，诗人哪怕是在当今的这种所谓的"现代性"的背景之下，也依然应该坚守其特有的"巫魅性"，真正的诗人恰恰应该突破现代文化对人们精神的垄断，他们应该用他们的诗作激起人们的梦幻感以及对种种精神奥秘的向往，这种对种种神秘性情愫的偏爱态度，应该归属于所谓的"巫魅"之残余，而诗人正是属于那种特别的"巫魅"的创造者或制造者之一，按照前面的这种关于现代性的社会理论，传统类型的诗人也属于被现代社会驱除的对象，就像在中世纪，那些歌颂人之力量的诗人被教会驱逐一样。但恰恰是那些勇敢的诗人写出了被后人称颂的诗作（如彼得拉克的诗），在这么一个理性至上、物质至上、欲望至

引言　诗人的价值与人类文化经验

上的文化氛围里，诗人的真正位置恰恰不在于他们对物质、感性欲望与科技理性等的关注上，他们的真正的价值反而应体现在与之相反的精神性事物中。

诗人，如果他还算是诗人的话，如果他还没有为了适应这个日渐世俗化的社会而更换功能或者改行的话，那么他就自然地属于"巫魅"的家族成员或亲近者——正是这些近于"巫魅"之境使我们人类的生命时光变得富于精神感，也因此变得有质量有价值——他的行当或职业就很自然地和创造精神性幻景创造美好的梦幻有着紧密的关系，尽管在当今社会背景之中，这类诗人遭遇到了前所未有的困惑。但不能因为遭遇了某些困惑就改变诗人之为诗人的根本。当今的有些所谓的诗人被当前的主流文化经验所笼罩，或许他们自己都没有深刻地意识到这一点，他们经常打着种种"前卫"的旗号，刻意地和当今的主流文明形式合流，似乎他们也在全力追求所谓的现代性，也被社会现代化了，又似乎被现代化了的诗人就是具有先锋感的好诗人。他们更为关注当下人们的日常的生存状态，对和"巫魅"有关的梦幻与价值世界则刻意地回避，放弃了诗人本应有的坚守，放弃了富有价值感的精神方向。

一个诗人刻意地以富于"现代感"的方式介入当下的世俗性生活状态，这未必就是一个正确的方向：这种以丧失自己精神特性为代价的介入也不会真正发挥什么作用，我们认为这恰恰是这些诗人没有找准自己在人类文化经验总体中的位置的体现。无论如何，诗人应该作为一种精神力量的代表，而不是刻意追求所谓的现代性的倾向（如也去追寻所谓的诗歌的身体性），这种追随潮流的态度会损害诗歌的真正价值基础。可以说，从诗人最初的诞生之日起，他就和"巫魅"同体相连，所谓的巫魅性正是诗人诗作价值的重点方向之一。我们甚至可以说，真正的诗人，他的主要的优势不在于他能如实地描绘或叙述当下的现实、当下的欲望、当下的世俗的生活场面，甚至也不在于反映人类的基于世俗性的真实经验，他的主要

诗人的价值之根

优势体现于那些属于超现实性质的梦想、幻景或情感之中,并体现在那些看似虚幻巫魅的方方面面。尽管当今有许多人认为贴近当下的真实的生活才是诗人的主要职责。

新批评派的代表人物之一,艾伦·退特在《诗人对谁负责》一文中说:

> 诗人的任务本来很简单,那就是反映人类经验的真实,而不是说明人类的经验应该是什么,——任何时代,概莫能外。诗人对谁负责呢?他对他的良心负责,"良心"一词,取它在法文中的含义:知识与判断的呼应行动。[①]

真实性已经被一些诗人说得腐烂发霉了,好多亚诗人就是打着"真实"的旗号为其精神的肤浅、贫乏外加平庸的想象力辩护。在这里不知艾伦·退特对"人类经验的真实"作何理解,尤其是对"真实"的含义怎样理解。"真实"这个词,在思想史上,不同类型的思想家从他们的思想体系出发对之做过不同的解读与诠释,这里我们不再赘述。我们想说的是,如果他说的"真实"只是基于我们人类的世俗生活的体验,那么他对"真实"的理解就太缺少视野了。事实上,诗人的核心任务是通过有生机有活力的语词及其组合展现基于想象的美,这种美有时表现在人类经验的深层现实里,有时则是隐藏在那些看似虚无的幻象与幻景之中,其所展现的就有可能属于"应该"的经验性质。在这里,退特对诗人的任务的看法带有那个时代的明显印迹,把诗人的任务理解得既狭窄又太泛化,缺乏独有的个性特色,他没有看出诗人在整个人类经验体系中的独特的位置在哪里,换句话说,他没有能够说出诗人最鲜明的特色在哪儿。在

[①] 《"新批评"文集》,中国社会科学出版社1988年版,第468页。

引言　诗人的价值与人类文化经验

当今这么一个越来越强调求真务实以及身体欲望的文化大背景下,如果诗人也以这么一种肤浅的求真作为自己的任务与使命,那肯定偏离了最有价值的方向。

过去的世界的诗歌历史向我们明白地显示:诗人的价值只有在人类文化经验的总体之中才能得到展现,他们的最合适位置也会随着时代条件的变化而变化,并不仅仅局限于反映人类的一般的真实的经验,毕竟在人类的有文明记载的历史之中——尤其是在近代文明的历史之中——那些代表着绝大多数人的正常经验本身就是倾向于真实的,说得更具体一点,正常经验是偏于和物质、社会、技术、市场照面时产生的经验,是人们的一种习惯化了的经验,也是一种倾向于感官性质的大众经验,而诗人的经验从本质上来说通常不属于这种所谓的真实经验,诗人的经验更多地指向人类精神的深层现实,或者说指向人类真实经验之上的精神现实。在这方面它和小说之类的文体相比还是有不少差别的。

从另一方面看,诗人的任务也不在于他能如"知识分子"或"哲学家"一样做出理性的思索,那不是诗人的生命重点之所在,他的独特性与价值恰恰在于他能用看似"巫魅"的有悖理性的方式说话,诗人恰恰就是那些创造出奇妙的梦幻感的人,他们用那些奇异而又美好的梦幻去笼罩大众与人们,给他们以物质、理性、欲望、常识之外的某种奇异的精神世界,给他们某种精神希望或这种希望借以产生的养料,给他们以精神上某种支持或安慰,并给时代带来独特的精神气氛,激励人类或本民族的精神体验,以此给人类或本民族带来了精神生机,而那些给人们带来精神性梦幻的情境恰恰看起来就像是"巫魅"之境。

和人类的其他成员一样,诗人无法不使自己进入所谓的现代性社会,他们也不得不跟着作出某种转型,但在这个所谓的充满现代性的社会里,诗人的转型意味着什么,他究竟应该怎么做——这是一个值得深思的问题。或者换一个说法,在转型之后的充满现代性的社会里,诗人一定要把

诗人的价值之根

自己打扮成具有现代性的模样之后才会稍有价值吗？否则他就会变得像落伍的装饰品一样可有可无的吗？其实，这个所谓的现代性的社会无非就是科技理性占主导地位的社会，从另一个方面看，无非就是人类的本能欲望占主导地位的社会。在这样一个社会里，人们的文化经验似乎充满了奇怪的矛盾，一方面，为了适应社会的更理性地更有效率地运转的目的，人们不得不变得很理性与精于算计；另一方面，在这么一个所谓的富有现代性的社会里，人们的本能式的欲望又前所未有的膨胀。诗人就生活在这么一个奇异的自相矛盾式的文化夹缝之中，诗人在这种处境之下究竟应该怎么做？他们可以让自己变得更加理性，从而把写作弄成知识分子的知识游戏吗？或把诗歌创作弄成科研论文的制造，或者诗人去迎合人们的另一种倾向，索性也让自己欲望化起来，在感官放纵中陶醉，并和大众一起在欲望中狂欢？

我们认为，这两个方向都不是诗人应该走的。在这种所谓的现代化的文化氛围里，真正的诗人也会面临着种种"现代性的迷失"，但真正的诗人一定能敏感地意识到：诗人的价值很难体现在种种现代性的潮流里，反而应该在另一个层面上得以显现，诗人反而应鼓起精神勇气，跟随着自己希望的星辰走一条诗人独有的道路，并代表那种反科技理性反欲望膨胀的精神力量，通过有生机有活力的语词、意象、观念、情感创造出某种精神性梦幻，给人们的心灵带来某种希望。这样也可使整体的文化经验趋于和谐、完善。诚然，在这样的文化氛围里，诗人如果坚持走自己独有的精神道路，那也会带来许多问题：他们有可能日渐边缘化，问题可能就在这里。但在这么一个时代，真正的诗人的角色就是个充满悲剧感的角色，他必须坚持自己独有的精神道路，否则，他可能适应了这个社会但却失去真正的精神价值，而失去了精神性价值的诗人还能算个诗人吗？

我们觉得没有真正诗人的民族依然可以其乐融融地活着，但其精神性

引言 诗人的价值与人类文化经验

潜力必然会因此而受到损伤,没有诗性倾向的民族也不太可能有精神活力,也不可能有思想深度与创造力,其成员的生活也不太可能充实而富有诗意。诗人的角色的转换或许会很艰难,就看他能否顶得住这个时代种种诱惑。在当今的文化氛围里,人们已经习惯于轻视诗人,把其看成是空想者独语者做梦者,但实际上,人们的内心又不可能真正地脱离精神性梦幻,那些真正诗人的梦幻还是充满了巨大的精神力量的。在当今社会诗人的地位被严重低估与贬损了。其实伟大的诗人和伟大的思想家一样,是一个民族最为宝贵的精神财富,这种无形的精神力量是不能用通常的物质指标来衡量的。

在现代世界,由于人类的精神生活已经严重萎缩,诗人及其具有诗性倾向的人被明显地边缘化了,成了所谓的"小众",成了丧失精神影响力的群体,甚至成了可有可无的可笑的点缀。这种情况发生在我们这个时代与民族,不能不让人扼腕叹息,我为这个时代真正的诗人越来越少而悲哀,我为这个时代精神感的渐渐消失而悲伤。在此我愿意再次简单扼要地重复一下我的思想的中心:真正的诗人通常能够顶得住时代的种种潮流影响,找到真正有益于创作的现实的或精神的根,他们也会有自己独特的精神道路,而不会成为那些肤浅的随大溜者,这类诗人虽然可能人数较少,但他们对人类的经验却很重要,对一个民族的经验方式却很重要,对人类深刻地认识体验自己也很重要,真正的诗人和人类经验的内在生机有着紧密联系,诗人的价值与地位也依据其对人类经验的这种内在的精神生机贡献而定。

在我们人类有限的历史之中曾有过形形色色的人,这些人似乎都有着不同于他人的独特性。在我们人类的文明发展过程中曾出现过形形色色的职业,这些职业通常为人类的生活经验所必需。但那些繁复的人与职业,有一些已随着历史与文明的演化,变得不再重要了或者干脆无声地消失了,最终丧失了其曾有过的地位与价值。但也有许多种类型的人与职业留

诗人的价值之根

下来了,这些被留下来的人与职业似乎被戴上了某种幸运符,最终为人类历史所拣选。但其为什么能够为人类文明的历史所存留,其存留的理由与依据是什么——就是因为其找到了自己存在的支撑点,诗人要想避免被文化历史淘汰的命运,也必须找到自己在人类文化经验总体中的真正的位置。

当今的诗人需要重新寻找自己的价值支撑点,并在此基础之上重新给自己定位。

和曾经有过的辉煌历史相比,诗人的角色在当今时代经历了不断跌落的变化,从预言家式的人物变成了不入时的空洞的幻想者,从人类的启蒙老师变成了衣食毫无保障的人。诗人的角色尴尬,功能也发生了很大的转变,最主要的是其价值也受到极大的怀疑。诗人曾经是夜莺,在黑暗中歌唱的夜莺,黑暗给了他们黑色的眼睛,他们却用来寻找光明。不久之前,诗人还扮演着"盗火者"的角色,给人类的精神以启发。但随着时代或文化的转型,现在很多诗人变得迷失,并失去了应有的方向,大多数都成为潮流的跟随者,有的沦落为欲望的工具或愤世嫉俗者,他们要用他们的所谓诗歌来展现身体的赤裸的欲望,表达他们的叛逆态度,并以此来宣泄其内心的不满与失落感。但这种没有方向感的挣扎并不会为诗人带来真正的新境界。

文明的演化史有时像一个魔术师的表演,常把人们弄得眼花缭乱。它把曾经闪光的东西幻化为无用的废品,而把一度是缺少价值的种种事物又变成了某种放射着价值光辉的东西。这种基于淘汰与保存的自然进化原理在文化的发展之中也是普遍存在的,可以说种种转变背后都存有深层的道理。诗人的未来命运会怎么样呢?他们存在的根据充足吗?他们能够逃避被文明史所淘汰的命运吗?

在我看来,诗人存在的理由很充分,应该也能经得起历史的起伏,这还要看当今诗人自己的选择,还要看他们是否意识到自身的危机,还

引言　诗人的价值与人类文化经验

要看他们未来怎样去定位自己。如果当今诗人看不到自身的种种缺陷，还是这么胡乱地任意为之，那么就有可能走错大的方向，如果当今诗人不努力地从根基上充实自己，那么危机就真的可能发生。从某种程度上，可以说这种危机就具体体现在一些诗人当下生命态度及其精神现状里：许多诗人失去了真正有价值的方向意识，一味地刻意标榜自己的所谓个性，一味地刻意玩弄种种所谓的语言试验，一味地陶醉于自己构想的世界中，如果这么继续下去，那么除了被日渐边缘化，难道还会有别的命运吗？

诗人必须清楚自己在人类整体文化经验中最合适的位置，并尽可能地发挥自己独有的功能，他必须有意识地和人类的经验世界发生深刻关联，更进一步地说，诗人必须和人类的深层精神经验发生关联，这样才更能发挥自己的优势。可以说，在人类文化发展的早期，诗人的个体性特征并不十分明显，但他在人类的经验自我的活动中扮演着非常重要的角色，这时的诗人通常担负着独特的精神责任与使命，可以说，诗人的这种使命扎根于人类深层的精神本性之中，并和人类的文化经验的生机休戚与共。没有诗人或其所代表的诗性精神倾向，那么人类经验就会受损、断裂、失衡，其经验就会陷入僵硬与机械，并使人类的精神变得贫乏，最终可能使人类的经验失去其精神活力或者说失去其精神生命性。

诗人的存在价值归根结底根植于人类文化经验的精神生机，根植于他对人类经验精神生机方面作出的贡献，从另一个角度来看，我们也可以说诗人对保持人类经验的总体的均衡、和谐起着非常大的作用。诗人通常不会和社会中的绝大多数人的生活倾向精神倾向相一致，并有着非常态性体现自己的生命态度与精神性。和整个社会成员的数量相比，诗人可能属于稀少稀有的。尽管如此，诗人却没有失去其精神方面的重要性，如果他的种选择正确，他可以代表人类的不可缺少的某一深层倾向——深藏在人类内心深处的梦幻与梦想欲望，还有建立在这种愿望基

诗人的价值之根

础之上的对诗性诗意生活的向往,这种向往之中也蕴涵着人类的深层的精神憧憬。

海德格尔认为,人类从内心深处渴望"诗意地栖居在大地上"。这或许也是人的内在心灵最根深蒂固的倾向或者说是人的精神本性之一。

诗人和诗性经验或诗意有着摆脱不掉的内在关联。诗性经验或诗意正是人类经验中的某一重要的倾向性的体现与需要,或者说它代表着人类经验的某一重要的方面,如果人类的文化经验缺少了这一级层,就会造成精神内部的某种不对称,就会失去某种精神均衡,人类的经验就会发生断裂。人类的经验断裂与失衡之后,自然就会出现种种那种我们可以感受到的混乱,而这种混乱如果持久地存在,就会发生人类经验的变质,就会使人类经验渐渐地丧失其本身所固有的生机。正因为如此,诗人有着潜在的也是巨大的精神价值。

诗人的使命与职责之一就是为人类展现富有精神感的深刻诗意,并借助于丰富的感觉、饱满的想象力与情感力量,创造出梦幻般的精神图景,充实人类的心灵,或者换个说法就是:诗人用梦幻般的富于诗意的幻景去充实人类的多变的日趋干枯的心灵。一个民族的真正的诗人肯定是要走出狭隘的自我肩负使命的,他所肩负的使命就是借助于独特的感觉、想象力与情感力量,创造出那个民族所特有的美好的精神梦幻,并去安慰或激励那个民族的成员。在诗人的梦幻之中饱含着巨大的精神力量:基于创造性的梦幻就是一种对物质因素理性至上的抗衡力量,这种梦幻或梦想就是一种内在精神,尤其是在理性、科技、物质、物欲占主导地位的文化大背景之下,基于创造性的梦幻更可凸显其精神性韵味与价值。因此诗人只要找对正确的方向,坚守自己的特色,不去玩弄一些表面的花样,就可在这种到处都染上现代性色彩的时代气氛中有所作为。

甭管时代发生怎样的变迁,只要人还以人的面目存在着,这份深沉的精神性梦幻就会存在,而且永远是人类心灵的重要的支持点及其力量的源

引言　诗人的价值与人类文化经验

泉。这也是诗人存在的最大理由与根据,诗人所创造的诗歌中所蕴藏着的丰富的深刻的美的梦幻能激发其人们的精神热情与心灵的生机。

我们来看一首诗,这是北欧瑞典诗人雅尔马尔·古尔贝里的诗作:

地点与季节

从一个房间走到隔壁的

房间——多么简单容易。

我的手在你的手里。

无所渴望,无所惦念

在虚无的湖边

我无所期待。

那再好不过。

渡口离生存与死亡

有相等的

距离。——生活

生存在你所生存的地方。

当下诗人的精神境况似乎真的出现了问题,最大的干扰不在于诗歌精神不再适用人类,或者说人类不再需要诗歌精神了,当代诗人的最大问题就是"诗人失去了创造幻景的力量"[①],失去了通过种种幻景去安慰或激励人们的内心的创造力,失去了这种精神力量就等于失去了诗人之为诗人的根基,而失去了这种根基之后,诗歌作品就会发生质变,它的魅力就会大

---

① [美]桑塔亚那:《诗与哲学》,北京大学出版社1991年版,第84页。

诗人的价值之根

大减少，而发生这种质变之后，你还能指望诗歌会怎么样呢？就只能眼看着它失去了曾经有过的荣光。当诗失去了这种荣光之后，你还能指望诗人什么呢？

所以当今优秀的诗人不管他是有意还是无意，如果他想使自己的创作获得更大的价值，那么他就必须适度地抑制那个自然性的"自我"，将自己置身于人类经验的总体之中，在有意或无意之中通过自己的创作，为人们贡献非常态的精神性的经验，这种看上去偏离正常的经验类型也是一种校准器或平衡器——诗人有意无意之中使自己的生命、思想与创作变成时代的一种均衡的精神力量，并用这种力量去弥合人类的已经失衡断裂的文化经验，为人类经验的整体性完美与丰富作出贡献。为此，一位优秀的诗人他必须清楚，他的创造使命处于某种微妙的变动之中，在当今的整体的社会经验处于务实的背景之下，他的创造就应更多地去展现人类的偏虚的精神——包括种种梦想与幻景等——并凭借着这种独到的深层梦想与梦幻而获得价值。在整体的社会经验面向着世俗的现实之时，诗人就应该更多地关注非现实（或超现实）的精神层面，而不应去增强人类的已经变得普遍化了的种种现实感或现实意识，更不应该用那种现实之下的现实图景来对抗现实——包括当今人类的种种扭曲的欲望等。此时，诗人更应该面向某种深刻的精神性现实，并从中获得创造的动力与热情，最终灵感被激发创造出富有精神性韵味的作品。

真正优秀的诗人体现的是一种精神价值，其代表着一个民族的内在的精神面貌与气质，尤其代表其精神深处的梦幻与憧憬，讲得更加理想化一些，我们可以说真正优秀的诗人展现的是一个民族精神飞翔或精神飘逸灵动的一面。一个诗人很难通过叛逆、颓废与堕落的方式获得人们长久的精神认可，尤其是那种模仿味十足的叛逆与颓废更没精神与艺术价值。从某种意义上可以说，一个民族的精神韵味正是通过包括诗人在内的种种思想家、艺术家等展现出来的。我们目前需要各种各样的诗人，尤其是精神性

引言　诗人的价值与人类文化经验

韵味浓厚而深邃的诗人，在我们这个民族的文化经验与精神总体风貌不够舒展并略显滞重的背景下，优秀诗人的那种独到的精神性向往、梦幻与希望显得尤为重要，它能够给我们的民族精神带来一种生机与活力，前提是我们的确涌现出了这么一大批优秀诗人，尤其是那些天才式的诗人。他们诗作中所体现出的精神力量可以影响当下许许多多人的生存方式与生命方向。

目 录

引言　诗人的价值与人类文化经验 …………………………………（1）

第一章　诗人、文化经验及诗人的历史 ……………………………（1）
　　一　人的本性、诗人与诗歌的精神性 …………………………（1）
　　二　文化经验的失衡、和谐与诗人的位置 ……………………（11）
　　三　传统诗人类型 ………………………………………………（16）
　　四　现代诗人类型 ………………………………………………（29）
　　五　未来的诗人、诗歌历史的延续及诗歌的进步 ……………（31）

第二章　诗人的功能、内涵、任务及其精神定位 …………………（37）
　　一　诗人的起源、功能、职责 …………………………………（37）
　　二　诗人的基本任务或使命是什么 ……………………………（42）
　　三　诗人的基质性倾向及其变化 ………………………………（58）
　　四　广义的诗人与狭义的诗人 …………………………………（65）
　　五　诗人与亚诗人 ………………………………………………（73）

第三章 诗人与人类的务虚之梦 ……………………… (79)
    一　诗人与虚幻之境 …………………………………… (80)
    二　虚幻之境、梦幻与深厚的精神力量 ……………… (84)
    三　诗人与人类根深蒂固的梦 ………………………… (89)
    四　精神之根、颠覆与诗人的影响力 ………………… (98)
    五　环保运动与诗人的先驱地位 ……………………… (105)

第四章 诗人的自然禀赋及诗人地理学 ………………… (107)
    一　诗人及其自然禀赋 ………………………………… (107)
    二　诗人及其诗人地理学 ……………………………… (112)

第五章 非常态经验与诗人的命运 ……………………… (127)
    一　诗人、失常经验与精神苦难 ……………………… (128)
    二　恩惠的时刻及喜悦 ………………………………… (133)
    三　黑暗中的歌唱 ……………………………………… (139)
    四　诗人的现实常态与非常态性经验 ………………… (146)
    五　诗人的命运与诗的境界 …………………………… (150)

第六章 诗人与诗意的分离、融合及诗意的种种表达 …… (152)
    一　"诗人身上毫无诗意" ……………………………… (153)
    二　诗人与诗意的宗教表达 …………………………… (159)
    三　诗人与诗意的生活表达 …………………………… (163)
    四　诗人与诗意的艺术表达 …………………………… (168)
    五　诗人与诗意的思想表达 …………………………… (173)
    六　深刻的诗意及诗人的创作追求 …………………… (176)

目　录

第七章　诗人生活的内在性及其创造生机 …………………… (184)
　　一　诗人生活的内在性 ………………………………………… (184)
　　二　诗人与美 …………………………………………………… (187)
　　三　诗人与孤独 ………………………………………………… (191)
　　四　诗人与爱情 ………………………………………………… (195)
　　五　诗人与知识 ………………………………………………… (199)
　　六　诗人与死亡 ………………………………………………… (202)

第八章　诗人的创造力与诗的可分享性 ……………………… (208)
　　一　诗人的自发性倾向 ………………………………………… (209)
　　二　诗人的独创性追求 ………………………………………… (215)
　　三　诗人的创造力 ……………………………………………… (218)
　　四　诗歌的价值及其可分享性 ………………………………… (224)
　　五　诗歌的可分享性与现代传播 ……………………………… (231)

第九章　诗人、诗歌言语与诗性语言 ………………………… (234)
　　一　诗歌言语的传染性 ………………………………………… (234)
　　二　诗人、诗歌言语与诗性语言 ……………………………… (237)
　　三　深刻的诗性语言的本质 …………………………………… (241)
　　四　诗性语言的几个特点 ……………………………………… (245)
　　五　诗歌语言的危机及诗人的基本责任 ……………………… (253)

第十章　中国诗人与西方诗人 ………………………………… (256)
　　一　中国古代的诗人与现代诗人 ……………………………… (256)
　　二　中国现当代诗人与西方现当代诗人水平上的差距 ……… (261)
　　三　中国现代诗人的水平究竟怎么衡量 ……………………… (269)

四 中国当代诗人应如何选择 …………………………………(273)
五 中国当下的文化经验与诗人的价值之根 …………………(277)

主要参考文献 ……………………………………………………(281)

第一章

诗人、文化经验及诗人的历史

前面我们已经说过，我们只有从更为宽阔的层面上去打量诗人，才能更准确、更清楚地认清他们的位置。要理解诗人的实质就必须理解一般人的问题，并理解人内在的精神本性与诗人的关联。诗人的位置也关乎人类的文化经验，关乎人的内在的精神生机。在理解诗人的种种问题时，我们不能撇开这个大的方向与背景，如果我们从人的角度透视诗人，从精神的角度透视诗人的内在情思，并将其置于人类总体的经验之中去考察，或许我们就能把握得更为准确一些。诗人的观念也会随着历史的变迁而变迁。

一　人的本性、诗人与诗歌的精神性

我们都属于被名之为"人"的物种：一个摆脱不了物质属性而又向往精神的物种，一个心怀着顽强的希望而又充满摇摆、矛盾的物种。他属于动物种群中很不起眼的一类，如果地球没有发生几次物种大灭绝的事件，或许我们依旧属于黑猩猩或类人猿，但人毕竟抓住了动物进化史上的一次

诗人的价值之根

机遇，他最终凭借着想象力、勇气、思想与梦幻的力量使自己变成为"万物之灵长"（莎士比亚语），使自己成为地球之王。我们这个群体现在正信心满满地统治着地球，有着似乎是无上的力量与权力，并常赋予自己许多上帝般的特性与色彩，也可以说我们所属的"人"现在是地球生物中唯一的主人。

正是那些最初的或许是不经意的想象力、梦想与希望激励了人，从而使人开始了走出自然界旅程，并渐渐地和自己的近亲类人猿、黑猩猩拉开了距离，慢慢地拥有了属于自己独有的丰富的也可以说是高级的文化，但人的历程并没有就此结束，人依旧处在生成之中，人并没有因此而定型，人也永远依旧是充满缺陷的物种，稍有不慎人就会发生种种偏离，并发生某种类型的倒退。

我们先来看一下诗人是怎么理解当下的人类的。

> 人是什么？一个愚蠢的新生儿
> 每天挣扎，争斗，烦躁，
> 梦想得到一切，却什么都得不到，
> 他所得到的只是一个小小的坟墓。

〔英〕卡莱尔：《为谁的利益？》

诗人的想象是丰富的，他们的文字也是生动的，诗人以较为感性的方式让我们看到了人的生存许多乖谬的方面，让人看到人类存在中的盲目与无意义，或许人们又会很自然地发问：走出盲目的自然界之后的人获得了什么呢？究竟从哪里来又会到哪里去？人类努力走出自然界之后难道就是为了获得这种自我意识——意识到自己存在的空虚吗？

据很多研究动物的科学家描述，动物通常不会也不能作这类思考，它

第一章 诗人、文化经验及诗人的历史

们依本能而行。和一般的动物相比，人类有自我意识，喜欢把自己当做对象来思考，他们中的一些人常常反观自身，这种自我意识使得人类很敏感，其中的一些人则显得更为敏感些。人类中的那些敏感者似乎也不同于那些非敏感者，这些敏感者包括各种类型的思想家——宗教家、哲学家、艺术家、诗人等，他们试图弄清自己的来龙去脉，这也激发了他们的种种想象力，这种想搞清自己的出处的愿望本身就是想象力的某种展现。人也是喜欢反省并沉湎于自身的动物。

  如果这信念是上天的旨意，

  是大自然的神圣安排，

  难道我没有理由为此叹息：

  人把自己的同类变成了什么？

〔英〕华兹华斯：《写于早春的诗句》

这种反省与沉湎正是人类爱想象爱做梦的一种体现，这种倾向可能真的曾帮助他脱离了粗糙的自然。也正因为如此人有时为此到了得意忘形的程度了，而忘记自己应该是什么的问题。结果人类在这种梦中的沉溺了几千年，苦苦地冥想思考了自己，但关于自己是什么以及自己的出处问题还是没能弄清楚，他们的思考角度各不相同，因而说法各异。按比尔斯的想法，人类更应该关心应该是什么的问题。

最初的想象、希望与梦想推动并鼓励着人类，使之从纯粹的自然之中走了出来，现在想象、希望与梦想的力量依然在激励着人类的进化方向，如果哪一天人类丧失了这种想象、希望与梦想的动力，丧失了这种梦幻对自己的召唤性，那就说明人已经开始怠惰，说明人可能已丧失了前进的动力。到目前为止，人依然面临着不断上升与渐渐下沉的两种命

诗人的价值之根

运,人依旧应该满怀着想象、希望与梦想而行,人应该如何前行的问题本身永远值得人去思考,这种思考本身就蕴涵着人类的想象力以及某种深层的精神向往。

人类虽然抓住了一次机遇并使自己超出了其他动物,但他却没能真正地改变什么,他依然只是宇宙中的一个匆匆过客,就像我们经常看见的那些坠落的星体一样,人类这个种群或许也只是一闪而过,然后就消失在茫茫的宇宙深处。这一人类最终将会消失的景象,或许真的会在哪一天发生。在浩渺的宇宙中人其实是脆弱的,就像一颗随风吹过的沙粒,暂时寄居在被名之为"地球"的球体上,但或许终归有一天,他们的这个家园会遭到损毁慢慢地消失,连同人类一起行色匆匆一次。

我们没有完全走出自然,或许也不可能完全走出自然。我们依然需要心怀当初的激情与勇气,需要那种基于勇敢的想象力,需要那种基于希望的精神力量。人有着那么多的局限,有着那么多的脆弱之处,有那么多的不确定性,但这些并不妨碍人拥有深刻的奇妙性或灵性。人类的这种精神性或灵性有时就是体现在人的想象力上,人的奇妙性体现在人有某种纯粹的情感力量。我们必须怀揣着这种深邃的精神向往,超越物质的机械的自然对我们的约束,人的不断超越的本性使人处在不断地变动中,人类的希望最终就依存于这种不断超越的努力之中。人类应该是什么的问题也蕴涵在这种不断地超越的过程中。人应当是什么的问题,这不是一个精确的科学式的问题:与其说和人类的科学观念或能力有关,不如说和人类的诗意的想象力有着更为紧密的联系。

从理想的角度来说,诗人在这一精神性的活动中应可扮演着重要的角色。诗人可以凭借着他们的奇异的想象力与独特的情感方式帮助我们,让我们的心灵不至于丧失基于想象的精神生机。诗人也是人类中的一员,是人之中的一个特殊的群体。他在"人"的这种庞大的群体之中有着自己较为合适的位置,诗人所具有的特殊性决定了他的位置,事实上也决定了他

第一章　诗人、文化经验及诗人的历史

的价值。那么诗人的特殊性与价值在哪里呢，又怎样来判定呢？如果我们非要做个不太恰当的比方的话，那么我们可以说，诗人的价值不在"人"的上身或下身，更不在上身或下身的某一部分之上，诗人的价值也不在其现实性或世俗性的取向之中，诗人的特殊性与位置在人类的内心的位置上，在人类的那种微妙的心跳之中，或者说在人类心灵的微妙的运行之中，正是人类之心的微妙运行产生了人类独有的精神世界。诗人是则人类的这种心灵性的体现，是人类的基于心灵的想象力、情感与梦想的象征。只要人类还没有完全地转化为另一物种，这种基于心灵性的想象力、情感与梦幻将会常在。

以诗人为代表的这种幻想倾向恰恰是人类精神的一个重要方向，人类精神的另一个方向则指向现实。可以说它们是形影相随的两只翅膀，缺一不可，某一个特定的历史时期可能会有失衡与断裂，但长久来看通过人类精神的内在修复功能，这两个方面势必要恢复到均衡与和谐状态，那是人类深邃本性的一种要求。人类的梦幻有时面向过去，但也向着未来。这种向着未来的梦想把人带入到某种开放性之中。人向着未来开放，向着未来的某种不确定开放。在人类的这种开放性以及面向不确定性的存在之中，诗人将能在想象力与情感方面发挥某种特殊的作用。可以说，诗人就是独特的感觉、想象力与情感的化身，也是人类勇敢面向这种开放性与不确定性的重要代表。诗人的价值就是想象性价值或情感价值，正如科学家的价值是基于科学的精确性及其理性价值一样。

那么诗人与诗歌的精神性或心灵性是指什么？其和诗人与诗歌的所谓的身体性有何不同？和诗人与诗歌的现实功利性的取向有何不同？诗歌精神性、现实性、身体性问题和诗人的观念又有什么关联？

如上所述，诗人的核心价值指向大体属于想象性的价值或情感价值，真正诗人的生活与创作不管怎样的千变万化，最后总会体现在想象与情感的精神性方向里，最后还是要和世界的精神韵味发生真正的关联。基于

诗人的价值之根

此，诗人似乎还承担着改善人的内心世界的潜在的任务，诗人可以以某种拒绝与反叛的姿态出现——比如，可以声称他的创造拒绝精神深度——但实际上他不可能真正地切断和世界的精神性韵味的关联，比之人类社会中的其他成员，诗人拥有更深的精神性指向，同人类的精神世界有着更为紧密的联系，尤其是和精神中的更为活跃的部分——感觉、想象力，情感等——有着更为密切的关联。

在当今的文化背景之下，我们更应该强调诗人或诗歌的精神性指向，强调其和人类的心灵性渴求关联，或者说强调其和人的精神性愿望关联。但精神性问题在思想史哲学史上一直就容易引发争论。随着思想家哲学家的基本立场的不同，对这个问题的回答也会呈现出很大的差异。在现代社会的背景下，追问这么个有点玄虚的问题，更容易使人们陷入某种茫然之中。实际上，即使在普通人之中，对精神含义的理解也会随着视角的不同而不同。精神的含义很宽泛很丰富。但不管我们对它的理解差别有多大，其大体内涵似乎还是清楚的，综合起来看，精神性指向似乎包含着两个相会依存相会联系着的方向与侧面：一个是脱离的方向，或者说保持距离的方向，另一个是参与的方向，或者说是保持亲近的方向。这两个方向都和真正优秀的诗人态度有关。

诗人的精神倾向和想象性价值不可分，和幻景的创造联系在一起，也可以说，诗人主要就是以超现实的梦想梦幻的形式来展现精神性的。离开了这种种基于想象力的心灵性梦幻，离开了那种情感的纯净感，诗人的精神性就无从谈起。诗人的这种想象性给万事万物抹上了一层精神性韵味。

> 宇宙是一朵莲花，
> 　浮动在我心灵的圣湖上。

［印］泰戈尔：《鸿鹄集》

第一章 诗人、文化经验及诗人的历史

事实上，真正的诗人或诗歌不可能是"物性的"或"身体性的"，甚至不可能是真正"现实的"。如果是在中世纪的文化背景之下，讨论这种问题，或许还有某种积极意义，但现在可是个过于物化又过于人化的时代。从历史上的诗人总体上来看，真正的诗人身上都具有浓厚的精神性韵味，这种精神性韵味包含两个相互依赖的侧面，其中的一个侧面就是一种试图远离某种事物的倾向或方面，在这种意义上，诗人或诗歌的精神性就意味着一种远离或脱离，这种精神性指向就体现在诗人的那种试图远离与脱离某种事物的种种坚守、反抗与挣扎里。换句话说，诗人的种种试图脱离某种事物的坚守、反抗与挣扎可以彰显一种特别精神性意味。如果诗人没有这种远离或脱离某些事物（如物性很强的事物等）的指向性，那么他很难成为真正有价值的诗人。

诗人的内心要想存留一点独特的精神性的生机，就需要适度地抑制种种自然性需求，并和种种追求单纯自然性的事情保持距离。和感性欲望过多地纠缠常常使诗人的生命怠惰，也容易使诗人精神生机发生枯萎。虽然诗人有着丰富的心灵性，但大体上也还是属于物质性的存在，物质性的元素对他们的制约还是很大的，诗人也很难脱离物质对他的深深地牵制与影响，但这种脱离过程中的艰难却使精神性得以彰显。做诗人更多的时候还意味着要和自己的动物本性作斗争。诗人如果能通过种种心灵性的梦幻的方式，使自己不被囚禁于物质元素，那么他就更能显示诗意精神。脱离种种物质性欲望对心灵的羁绊，脱离种种世俗的社会关系对内心的束缚，这是真正优秀的诗人永远追求的，真正优秀的诗人会自觉地站在这种精神力量一边，反抗物质性欲望对人类精神与心灵造成的负面影响，而不会和自己的身体性（尤其是下半身）过于亲密，也不会和种种世俗的感官享乐、物欲结为亲密的同盟。

诗人身上的精神性韵味还经常通过他们全身心地参与与分享更高的精神真实来显现的：诗人的想象力，诗人的敏感而忧郁的特性有助于他们实

现这一点。诗人的这种基于分享与参与的精神性韵味更能体现精神的深邃。诗人通过参与或分享宇宙的奥秘与气息，来获得某种精神的完整性，他们也可通过体验与神性的同在来获得某种精神色彩。这也是诗人获得精神性韵味的一个重要的根基。在诗歌的历史上，有许多诗人就是在这种宗教的层面上通过诗作实现其精神性韵味的。在这个层面上精神的核心是神、道、梵或佛等，参与或分享了这个存在核心的人自然就会领会精神的秘密。这个层面上的精神通常带有超越性、神圣性的色彩。

这种基于分享与参与的精神性也可在诗人与人类他人的交流之中得到体现。

有许多诗人是在人类的层面上通过诗歌作品来实现精神性目的的。在一般的粗浅的意义上，诗歌的精神性也可以指向一般的人类生命活力及其精神意志，这个意义上的精神还没有脱离我们人类的主体性的基础，稍进一层的诗歌精神性是在伦理意义上实现的，或者说是在人类"善"的意志层面上被表现或再现的，人类之中的种种善行：正义精神、利他主义精神、理想主义精神、不屈不挠的精神、牺牲精神等。这种精神性韵味和人类社会的善紧密相连。诗人与诗歌的精神性韵味也和诗人的任务也有很大的关系。诗人是否拥有这么一种特别精神性韵味，那关乎他作为一个诗人的真假成败，一个诗人如果他缺乏我们上面所提到的这么一些精神韵味，那么他几乎不可能成为好的诗人。这种和诗人、诗歌相关的精神性韵味就体现在我们上面所论及的两种倾向里。

从更为广阔的层面上来看，精神的核心（包括诗歌精神的核心）不可能仅仅指向人自身，它通常指向人类自身之外。我们可以说得稍微偏颇一些：诗歌精神的真正基础或核心不应立足于人自己的欲望，不应该过分指向人自身，尤其是不应指向人的物质性的侧面，而应该指向更为辽阔更为深邃更为真实的某种力量，诗歌精神的真正的坚实内核应该更接近宗教层面。了解这一点对树立更为正确的诗人观念很有益处。

第一章 诗人、文化经验及诗人的历史

> 我们周围的世界的确灿烂辉煌,
> 但更加辉煌的是我们心中的世界,
> 在那里,有歌声荡漾的土地,
> 在那里有诗人的故乡。

[美] 朗费罗:《海帕里昂》

诗人与诗歌的精神性更多地涉及我们内在的心灵世界,尤其涉及我们内心深处的希望与梦幻。无论从哪个层面上讲,诗人与诗歌的精神性韵味都和基于物质的现实世界无太大的关联,和现代人所热衷的物质性欲望无太大的关联,甚至和我们人身上动物性生命活力也有不少距离。常常诗人或诗歌的精神性韵味恰恰是以反物质、反物欲的面貌出现的。如果一个诗人还想展现人类精神的微妙与深邃,如果哪个诗人还想对人们的心灵世界产生影响,那么他就应该懂得:在所谓的诗歌的身体性,诗歌的现实性与诗歌的心灵性之中,心灵性层面更为重要,基于此,诗人就应该有意识地和种种物欲倾向感官倾向保持距离,并积极地身心俱动地参与到更高真实的源泉之中。

诗人与诗歌的精神性的核心正是出自诗人的分享与参与的倾向,出自诗人身上的超出人的成分与倾向,出自诗人身上的超出人的动物性的部分与倾向,出自诗人身上的超出人的一般的日常经验的部分与倾向。一个诗人如果他还想使自己的作品拥有一种精神的光辉,那么他就不能停留、迷恋于种种世俗的兴趣,他必须在某种程度上超出自身的种种世俗性需求,借助于想象参与到更具有精神性韵味的事物中去,参与与分享更大更深邃的精神力量与源泉,参与与分享我们存在的种种秘密。通过这种分享与参与,他们的诗作才有可能具备一种精神性的神秘的光辉:正是这种带有神秘色彩的精神光晕才促使人们产生阅读诗歌的兴趣与

诗人的价值之根

冲动。

诗人的价值更多地体现于他多层次地参与与分享之中。在某种意义上我们可以说，诗人只有在更大程度上为我们展现了如上所说的这两种相互联系着的精神秘密，以及这种精神秘密带给他的微妙的生命感受，他才有可能写出迷人的优秀力作。

> 诗意味着一种对于整体或完整性的基本要求……它出自人的整体，即感觉、想象、智性、爱欲、欲望、本能、活力和精神的大汇合……于是加在诗人身上的第一职责是他应答应被带回到那个靠近灵魂中心地带的隐蔽处，在这个隐蔽处（诗所要求的）这种整体存在于创造之源的状态。[1]

一个诗人，他自然应该活在种种具体的生活之中，以便为我们展现那个特别情境之中的体验与感受，但更要有参与源泉的意识，他要努力参与创造之源头的隐蔽处的状态，也可以说诗人要去分享更大的宇宙的秘密，诗人通过想象力与情感发现大自然的真谛。诗人身上的这种超验性倾向是诗人之为诗人的标志之一，也是诗人创造奇异感与梦幻感的基础。

诗歌的所谓的身体性问题，或诗歌再现现实性的问题，或许只有在特定的历史条件下，才会是个有价值的倾向，即在人们的身体受到冷落并被歧视的文化背景下，或现实的感性欲求得不到丝毫的重视的状况下，而在当今的欲望泛滥、个个都很现实的文化情境中，去强调诗人或诗歌的所谓身体性问题，或诗歌的真实性问题，这不是故意要降低诗歌的作用，就是属于没有真正的方向感的行为。

---

[1] [法]雅克·马里坦：《艺术与诗中的创造性直觉》，刘有元、罗选民等译，生活·读书·新知三联书店1991年版，第90页。

二 文化经验的失衡、和谐与诗人的位置

前面我们已经说过，人类的本性里就有诗歌存在的深层基础，人的本性里就有许多深奥的成分，你可以说人本身就是个谜，就值得诗人去想象去领会，就像宇宙之谜值得我们去想象与领会一样。天体科学已向人们表明，宇宙具有不可思议的谜一样的色彩。人对自己本性的了解似乎还远远不够。人对人的了解事实上也像盲人摸象一样，每一个时代或每一个思想流派都只抓住他的一个侧面不放，而有意无意地罔顾其他。人肯定不是单纯的物质式的存在，人身上肯定潜藏着某种被称之为"灵性"的精神性要素，只是人们目前还没有能真正地了解它。类似的问题还有：人类是个混乱的物种吗？抑或人是某种喜欢和谐的精神物种？

但人类的深层本性似乎更需要某种匀称和谐而非分裂。对人类来说，对和谐的渴求倾向比之种种分裂混乱倾向，其根扎得更深。对和谐的需要或许是人的更为深邃的本性。人类总体上是需要和谐的，需要各种特性的人或各种文明的相互的配合，相互的映衬。古希腊人有一个哲学观念，人就是小宇宙，后来的哲学家像斯宾诺莎、莱布尼茨等也对此做过论述，莱布尼茨基于其单子论和预定的和谐学说，曾经很明确地将人比作是小宇宙。此种哲学观念的精髓是和谐学说。据此我们也可以说宇宙也像个富有生机的人，宇宙是充满生机的，为什么把人称为小宇宙？就是意指人的各个组成部分各个元素之间相会搭配，和谐运转。

人类的文化经验世界也是一样。理想的人类文化经验的整体应是杂多中见统一，即需要文化元素的各个组成部分之间相会搭配，和谐运转，并形成总体上和谐匀称的文化结构。整体的文化经验的和谐的能使人们的内在的精神感受更美好，理想的人类文化经验的整体就像我们的太阳系一样和谐地运转，也是一个和谐运转的小宇宙。在这个小宇宙中，存在着各种

诗人的价值之根

朝着不同方向的经验类型，这些性质不同的经验类型，相会搭配，相互映衬，甚至相互抵消。文化的内在机制维持着各个不同的经验成分不同而又和谐地运转。诗人在这种多极并存的文化经验中是不可或缺的。

人类的文化经验的很丰富很复杂，但有几个大体的方向或基本要素。

人类的文化经验有多个潜在的方向或者说"极"，现实的人类文化经验是多极化的。但人类要想保住精神体验的美好感，就必须避免其经验的断裂与单极化。也就是说其文化经验的种类与成分不能太单一，不能发生彼此的断裂与失衡，各个经验极之间不能失去基本的均衡，否则生活于其中的成员，他们的经验就会发生断裂并出现单向性单一性。而要想使文化经验达到较为理想的状态，我们人类的文化经验就需要"虚实相生"，我们总体的文化经验需要"实"的方面，也就是那些和物质、科技与欲望等照面而产生的经验，但我们的文化经验也同样需要那些看上去很"虚"的经验种类与成分，否则很容易产生整体的文化经验的断裂与失衡，而诗人就和这种"虚"的经验密切相关。

从哲学的角度来看，人类的经验大体上可分为如下三种经验。

感觉经验——这是我们人类与动物相通的地方，人和动物都借助五官去感知世界，并获得某种基于感官的经验，只是人的种种感觉经验是"人化了的"，是和人的种种特性联系在一起的，已超出了单纯的先天本能。

理性经验——和我们人类独有的种种理性活动有关，主要体现在人类的种种理性思考与认知能力上。

宗教经验——和我们人类心灵深处的信仰天性有关，是我们面向种种无限而生的经验，也可以说是基于一种信仰而产生的经验。

人的每一种经验类型都有其深厚的本能式的依据，都是不可被忽视或抹杀的。如被忽视或被抹杀就一定会发生种种问题。整体的人类经验应能容纳人自身固有的这些需求，整体的人类经验体系肯定不是断裂的失衡的，肯定不是以片面的经验为基础的，理想的人类文化经验应能克服了人

第一章 诗人、文化经验及诗人的历史

类的种种片面性需求,并能将这些需求完美地综合起来,完美的人类的经验应是具有整体感的、均衡的、和谐的,其克服了各种经验的片面性,这种完美的人类经验是能给人带来美好感的经验,是一种混合性的经验。单纯的感性经验是不可能带来完美的,单纯的理性经验或宗教经验也不符合人类的心灵需求。

人类有许许多多的天生的秉承,这些天赋构成了我们人性的核心部分,也是我们人类本性的基本方面。人性的丰富与变化也往往正是来自它们之间构成的不同变化。大致说来人类有三种基本的天赋:感觉的天赋、理性的天赋和信仰的天赋。这既是大自然先慷慨地赐予我们的,也是上帝的赐予和我们人类的文化努力的结果。与此相对应,人类也有三种基本的经验:感觉的经验、理性的经验与信仰经验。我们凭借着这些经验生活、思考、信仰。但具体到人类的每一分子,他们就有了一定的差别:他们拥有这些天赋是不成比例的。有的人感觉经验特别丰富,有的人拥有清晰而有条理的思维,而有的人则拥有一种另外一种特别的能力:他们与看不见的世界能进行很好的沟通。

诗人的经验总体上来看是属于偏"虚"的经验,属于偏"虚"的直觉性经验类型,但这种偏"虚"的直觉经验既不空幻也不虚假,它也是一种较为完美理想的经验形态,优秀诗人的那种直觉性的经验事实上融合了人类的三种基本的经验类型,而优秀诗人的天赋之一就是他能对这三种人类经验加以创造性的汇合,并转化为具体生动的景象、意象或意境。诗人的直觉天赋给了他很大的帮助,使他能将人类的这几种生活经验的统一起来。诗人创造了一种基于杂多的和谐,一种完整性,一种基于人类经验丰富性的和谐的完整性。

诗人离不开人类的丰富的感觉经验。诗歌本来就是人类的丰富的感觉、想象与情感的表达。诗歌的丰富的意象性充分说明了这一点。诗人的生命与情感之中也有人类的理性经验成分,理性是人类的最伟大的禀赋之

诗人的价值之根

一。可以说只要是人类的经验就有理性的成分，人类的所有经验里都包含着理性的判断。有些伟大的诗人被称之为"诗人哲学家"。这个称号说明，诗意并不完全是感觉或感性，它可以更多地表达思想，表达诗人对人类生活的思考。诗人生命与情感中的理性不是冰冷的逻辑，而是一种直观理性，仿佛抒发了一种不言自明的道理，是一种活的思考，是一种活生生的而又新鲜的思考。

诗人经验的主要价值不在于他的种种分裂式的体验里，而在于他经验的融合性质，在于蕴涵在这份融合性经验中的梦幻性，完美性以及和谐的性质，还在于他的这份完美梦幻的个性特征，更在于他的这份完美的梦幻似的经验打动了千千万万人的心灵，扣动了千千万万人的灵魂。在某种意义上，我们可以说，诗人的经验介于感性经验、理性经验与宗教经验之间，是这些经验的融合，和一般的感性经验相比，诗人的经验甚至偏重一种宗教式的体验，正因为如此，古人才把"诗语"和"禅语"相提并论，卡夫卡才说诗人写诗是一种祈祷。这种混合型的整体性经验是一种能让人感受到奇妙感的经验，其中充满了那种深刻的融合，充满了对人生奥秘与自然奥秘的领悟。但诗人经验的这种完美，这种梦幻并不是建立在不断重复的基础之上的，而是建立在其独有的富有创造感的个性之上。

那种文化经验中的实在部分，也就是那些和物质、科技与欲望等照面而产生的经验，人类社会大多数成员都是自然而然地在体验着，这也构成了人们的所谓的日常经验的基础，从其中分化出来的一些很"实"的职业就会让其中的一些人去体现的。比如，让"商人""政客"等来承担，而这个文化经验整体中的"虚"的部分，涉及思想、想象、体验等，我们人类社会就让"诗人""艺术家"等去承担。我们只有在这么一文化视野上去透视，才能更加准确地理解诗人，才能回答"诗人意味着什么"的问题。

不同类型的人在人类经验的总体中占据的位置是不同的。那么诗人应

第一章　诗人、文化经验及诗人的历史

对人类经验的总体贡献什么，这个问题乍一看似乎很无聊，实际上却从某一个角度接触到了实质，这个问题事实上可以转化为另一个问题，诗人的经验在人类经验整体中的位置。诗人的经验和其他人的经验有什么不同，有什么独特之处。我们可以说，诗人的经验的特质与独特性就在于"虚"，尤其在整体的文化经验越来越实的大背景之下更应如此。之所以说诗人的经验是"虚"的，那是因为诗人的经验是一种面向无限性的经验，是一种洞察事物的奥秘的经验，不是一种和物打交道、照面的经验，而是一种偏发现的经验，是一种自由的经验，是建立在感觉、情感与想象基础上的经验。诗人的经验在人类经验的整体中占据着重要位置，诗人经验的价值来自其特殊的非物化性非感官性非现实性，来自特别的其超越性内容与倾向。

诗人的那种看似"虚"经验里包含着某种特别的意味，让人们的心灵感受到了一种精神力量，这种"虚"经验表面上看去有点不好琢磨，实际上确实我们人类的心灵需要的，这里面有诗人对种种生活奥秘的洞察，是诗人以他特有的真诚与赤子之心领悟奥秘的结果，这种经验通常带着某种情感上的纯粹性，并给人们带来悲伤或欢欣，带来某种痛苦、安慰、沮丧或希望。

> 上帝派他的歌者来到世上；
> 带着悲伤的和欢快的歌唱，
> 扣动了人们的心房，
> 把他们重新带回到天堂。
>
> ［美］朗费罗：《歌者》

在八十多年前，德国哲学家海德格尔就开始了他对诗人命运的思索，

并有了那个著名的发问：在这种技术化的时代，"诗人何为"。事实上，不仅在科学技术的时代，诗人在文明发展的任何时代都存在着"何为"的问题，只不过在科学技术的时代，这一问题变得更加突出罢了，"诗人何为"的问题事实上是由下面的这一系列问题组成的：诗人能做什么，诗人应该做什么？诗人在整个的人类文化经验体系中应该占据什么位置，他应该遵循的最基本的方向是什么等等？这个问题也可以这样来问：诗人在整个人类文化经验中能做什么？他的优势在哪里？诗人应该怎么的发挥自己独有的特性以避免被文化体系淘汰的命运？是跟着社会文化的潮流渐趋务实，被"现代性"，还是坚守自己的特点——虽然诗人在物质化技术化欲望化时代的人类文化经验中似乎更难坚守自己那些看似务虚的方向。

三　传统诗人类型

同这个世界上的任何事物一样，诗人也有自己存在的历史与类型，诗人摆脱不了时代变迁在他们身上留下的痕迹。在不同的文明类型不同的历史时期之中，诗人的整体风貌的呈现会有一些差别，他们关于诗的种种观念、看法也会发生一些变化，他们创作的诗歌类型、风格也有些差异。如果人们稍微仔细地研究一下世界诗人的变迁史，你就会发现，传统类型的诗人（或过去的诗人）和当今的诗人在许多方面都存在着基于历史不同而产生的差别，他们的内在情思、诗歌观念、创作动机、创作手法等均发生了很大的变化。

这里"传统的"一词是和"现代的"或"后现代"词汇相对照而言，这是为了便于说明问题而生的一种较为粗略的说法，也是一种远景式的观察视角，其中的细节被暂时忽略。可以说，这种分法也是基于一些现代性的理论与眼光。用这种现代性的眼光去透视诗歌或诗人，19世纪中叶之前的诗人大体上都属于传统诗人类型。这里需要说明的是：这不是一个严格

第一章　诗人、文化经验及诗人的历史

的时间意义上的概念,在当今时代也有许多传统类型的诗人,而且细分起来,过去的那些诗人的面目也有很大的相同,但和当今的一些现代或后现代诗人相比,过去的那些诗人确实有不少相通点。其中最明显地体现在他们通常都具有质朴而自然的诗歌观念——诗歌创作的动力基于某种纯粹的情感与想象,并会和某种精神性韵味相连——他们也大多具有诗人所特有的所谓的浪漫情怀:体现在他们对自然、生活、爱等态度上,即使是那些被称为古典主义或现实主义的诗人,也大多具有这样一种诗歌观念。在这一诗歌观念的主导之下,传统类型的诗人通常又会有几种鲜明的倾向性。

传统类型的诗人或过去的诗人有一个最为明显的倾向——即具有很强的"魅化"世界的想象性动力。哪怕是那些被称之为"现实主义"的诗人,他们的创作看上去似乎只是一种揭露,实际上同样也出自一种精神性动机,他们也具有同样的完美的精神目的:现实世界有种种缺陷必须得到改善,使之更具有符合人类心灵的精神性韵味或魅力,换句话说要使我们人类存在于其中的世界充满更多的基于想象的魅力。这个情形用社会学家韦伯的话来说就是使世界"巫魅化"。传统类型的诗人或过去的诗人,借助于形象、情感、观念、意绪等"魅化"世界倾向较为明显。从更加哲学化的角度来说,传统类型的诗人主要通过两种精神途径实现这一目的:

一是通过和自然及自然元素的接近或亲近来实现。在这些诗人眼里,自然是人类的生命之根基与皈依,具有完美的深邃的迷人的光泽,而且有很强的精神意味。基于他们这种对自然的态度与眼光,这些诗人的生活通常也就拥有更多的自然元素,而在他们的诗作里自然意象也就很丰富,有的诗人甚至全然用自然意象去表达内心的感触与思想。关于自然的种种景语也成了他们的情语,成了他们表达思想或理想的重要媒介。这里的自然也包括诗人心目中的自然的生活状态,尤其是那种与自然合一的古朴的风俗常能吸引诗人的心灵。在传统诗人里走这种途径的诗人较多,尤其是在

中国的古典诗人中表现更加突出。

二是通过种种宗教元素来实现的。这在西方诗人那里表现得更加明显，这些诗人通常都具有浓重的基于美的宗教情怀。这里我们所说的宗教元素或宗教倾向是泛指的，不是严格的信仰意义上的宗教信仰，更不是指种种束缚人思想感情的宗教条规。在这一点上，中国诗人与西方诗人之间有不小的差别。我们所说的这个宗教情怀，其基本含义是指一种完美的生命观念，一种纯粹的理想，或对无限性的向往等，这一特点在过去的西方诗人身上有着更多的显现。与此相联系，过去的诗人或传统诗人注重表现人的内在的心灵世界，注重展现人的内在的灵魂，在传统类型的诗人之中，那些真正优秀者通常都有一种预言家的色彩，他们的诗的语言也就成为一种精神性韵味很强的语言。屠格涅夫的说法最有代表性，他说诗的语言是上帝的言语，事实上他是想说，诗人的语言有很强的精神性色彩。

还有一点与此相联系，过去的诗人在诗的创作方面重视诗意以及诗句的音乐性，尤其是中国古代的诗人重视诗词子句的合辙押韵及其格律对仗等，以此为基础，古代诗人甚至强调诗的可吟唱性。

尽管诗人身上都会蕴涵着普遍性特性，或者说都有共通的超越时空的一面——这也是本书着重强调的一个思想重心。不过为了使我们更好地理解这一点，我们还是要简单熟悉一下诗人过去的大体的存在的历史及类型，并从他们的历史差异的角度来观察问题。我们根据一般的文明类型的划分理论，也大体上将诗人分为几个时期。

1. 原始时期的诗人

有的历史学家把这段时期称之为旧石器时期，这是我们人类的进化过程中的一个充满恐惧与绝望的历史时期。我们人类在这种原始的时期早期自然没有现代意义上的"诗人"的。那时人类还处在所谓的蒙昧未开化状态，也可以说那是人和自然还处在一种未分状态，那时类的生存

第一章 诗人、文化经验及诗人的历史

很艰难，他们的精力几乎完全被动物性的需求所占据。那时人类主要运用简单的石器劳动，并依赖狩猎与采集维持生存。而那些看似和人的高级的精神需要有关的活动通常也和这种生存需要相联系。但到了旧石器的晚期阶段，人类已经开始有了明显精神性的或者说文化性，自此，诗人也就产生了，并已某种"胚胎"的形式存在于种种略显粗糙的文化活动之中。

我们人类文明初期的那些"胚胎"式的诗人是怎样的？

关于早期诗人的情形，我们无法给予精确的描述，只能更多地依赖猜测予想象，那还不是有文字记载的历史时期，他们也不会有所谓"诗人"的称谓。但我们可以推断：起初的诗人和后来者有很大的不同。他们的"诗歌活动"蕴涵在他们的种种为了生存的劳动之中，或蕴涵在种种宗教仪式的歌咏里或神话式的幻想之中。

> "对于旧石器时代的猎人们来说，这是一件不可思议的事情——在他们的心目中，根本没有世俗这个概念。他们所看到或体验到的每一件事情都将和神性世界的原型相对应。万事万物，无论多么微不足道，都包含着神性。……这种与神的联络感是神话世界观的基石，神话的意义也就在于让人们更充分地意识到精神维度的存在，它从四面八方紧紧地包裹着他们，并且——它就是生命本身。"[①]

这里阿姆斯特朗说的是神话，事实上，这种情形同样是早期诗歌或诗人的存在状况。旧石器时期的"胚胎诗人"主要就是那些向其他社会成员讲述他与神的精神维度沟通交流的那些人，这些人或许是他们种群之中最为敏感的猎人或富有想象力的采集能手，或许在讲述过程中，他们还会发

---

① ［英］凯伦·阿姆斯特朗：《神话简史》，重庆出版社2005年版，第18—19页。

出种种动听的嗓音或形象的手势。尽管他们还不具备后来诗人的那些鲜明的特点，但我们可以推测，这些人的角色后来就慢慢演化为诗人，他们也最接近后来被人们称之为"诗人"的人。

所以，人类的原始蒙昧时期的后期如果有所谓"诗人"的话，那一定是处在"胚胎"状态，而且借助于想象，我们基本可作这样的假设：他们的创作活动一定是和他们的生存需求有关，并和起初的劳动生活，巫术或宗教活动等有着紧密的联系。虽然这些"诗人"只是处在"胚胎状态"，但他们的所为已经和后来的诗人功能相似，并为后来的诗歌或诗人奠定了一个基本的方向。我们从后来的文明时代的那些真正的诗人身上依旧可以看到原始时期那些"胚胎"诗人的痕迹。在某种意义上，可以说，后来的文明时代的诗人就起源于这类富有想象力的充满精神勇气的先祖。

这还涉及诗歌与诗人的起源问题，后面我们还会谈论这个问题。

2. 农耕文明期的诗人

大约在一万多年前，人类发明了农业，从此人类就开始经历漫长的农耕社会，或者说进入农业文明时期。在这个历史时期的中后期，人类开始了真正意义上的诗歌创作。在某种意义上可以说，这个时期对诗人来说是最辉煌的黄金时代之一，也许，这段历史时期诗人的诗歌成就是后人无法超越的。只是到了这个时期，诗人才真正地作为一个独立的创作者出现。农业文明的历史阶段对于诗人来说或许还有永久的意义。我们在这里暂不去谈论农业文明的经济社会特点，比如，经济的自足性，劳动的手工性或社会的等级性等。这些社会经济层面上的特性和诗人的联系相对间接。我们更加重视的是农业文明时期人们和自然的那么一种不可分的关系，以及在这个时期人们思想情感与精神上的特点。这些方面对诗人的创作产生了很大的影响。

第一章 诗人、文化经验及诗人的历史

它（指农业文明——笔者注）导致人类一场伟大的精神觉醒，提供人类以崭新的视角，从此进入自我认识和认识世界的新境界。①

农耕文明时期人们的精神世界也很特别，有许多不同于工业文明或后工业文明的特点或特性，这种精神性倾向似乎特别适宜于产生诗人或诗歌。这种精神倾向的特点之一就是向往人与自然的共生。在农耕社会里，人类依赖自然的倾向比较明显，其中以对土地的依赖为核心，四季的更替及其变化在人们的生产生活的经验里占有重要的位置。在农耕社会中，正因为人们靠天的成分比较多，天人合一，"风调雨顺"也就成了人们普遍的渴望。在农业社会里，人类的生命生活的理想大多离不开自然，离不开自然基础之上的单纯质朴的生活方式，诗人似乎也是如此。

诗人是人类群体之中比较敏感的一个分子，作为一面敏感的镜子，置身于农业社会之中，他们的想象力、情思及其理想似乎都离不开农耕时期的自然环境及其自然生活。这个历史时期涌现出了一批又一批的优秀诗人，这些诗人的诗作看上去各种各样风格迥异，但如果你的视野放宽一些你就会发觉，诗人之间也有相似点，都会带上一种人与自然和谐共生的基调，这也是中后期农耕文明人们的精神的主要特性之一。这个时期的诗人绝大多数向往大自然及其自然元素，他们的诗作也大多记载了他们的这种心理。

因为中国经历的农耕期更长，而且绵延几千年未曾中断，因而在某种意义上可以说农耕文明时期的诗人代表就是中国古代的那些诗人。可以说，中国汉诗的最高成就也就是聚集在这一时期。从《诗经》开始直到清代后期的文人创作，我们中国的古代诗歌史也可以说是一部完整地记载农耕文明的历史。

---

① ［英］凯伦·阿姆斯特朗：《神话简史》，重庆出版社2005年版，第44页。

诗人的价值之根

从中国古代诗人的大量作品里，我们明显地感觉到：农耕文明时期诗人思想情感较为单纯明净，内在的冲突不像后来的诗人那么大，虽然也有一些诗人命运坎坷，但他们的诗作依然洋溢着一种农业社会所特有的清新质朴的气息。从总体上来说，这一时期诗人创作的诗歌自然而又朴实，诗风也晓畅清晰，反映了农业时代的社会生活的面貌以及个人思想、情感生活的特点，农业文明时期的那些特色被直接或间接地反映到诗作中，并构成了一幅幅独有的画面——最大特点就是对自然景物以及朴实的劳动生活、社会生活、情感生活等的重视，以及与此相反的方面——对种种阻碍人们实现这一理想生活的种种社会不公的控诉、批判与揭露等。这一时期的诗歌作品大多具有丰富的想象力，而且感情基调单纯自然，表现形式流畅，富有音乐性。其中对大自然种种景象以及和土地、四季变迁有关的田园景象的描绘，对朴实的劳动生活与感情生活的再现，还有在此基础之上感情抒发似乎成了农耕社会里的诗人的一个特色。

我们现在只能挂一漏万地列举两首诗，一首是北宋苏轼的诗：《饮湖上初晴后雨》，此诗描绘的是西湖在不同气候下呈现的不同风姿。

　　水光潋滟晴方好，
　　山色空濛雨亦奇。
　　欲把西湖比西子，
　　淡妆浓抹总相宜。

另一首是唐代诗人杜牧的《清明》：

　　清明时节雨纷纷，
　　路上行人欲断魂。

第一章 诗人、文化经验及诗人的历史

借问酒家何处有,

牧童遥指杏花村。

这首诗作是农耕时期中国古代人的生活的一个侧影。他这首诗写了清明细雨这一环境,路上行人复杂的思想情感,行人、蒙蒙细雨、江南泥土路、牧童等构成了一幅清晰的画面,语言自然朴素清晰流畅,不尚雕饰,但却因此成了脍炙人口的千古绝句。纵观中国的诗歌发展史,我们可以看到这类诗作数量庞大,并占据着诗歌的主导地位。

在整个农耕文明时期,那种向往与自然共生的倾向对西方诗人的影响似乎不是很大,深受这种精神情感影响的诗人就不多见,至少没有成为他们的创作的主流,我们从一些诗人的作品中零星地感受到农业的影响,比如我们从古罗马诗人维吉尔的一些作品之中就可稍稍看出了一些乡村的痕迹。维吉尔(前70—前19年)是古罗马最伟大的诗人,他出生于农民家庭,其抒情诗充满浪漫的田园风光,代表作品包括《牧歌》、《农事诗》和《工作与时日》,主要抒发对爱情、时政以及乡村生活的种种感受。尤其是《牧歌》,更为集中地反映了农耕生活的种种印迹,其中的那些田园诗再现了古老美丽的意大利田园风光。

在农业文明时期人们的精神世界里还有另一个或许是更为重要的倾向:这就是人们心灵中的宗教感或宗教意识,以及建立在这种宗教意识基础之上的宗教敬畏感或宗教情结。这一点在西方诗人那里有着明显地呈现。但因为西方社会——尤其是欧美——农耕期不像中国这么漫长而且绵延不断,所以他们诗人创作的主要特色(和中国传统诗人相比)更加明显地体现在另一些时间点上,而这个点似乎又不限于农耕时期,而是一直延续到工业革命的后期,所以在下面的一节,我们还会综合起来再次阐述这一点。

宗教敬畏与新的农业文明同步发展着。①

种种类型的宗教精神或元素在中国古代诗人之中表现得不太明显，虽然中国的诗歌传统中也有不少受佛教道教影响而创作诗歌的诗人，但这类诗歌终究没有成为中国古代诗歌的主流。但宗教精神或元素对西方诗人的诗学观念，创作意图及其创作实践却产生了不可估量的影响，尤其是在19世纪中叶以前，几乎每一个伟大的诗人的内心都怀有那么一种宗教般的完美观念，诗人也竭力避免使自己的生活或写作观念世俗化。他们借助于诗人的想象力，把那种神性渗透于他们的形象谱系，并在很大程度上"魅化"了这个世界，给人们的内在心灵带来了充实、希望与意义感。

3. 工业社会之前或不发达工业社会时期的诗人

我这里所说的前工业社会或不发达工业社会时期的诗人，其时间跨度似乎也比较较大，提法也比较含混笼统，我主要还是依据当今的一些现代性的理论做了这种划分，其就是意指整体社会的工业化程度还不太高，还没有进入到工业无处不在的程度。工业的种种特性对诗人的内心影响还不十分大，诗人的内心还能基本保留着对自然的敬畏感，以及对种种宗教倾向的热情，世界在这些诗人的眼里还是有机的、富于生命感的，诗人通过想象力以及与此有关的梦幻魅化世界的倾向还很明显。正因为如此，这些诗人大体上还是属于传统的诗人类型。这里我尤其特指西方19世纪中叶以前的那些诗人。他们也都是属于典型的传统诗人类型。

我们前面已经说了，虽然西方社会同样也经历了较长的农耕文明，但农业特性在其诗歌之中留下的痕迹相对中国古代诗歌而言，表现得不太突出。从他们诗歌的源头之一，古希腊的神话、剧作与诗歌中就可看出这一点。尤其是从古希腊的诗歌里，我们至少没有像在中国的古代诗歌里那

---

① 转引自伊利亚德《比较宗教学》，《神话简史》，第44页。

第一章 诗人、文化经验及诗人的历史

样,随处都可发现农业文明时期的精神倾向。而据历史记载,古希腊本来就不是以农业见长的。古希腊被分成大大小小若干个独立的"城邦"。说是城邦,实际上一个村庄或几个村庄的联合体。他们也有农耕,也多以农业为主,但渔猎或商贸对他们的诗歌似乎影响更大,因为他们的土地相对贫瘠,故手工业和贸易较为发达。为了种种利益,城邦之间战争不断。

古希腊的剧作,尤其是悲剧成就较大,这对后来的诗人影响也较大。他们的抒情诗也比较成熟,在古希腊抒情诗中,成就最高的却是被称之为"琴歌"的种类。琴歌可分为两种,一是独唱体,二是合唱体。独唱体琴歌的代表人物是女诗人萨福(Sappho)。萨福是西方文学史上开天辟地的女诗人,生活在公元前6世纪的希腊。她在雅典的民主派和贵族派的政治斗争中被迫流亡国外,后来在故乡莱斯博斯岛创建音乐学校。她一共创作了9卷诗,但留存下来的只有两首是完整的,其余都是一些残篇。她的语言艳丽无比,情调伤感,感情真挚,题材上多描写缠绵悱恻的爱情。如她的名作《致阿那克托里亚》,沉痛哀婉,感人肺腑。然而在古代希腊世界,诗人萨福的地位极高,曾被柏拉图称为"第十个缪斯"。

萨福往往给自己的诗歌谱上曲调,供人吟咏弹唱。在技巧上,她创立了"萨福体",改革了当时诗歌创作的韵律;在内容上,她与其他诗人一起,把咏唱的对象由神转向人,用第一人称抒发个人的哀乐,领当时文学创作风气之先。千百年来,萨福被人们视为描写女性爱情的圣人。萨福,一位古希腊女诗人,以饱满的激情吟唱诗歌,尤其是爱情、欲念、渴望以及随之而来的痛楚。她把诗歌当做对女性隐秘世界的礼赞。可以说,萨福创造了最撼人心魄的爱情诗。

我们来看一首据说是萨福献给女弟子的赠诗。

她音讯全无,我悲哀欲绝

诗人的价值之根

记得她离去时,泪落如泉

"没什么大不了的,"她说,

"离别总是痛苦的,萨福。

但你知道,我的离去并非我的所愿。"

我说:"走吧,只要你快乐,

但要记住,你带走了我的爱,

留给我的只有伤痛。"

"如果遗忘的时刻到来,就回想一下

我们向爱神所呈献的典礼

和我们曾经拥有的美

回想一下你戴的紫罗兰头饰

绕在你颈上的用玫瑰花蕾、

莳萝与番红花编成的项链

回想一下当我把带着乳香的没药

撒在你的头上与床席时

你说向往的一切已经来临

没有我俩的歌吟

大地一片沉寂

没有我们的爱情,树林永远迎不来春天……"

在后来的西方,正像在文化的其他领域一样,他们的诗歌也受到古希腊诗歌的影响,这种影响表现在对人性诸方面的重视。但西方诗歌还受到另一种或许是更为重要的传统的影响,即以基督教为核心的文化传统的影响,以致后来英国诗人艾略特说西方文化就是基督教文化。基督教的信仰传统影响了他们文化的总体氛围,使他们的整体的文化经验都带有浓重的宗教倾向,这其中当然也包括诗人与诗歌受到的影响。在西方诗歌史上,

第一章 诗人、文化经验及诗人的历史

十二三世纪普罗旺斯抒情诗人及其诗作可能就是受这种双重传统影响的代表。他们与同时期的中国古代的诗人有着很大的不同。这种不同主要根源于他们的精神性的信仰。

12、13世纪是西方骑士文学的繁荣时期，这其中普罗旺斯抒情诗占据着重要的地位。普罗旺斯抒情诗指12世纪初至13世纪初流行于法国南部普罗斯旺地区的骑士抒情诗。以法国为最盛。这些诗人和歌手创造了不少诗作。他们的作品歌唱现世生活和爱情，歌唱骑士的冒险，在这一点上，似乎有希腊诗歌的痕迹，同时也有浓厚的宗教色彩，弥漫着宗教神秘思想，并且往往掺杂着一些怪异故事。

骑士抒情诗的中心是法国南部的普罗旺斯。这种诗歌类型在当时似乎成就最高。普罗旺斯诗人被称为"特鲁巴杜尔"（或译行吟诗人），多数是封建主和骑士，也有少数手工艺人和农民。他们的诗歌一般咏唱对贵妇人的爱慕和崇拜，其内容主要是描写骑士和恋人的悲欢离合，讴歌骑士之爱，属于"典雅爱情"。普罗斯旺骑士抒情诗的种类有：牧歌、情歌、怨歌、夜歌、破晓歌及感兴诗等。它从民间诗歌中汲取种种养料，形式多样、诗律严谨、语言精练，心理描写突出。其中以"破晓歌"最为著名。"破晓歌"叙述骑士和贵妇人在破晓时候分离的情景。

这些诗大多以描写男女的优雅与唯美的爱情为主，并抒发他们心中对某个"理想女人"的思念。初看起来，这些诗人的创作似乎渗透了太多的人间的气息，似乎和人的"人性"有较多的关联。其实，这只是表面，在这种情感的深处恰恰包含了我们所说的宗教元素：体现为对某种理想与完美的追求。只不过他们心中的"完美观念"是寓于"理想女人"之中。他们的宗教情怀借助于纯粹的男女情感来展现的。

这些关于男女的唯美的爱情描绘依旧影响着后来西方各类诗人，其中也大多包含着宗教色彩，完美的爱情已成为西方诗人思考并展现神性的重要的题材。这也直接影响了后来的浪漫主义的诗人。浪漫主义诗人也喜欢

诗人的价值之根

抒发那种男女间的唯美的情愫。

但十九世纪初的那些浪漫主义的诗人,它们更主要的是通过描绘大自然或质朴的自然生活来展现神性的。换句话说,他们"魅化"世界的主要方式是讴歌自然,讴歌充满灵性的自然。和小说等文体不同,浪漫主义诗人比之现实主义或古典主义等诗人来,他们的诗歌成就更为突出贡献也更大,其对后来人们的诗歌观念影响也最为深远。浪漫主义的诗人似乎重新发现了大自然,虽然这些诗人心目中的自然和中国古代诗人心中的有很大的差异。他们心中的自然在某种意义上可以说就是宗教意义上的自然,这种自然是充满灵性的,是宗教精神与自然精神的融合,但自然的根基依旧和精神相通,和一种绝对的神性相融,或者也可以说大自然与完美的造物主根基可归于一。到了浪漫主义诗人这里,宗教途径与自然途径似乎已经融合为一。那些浪漫主义诗人所倡导的诗歌精神也最终确立了自己的真正地位,并对后世的诗歌写作产生了深远的影响。西方的18世纪末叶至19世纪中叶之前所涌现出的浪漫主义流派的诗歌创作及其诗学理论真正抓住了诗歌的重要的精神根基,仅就诗歌精神而言,可以说,还没有哪个流派可以与之相比,不管是在他们之前的还是后来的诗派。

我们来一首英国诗人蒲柏在《批评论》中对自然的热情的礼赞。这可以从总体上代表浪漫主义的关于自然的诗学观念。

> 首先要追随自然,
> 按照它的标准来下判断,
> 这标准是永远不变的。
> 自然永远灵光焕发,毫无差错,
> 它是唯一的,永恒普照的光辉,
> 万物从它得到力量、生命和光,
> 它是艺术的源泉、目的和检验标准。

四　现代诗人类型

我们这里所说的"现代诗人类型"也不是一个严格时间意义上的概念，其更多的是指十九世纪末期之后对传统的诗歌观念进行凶猛颠覆的那类诗人，主要是指发达工业时期或后工业时期的那些充满叛逆感的解构传统倾向明显的诗人，也是指人类现代化程度愈益提高之后的那些深受这种现代化运动影响而偏离传统诗歌精神性韵味的诗人，或指人类进入了所谓的现代性社会之后的那些深具这个时代特色的那些诗人。现代诗人类型比之过去的诗人或传统的诗人类型，在诗歌的写作观念上似乎也发生了一种所谓的"现代性的断裂"，同文化的其他领域一样，在诗歌写作方面，现代诗人类型也和传统诗人类型形成了鲜明的对照：大多数现代诗人类型都能怀着热情拥抱种种现代化了的生活方式，并产生了强烈的"祛除魅化"世界的冲动，或通过"解构""还原"等方式消解世界的"巫魅"痕迹，让世界变得混浊一片。如果说，现代主义诗歌的种种"祛魅"大体上还是通过理性的方式来完成的，那么后现代主义的一些诗歌则走得更远，把传统的诗歌精神几乎全部打翻，并打破了过去诗歌写作所遵循的基本准则。

当我们置身于其中的世界在诗人眼里不再充满神奇的精神韵味的时候，诗人的眼光很自然地就会发生一种转向——这个方向肯定会是现实的尘世的方向，这也是诗人在有意无意之中"祛除魅化"世界的途径。基于这么一种世俗性的转向，导致诗人和诗歌传统的决裂：大多数现代类型的诗人看起来似乎个个都喜欢以一种叛逆的姿态去从事诗歌的写作，并喜欢在这种叛逆的姿态基础上另辟蹊径试验新的诗歌表现形式。和传统的诗人相比，大多数这类现代诗人似乎把主要的创作精力倾注于一个和过去不同的写作领域里。就十九世纪末直到现在实际的创作实践来看，现代诗人类型（事实上也常常包括了后现代诗人）大体上有三个不同于传统诗人的方向上的转化。

1. 诗歌写作内容有远离自然的趋势

现代诗人类型中的那些具有代表性的作品在这一点表现得很突出。这似乎也和人类社会的总体的文化发展相一致,大自然及其自然景象在这些现代类型诗人的心中地位下降得非常厉害。基于此,他们的诗歌中的基本意象、情绪或叙事,也有远离自然的趋势。现代诗人类型似乎嫌涉及大自然的种种意象太具有诗意,太老旧,太抒情,并因此过于美化了这个世界。他们喜欢展现代人的种种世俗化的生存景象及世俗化的心理欲望,喜欢反映和人的深层的生存状态有关的生活及情绪,喜欢写人的种种略显黑暗扭曲的心理世界等。他们在创作中所选取的意象也有意同自然保持着某种距离,他们或许更喜欢人为的世界,写城市的种种景象,如交通网,技术化设备、广告牌等,还有城市之中的人们的种种生活场景及潜在的内心状态——空虚、无聊、焦虑等——也成这种类型诗人的经常性的写作内容。再一个内容就是对人们的平凡琐碎的日常生活进行描写或叙述。

2. 诗歌写作的姿态——叛逆性更加明显

诗人的这种反叛姿态主要体现在反宗教、反道德、反政治等态度上,代之而起的是诗人的怀疑主义与虚无主义,以及颂扬感官的享乐主义等。这是现代诗人类型的诗人抛弃了种种形式的宗教元素之后的必然结果,他们刻意地把世界非道德化甚至非精神化,在这些诗人的笔下,世界赤裸而真实。为了显示这一思想,他们在创作中竭力把人"空心化",人几乎成了没有精神没有深度的空壳。其中有不少代表性的诗人着力于描写人们的感官经验与原始欲望。在当下的中国,所谓的诗歌身体性的话题,就是这种诗歌观念的体现之一。这一话题的实质就是注重诗歌与身体欲望的种种关联。有不少当下的中国诗人在自己的作品里也注重运用所谓的诗歌的身体性理论,如描写人的性欲等。这和当今的整体的文化经验的发展趋势是一致的——这就是世俗化物欲化享乐化,人们越来越注重看得见、摸得着

第一章　诗人、文化经验及诗人的历史

的世界。在人类的信仰还没有完全衰落之前，那些充满激情的诗人还能保留对无形世界的想象力，并产生超越的愿望，而生活于现代社会之中的典型的现代诗人则发生了方向上转折，在这样一种世俗气很重的文化氛围与背景之下，物质、欲望、身体等就受到了前所未有的重视，并成为诗人热衷表现的对象或主题。在这样一种诗的观念的主导下，传统诗歌里喜欢展现的精神性韵味，在他们眼里反而显得虚假与缥缈，显得不真实。

3. 诗歌写作的形式化

现代类型诗人的种种所谓的实验性的诗歌写作甚嚣尘上，在此基础之上，诗歌的表现形式与内容变得五花八门，向着各个方向延伸，似乎诗歌的表现形式与内容是没有边界的。还有种种所谓的转向"文本"的诗歌理论也很流行。现代类型诗人对诗歌的"文本"的种种探索具有积极的意义：他们的这些"试验"与探索丰富了诗歌艺术的表现力。但同时我们也应看到在种种"试验"的语言游戏中，有些"前卫诗人"在诗歌的表达上则随意性很强，使诗歌艺术丧失了本应具有的形式方面的精微性，在追求所谓的"无深度、无中心、拼贴性、游戏性"的口号下，诗歌的各个方面都丧失了对人的心灵的影响力，也必然使诗歌作品停留在一种粗制滥造的形式层面。或许有人认为这是这些诗人为了诗歌的开放性、通俗化而做出的一种努力，但这种过于随意性的诗歌写作很容易降低诗歌艺术的品位，尤其是在这种网络时代，诗歌写作与网络媒介结合在一起，更容易产生了诗歌写作短、平、快的躁动性。

五　未来的诗人、诗歌历史的延续及诗歌的进步

不管诗歌与诗人在当前面临着怎样的困境，我们都坚信，诗歌的历史不会中断，它依旧会顽强地延续并伸向遥远的未来，而且它还会以一种崭新的面貌登场，即它会以更加能触动人类心灵的面貌出现在人们未来的生

诗人的价值之根

活里。未来的诗人也依旧会延续过去的历史,并在更加宽阔的视野上达成诗歌精神与创作方法的综合。未来的诗人应该对过去诗歌的优秀遗产进行兼收并蓄,以期有更好的养料来滋养自己,而不能一味地反叛与破坏,毕竟每一种门类的艺术都不是凭空拔地而起的。未来的诗人究竟怎样才能找准自己的恰当的位置,这是个很复杂的选择。但我们认为以下两点是未来诗人必须思考的:

一是就诗歌创作本身来看,未来的诗人必须综合现代诗人类型与传统诗人类型各自的长处。现代类型的诗人在诗歌的种种形式探索上有着重要的意义,其创作手法,表现技巧等方面比之传统诗人显得更加精湛、丰富而富有变化,也给人们带来了许多享受——一种基于对其形式美方面的鉴赏所带来的享受。但许多现代类型的诗人在精神方向上,似乎有些迷失,这种精神方向上的迷失最终一定会给诗歌带来致命的创伤。在诗歌精神方面,传统诗人类型显然比现代诗人更值得借鉴,这是一份最重要的遗产,可以说蕴藏着丰富的有待挖掘的宝藏。诗歌归根结底是不能没有精神支撑的,失去精神支撑点的诗歌就如失去翅膀的小鸟,肯定是飞不高的。未来的诗人应该重拾传统诗人所具有的精神性,并吸取现代类型诗人的丰富多变的创作手法与技巧,这样诗歌的命运或许就会有很大的改观。事实上,就连被一些人归为现代诗人的代表之一波德莱尔都说:

> 美永远是,必然是一种双重的构成……构成美的一种成分是永恒的、不变的,其多少极难加以确定,另一种成分是相对的、暂时的,可以说它是时代、风尚、道德、情欲。永恒性部分是艺术的灵魂,可变成分是它的躯体。[①]

[①] [法]波德莱尔:《波德莱尔美学论文选》,郭宏安译,人民文学出版社1987年版,第475页。

第一章 诗人、文化经验及诗人的历史

也可以说，诗歌的形式方面的元素也属于可变的成分。

除此之外，诗人还要放宽视野，把自己置身于人类经验的总体图景之中，这样才能更加准确地来为自己定位。就大的方向来看，我们的文化经验越来越外在，这种外向化的文化经验具体体现在我们文化经验的物质化、技术化、形式化等方面。面对这种文化或文化经验的发展趋势，诗人应该怎么应对？根据我们上面提出的关于诗人价值的思想，未来的诗人反而要敢于逆流而上，坚定地走内在化的路子，以均衡整体的文化经验的片面的性质，从而使整体的文化经验获得某种和谐与平衡。只有这样，诗人才能更好地发挥自己的作用，也才能使自己的诗作获得某种持久的价值。

未来文化的发展趋势使诗人的这一任务变得更加具有紧迫性与现实性。

关于未来社会整个文化的发展图景，现在还不够清晰，不过我们已经可从当今的一些最新潮流中看出点端倪，这些端倪似乎值得诗人高兴。人与自然的关系现在又成了人类要处理的重要课题，现在人与自然也有了重新获得和解的可能性，自然的魅力又重新深入人心。人也意识到陷入自我之中的危害，生命的意义与精神的真正价值都不在自我之中，人们必须走出自我编制的藩篱，积极地与更高价值的精神力量沟通、交流，所谓的灵魂意识就蕴藏在这种寻找里，没有灵魂的生活已被证明是不能给人带来真正快乐的生活，也是没有多少价值感的生活。根据当今文化发展的一些迹象，我们看到未来文化中的如下两种动力或元素依然值得诗人关注。

其一是自然元素。

在某种程度上重新回归自然，让自然重新彰显其迷人的魅力，这是当今文化发展中的一个新趋向。这似乎也是未来诗人的一种不可逃避的选择。诗人的使命与科技的使命似乎存在着不可调和的冲突，诗人应永远站在自然力量一边，成为大自然的永恒的情人与讴歌者，并将种种自

然的元素纳入自己的创作实践。从这个意义上讲，未来诗人应承接传统诗人对待自然的那份赤诚态度，并用带有时代感的眼光重新打量自然。但这个时代的主流文化似乎不利于诗人成就这种新的角色。一般来说，在科学技术统治的时代，一个诗人要想更好地展现自然的神奇与魅力，那似乎更加困难。另一方面，当今的物欲横流的时代气氛，也使人们（包括诗人）打量自然的目光不够纯净。这也就意味着在未来的时代，要想做一个纯粹的和自然交谈的好诗人，或许将变得更为艰难，更需要诗人有一颗明净的心。

其二是宗教元素。

宗教元素对未来诗人依然重要。诗人本来就应有那种神秘化事物的倾向与动力，缺了这种宗教意绪或宗教情怀，诗歌作品就会失去一部分价值根基。就连现代倾向很浓的卡夫卡都说，诗人写作更像一种祈祷。可见，诗人与宗教体验或宗教式的姿态的深刻的关联。这种宗教意绪在当今的条件下的体现较为复杂，有时体现为对质朴、神秘与静等方面的追寻。真正的诗人大多是寂静主义者。真正的诗人也大多有浓厚的神秘倾向。

自然倾向与宗教倾向恰恰是浪漫精神的两个最重要的翅翼。人们在经历了极端理智与极端现实的生活之后，发现了心灵的空虚、压抑与郁闷，发现生活中不可缺少那种叫做梦想的生命原动力，人们最深层的梦恰恰和自然与宗教有关。而梦想与梦幻这东西，却恰恰是被一些现代主义和后现代主义的摧毁的对象。一百多年的文化历史证明，比之之前的那些伟大的诗人，所谓的现代主义与后现代主义诗歌运动中涌现出来的人物，其诗歌成就主要还体现在诗歌的形式表现上，他们的诗歌观念或精神还是稍稍逊色，其中的一些诗人与诗歌流派竭力斩断了与传统诗歌的联系，以标榜他们种种形式上的创新，并因此丧失了某种精神魅力。

他们的种种探索或许就诗歌艺术本身来说是有意义的，但把它们放在更大的文化范围里来考察，或放在整体的人类经验的视野里来看，它们的

第一章 诗人、文化经验及诗人的历史

意义就不是那么明显了。这些时髦运动中诞生出来的许多诗歌没能让想象世界变得神奇更加有魅力,一些诗歌甚至有意削减世界的想象性价值,他们没有能够为人类总体的文化经验的完善作出自己独特的贡献,更没能为人类的内在心灵的丰富作出更大的努力,许多诗歌作品在"还原""解构"的口号下,把生活世界弄得七零八落,总之,这些诗歌潮流没有能够为人类心灵的充实感、意义感作出真正有价值的贡献。

经过过分的现实化之后,质朴的浪漫观念与理想在当今的文化中似乎又有复活的趋势。这让已经被边缘化的诗人重新看到了希望的曙光,因为诗人的真正优势恰恰体现在那种质朴的浪漫观念里。这种被称之为浪漫精神的精神是人作为人真正不可缺少的。不过毕竟时代发展了,其发生了很大的变化,建立在旧有浪漫精神基础之上的诗歌形式也不完全适合当今的或未来的诗人。我们需要和新的时代条件相适应的新型浪漫精神,并需要建立在新型浪漫精神之上新的诗歌形式,这种新型的浪漫精神是当下的时代特色与浪漫观念的有机结合,在此基础之上的诗歌表现形式也会更加丰富,并有助于增添自然、社会与人生诸方面的想象价值,有助于使当今世界已经破碎的世界图景在某种程度上复原。

与此有关的是关于诗歌的进步的观念。诗歌作为一种高级艺术形式,她的进步怎么来体现?诗歌的进步肯定离不开诗歌精神的发展,而诗歌的精神性进步肯定不同于诗歌的自然进化,那么其进步体现在哪里?在这方面似乎也有很多的误解。

诗歌的语言形式方面的试验一直被一些诗人——尤其是现代类型的诗人——当做一种艺术创新来推举,似乎有了这些日新月异的新试验,诗歌艺术就可冲破重复与循环的藩篱。这些尝试或许有些价值,但过于随意的语言方面的试验或无根基的创新并不代表诗歌的进步,那些创作手法或技巧方面的完善也并不能真正体现诗歌的发展。

诗人的叛逆的虚无主义式的写作姿态也很难体现诗歌的进步。不少诗

诗人的价值之根

人不在诗的写作方面（从内容到形式）下工夫，而喜欢在诗歌之外作秀，这种作秀的最常见的方式就是对诗歌传统的叛逆。这我们从现时代的许多诗人身上看出了痕迹，什么"非非""莽汉""下半身""垃圾"诗派，里面充满了故弄玄虚的感官色彩，但就是触及不了人们的那颗渴望着的敏感的微妙的心灵。他们似乎认为这么反叛过去的有价值的诗歌传统之后，他们也就有了时代感，也就自然而然地体现了诗歌的某种进步。

诗歌自然不能陷入僵硬的重复与无变化的循环，但诗歌的进步最终还是要体现在精神性韵味与审美成就方面，即诗歌的进步与发展必须有一个基本的前提：诗人只有创造出了深刻的足以打动人类心灵的作品，并借着这种作品之中所蕴涵着的独特的情感、思想、智慧及其美激发了人类心灵的生机与活力，只有这样的诗歌才真正谈得上有价值，在这种价值的基础之上，才可谈论诗歌的进步，否则所谓的进步就无源之水、无本之木——不管有些诗歌表面上看去怎样的让人眼花缭乱。诗人只有凭借着奇异的想象力与深厚的情感力量，真正地写出能扣动人类心灵的深刻幻景，那才能被认为是真正有价值的，而且只有通过这些富有价值深度与广度的作品的不断累积，人们也才能最终判断诗歌是否取得了真正的进步。

第二章

诗人的功能、内涵、任务及其精神定位

　　前面我们着眼于宏观层面,是全景式的透视方式,目的就是将诗人放置在人类的总体的文化经验图景中加以思考,这样才便于我们考察诗人的许多问题,以此为基础,下面我们将从诗人的功能、内涵、任务及其精神定位诸方面更加具体地阐述我们对诗人的理解。希望通过这种思索与探讨,可让我们对诗人的"何为"以及方向问题更加明确一些,也希望这些思考有助于诗人的弄清自己,使其能避免时代的万花筒式的潮流对他们的创作观念造成的干扰。

一　诗人的起源、功能、职责

　　从总体上来看,当代人关于诗人的观念不是很清晰,可以说还有些混乱。诗人似乎是没有什么定性与特殊性的,人们(包括一些诗人在内)不愿更多地去深思"诗人究竟意味着什么"的问题,似乎任何一个自诩为诗人的人就真的成了诗人,又似乎每个人都可以是诗人,只要他愿意打破一点常规,让精神暂时错乱一下,再喊上那么几句有点晦涩怪异的语句即

诗人的价值之根

可。造成这种混乱的根源或许在于我们这个时代的文化本身：我们这个时代基于其多元化的倾向，基于其实用的世俗的特性，在许多领域都失去了价值方面的方向感，关于诗人的观念也是如此。诗人似乎丧失了其主体性的内涵，我们也失去了衡量诗作与诗人的真正的价值方面的要求。我们这个时代对诗人也采取一种简单化的态度：似乎诗人问题也属于某种文化现象，对之可采取多元化的宽容来应对：诗人只是这个时代种种文化现象的一种显现。这种多元化原则用之于诗人的结果就是：诗人不仅可以多种多样，各标示其特性，而且在精神价值方面也没有高低贵贱之别。

我认为这种看上去似乎很宽容的态度会造成许多负面的结果：让诗人的内涵越来越空洞，越来越随意化。这就难怪会有人说：能敲电脑键盘回车键的都可当诗人。诗人失去了其内在的主体性内涵之后，也就失去了价值方面的批判基础，接着就自然而然地会产生一些混乱，至少会在很大程度上损害诗人与诗歌在精神方面的深刻性与纯洁性，进而影响人们的内在的心灵世界。为了帮助人们更好地理解诗人观念，我们接下来会从几个方面厘清其种种模糊不清之处。

我们先从诗人的起源说起——我们前面已经涉及这一问题——诗人与诗歌都有其起源。像其他事物一样，我们也可以从诗人与诗歌的起源中看出许多问题的端倪，并以此开启我们的思路。诗人的一些内涵事实上也可从中显现。这本节里我们主要是以中国古代的诗歌及诗人的起源为例。毕竟从诗人与诗歌的历史久远度方面来看，中国的诗人与诗歌或许更具有代表性，或许也更能说明问题。诗歌的起源与诗人的起源有着密切的相关性。

据一些史书记载，中国古代通常把不合乐的称为诗，合乐的称为歌，后来的人们习惯将两者合并在一起称谓，统称为诗歌。按照现在一般的说法，诗歌起源于上古时期特有的社会生活，并和劳动生产、两性相恋、原始宗教等因素有关。《尚书·虞书》："诗言志，歌咏言，声依咏，律和

第二章　诗人的功能、内涵、任务及其精神定位

声。"《礼记·乐记》:"诗,言其志也;歌,咏其声也;舞,动其容也;三者本于心,然后乐器从之。"

在我们人类文化活动的早期,一切都还处在萌芽状态,一切都没有分化,也都还处在某种混沌期,在那个历史时期,诗、歌与乐、舞也是合为一体的。诗即歌词,在他们的略显粗糙的实际表演中总是配合音乐、舞蹈而歌唱,后来随着这种文化活动的渐渐的频繁,随着人们生活的需要的加深,这种早期的形式也开始了种种更新,后来随着这种文化活动的更加深入地发展,诗、歌、乐、舞等开始了自己的独立的发展进程,它们开始了各演化,并独立成体,诗与歌后来统称诗歌。

在中国上古人的那种混合性的生活里,尤其是在他们的种种宗教巫术活动中,诗和歌的元素很难分开,诗、音乐、舞蹈和宗教仪式等常常结合在一起,这些活动通常也都有特定的精神方面的指向,目的是给人们带来某种精神希望,如祈求农业的丰收,或某一种族的兴旺等。而这些诗歌乐舞混合在一起的活动状态被统称为诗歌活动,这些诗歌活动又是和广泛的社会文化生活——比如,宗教活动联系在一起的。经过这种较为漫长的混合性的文化活动之后,有些部门才慢慢地获得独立的位置,诗与歌才渐渐地合并演变而成为后来的中国诗歌,此时诗歌的含义也变得越来越明确、集中,并形成了我们中国悠久的诗歌的历史和丰富的遗产,从一开始的集体的诗歌活动,到后来的《诗经》《楚辞》和《汉乐府》,汉赋唐宋诗词元曲等,以及无数的诗人的作品。

我们中国的现代诗主要是受西方诗歌的影响。西方的诗歌历史在大的进程方面同中国古代诗歌史相差不大,他们也基本遵循着诗歌发展的基本轮廓与路线,由古代的集体生活仪式,古希腊的荷马、萨福和古罗马的维吉尔、贺拉斯等诗人开启创作之源,其后在西方在不同时期经历了不同风格的创作流派。

事物的最初的源头对理解任何一种文化现象都很重要,诗歌和诗人也

诗人的价值之根

是如此，理解了诗歌发展的最初的源头情形，就可帮助我们理解诗人的基本的内涵及其定位，诗歌或诗人从其开始的诞生之日起，就不是孤立的，其和社会的其他文化生活充满了连续性，那时的诗人角色并不明显也不独立，他的价值取决于他在那时文化经验中的所占据的位置，那时的诗歌或诗人的价值只有从其在当时的文化经验的所发挥的功能中才可得到体现，而且从诗歌的起源来看，我们就可知道任何诗歌活动都不可能脱离其他的文化元素，也不可能脱离广泛的文化经验而孤立地存在。

鲁迅先生在《中国小说的历史变迁》中也谈到了诗歌的起源问题，不过他是从理论的角度给予了梳理，他说：

> 我想，在文艺作品发生的次序中，恐怕是诗歌在先，小说在后的。诗歌起于劳动和宗教。其一，因劳动时，一面工作，一面唱歌，可以忘却劳苦，所以从单纯的呼叫发展开去，直到发挥自己的心意和感情，并偕有自然的韵调；其二，是因为原始民族对于神明，渐因畏惧而生敬仰，于是歌颂其威灵，赞叹其功烈，也就成了诗歌的起源。至于小说，我以为倒是起于休息的。人在劳动时，既用歌吟以自娱，借它忘却劳苦了，则到休息时，亦必要寻一种事情以消遣闲暇。①

这里我们可以看出，不管是劳动还是宗教的起源，诗人与诗歌都和现实的实用式的生存没有太多的关联，诗人与诗歌没法给人带来感性的、可见的、现实方面的收获，诗人与诗歌都被指向和现实生存无过甚关联的世界。那时，诗人的职责就在于是人们能够"忘却劳苦"，并通过其"歌颂神灵"使人们摆脱种种畏惧。原始的诗人用其所创造的想象世界来抚慰现实的生存世界，原始诗人的价值就在于他们通过自己的想象、热情与创

---

① 《鲁迅全集》第九卷，人民文学出版社 1973 年版，第 302—303 页。

第二章　诗人的功能、内涵、任务及其精神定位

作,通过他们的语词所营造的梦幻般的世界来抚慰人们,并给人们的精神与心灵带来某种激励。其实后来的诗歌也同样具有这样的最基础功能、职责。诗人的主体内涵也在于此——诗人被指向通过有生机有活力的语词表达某种美好的梦幻或精神希望,或者指向某种深层的精神现实。

在《诗经》中有一篇名叫《采葛》的诗这样写道:

彼采葛兮。一日不见,如三月兮!
彼采萧兮。一日不见,如三秋兮!
彼采艾兮。一日不见,如三岁兮!

这是一首饱含着深情并充满想象力的诗歌。在实际的现实生活中,作者无法和所思念的人相聚在一起,他就逃遁到诗歌的世界里,用诗歌的形式表达内心的怀念,并表达出一种对被怀念者的深情,诗人想象他所怀念的人正在采葛、采萧、采艾,虽然只一天没见面,就像隔了三月、三秋、三岁一样。全诗反复吟唱,表达了离别后殷切想念的心情。这类诗歌作品同样也可抚慰那些怀有同样的或类似的思念之情的人,他们通过阅读进入诗人的想象世界里,他们的精神与情感就可得到安慰或激励,并产生一种希望感。

在当今的文化背景下,我们怎样通过理解诗歌与诗人的起源得到一种启发呢,又怎样来理解诗人的文化方面的功能、职责呢。当今的诗人个性倾向过于泛滥,自我标榜的创作旗帜也不计其数,似乎只有他们自己才能代表诗歌最新的潮流,又似乎只有他们才能理解后工业社会诗歌的真谛。现在能排行写字的人都可自称为诗人,诗人的类型似乎可以是无穷无尽的。有些现代诗人可能稍稍聪明一点,他们给自己一些稍稍学术化一点的称谓——先锋诗人或后现代主义诗人之类。总体感觉,当今人们关于诗人的观念及其内涵被弄得异常混乱。这种似乎无边际无界定的完全开放的情

形有可能成立吗？既然冠名为"诗人"，那么它就肯定有其独有的地方，肯定有其不可替代的一面。当今时代文化背景中的这种诗人含义无限开放的现象肯定是不正常的。

那么，我们应该怎样去理解诗人的主体性内涵及其功能呢？怎么去理解诗人的最核心最基础性的特质及其任务呢？如前所述，我们只有把诗人摆在人类文化经验的整体层面上，我们才能够看清这一问题。我们或许应该联系整体人类经验的特点去理解诗人所扮演的角色，以及以此为基础所发挥的职能—责任，我们只有从这一更为宽阔的层面上来给诗人定位，我们才能看清并理解诗人的特殊性，并理解其所承担着的较为独特的精神使命。这种独特的精神使命自然和诗人的丰富的感觉、富有创造性的想象以及纯粹的情感有关，在更高的层面上，其更和人类的梦幻潜能、精神希望有关，和人类的精神深层中"魅化"世界的渴求也有着深深的联系。下面我们将联系诗人的任务与使命继续思考这一问题。

二　诗人的基本任务或使命是什么

诗人的基本任务与职责问题也是一个比较复杂的问题。粗略研究了我们人类思想史关于诗人的种种看法之后，我们发现，关于诗人的任务或使命问题，说法也是各不相同的。在不同的历史时期人们对诗人的要求也有所不同，或许诗人在某一历史时期所承担的任务不止一种，这些任务有的只是属于即兴的或被迫的性质。诗人在各个历史时期的那些任务的复杂性有时迷惑了我们观察的眼睛：让人一时搞不清楚，真正诗人的真正的任务是什么？或者说真正的诗人真正的服务方向是什么？

从个体创作的角度来看，诗人应该立足于精神与心灵的自由，而且似乎越自由越好，但如果我们将诗人置身于人类文化经验的总体图景之中，我们就会发现，彻底的自由观念事实上属于不真实的假象：诗人——在人

第二章　诗人的功能、内涵、任务及其精神定位

类文化经验的总体图景之中——有自己最适合承担的基本的使命。那么诗人的真正的任务或者说基本使命究竟应该是什么。事实上，关于诗人的基本任务或使命内容在不同的时代条件下显现有所不同，在过去不太长的历史时期中，诗人倾力服务过的对象就包括许多方面：语言学的、政治的、社会学的、神学的甚至经济的意义上的，等等，也就是说诗人都曾为它们中的一个或几个服务过，这些各不相同的功利性目标似乎都曾有幸成为诗人服务的对象。但我们认为这些都不是诗人的真正的根基性的任务。关于这一根基性任务问题，我们会在后面较为细致地予以讨论。

在中西思想史上关于诗人的任务，主要有以下几个方向。

1. 政治学意义上的任务

这种看法事实上还是蛮普遍的，此种观点认为，诗人或诗人的创作必须为政治服务，并服从政治对他提出的种种要求。一旦诗人的生活行为与创作与这种最高的政治目的与任务相悖，那么，他们本人的生活或创作就会遭到这样那样的冷落、忽视与否定，在某些情形之下，诗人甚至会因为其作品与当时的政治大气候不符而面临着人身安全方面的威胁。这种情况在中西方的文化历史上都曾盛行过。

哲学王柏拉图在他的理想国里之所以要驱赶诗人，也是出于政治方面的考虑。他之所以要驱赶诗人就是因为他认为诗人无助于他的理想国的实现。其实，如果我们仅就他个人兴趣来看，我们很难理解他的放逐诗人的想法。柏拉图在年轻时就喜欢诗歌，并且认为只有诗歌才是真正的艺术，但是出于政治方面的考量，他在他的政治代表作《理想国》里却要把诗人和戏剧家一并赶出希腊城邦，也就是他的理想国，因为他觉得诗人的诗作无助于培养他的理想国里的合格的君主、公民与战士。有人说柏拉图年轻时深爱一位女性，并写了许多诗，但由于这段爱情无果而终，让柏拉图心灵与情感受到伤害，因此柏拉图后来非常轻视诗人，所以才要把诗人赶出理想国。其实没有这么简单。

诗人的价值之根

柏拉图是从政治的角度来思考这一问题的,虽然他的政治理想看上去较为狭隘。正是因为他拘泥于他的狭隘的政治观点,他才要将诗人赶出他的城邦。他的所谓的理想国是一个纯粹理性的国度,是排斥一般人感性欲望的国度,他就是从这一基于他的纯粹理念的政治角度对艺术提出了种种的要求,甚至对古希腊诗人荷马,他也同样表现出了拒斥的态度。对于他来说,荷马让神与英雄去犯了一些最凶恶的罪行,荷马在诗中宣扬了软弱偷生与害怕死亡的情绪,这些对于他理想国里的战士是很不合适的。柏拉图则认为,正是诗挑起了人的无理性冲动欲望,使人们失去了节制。由于这些政治性的理由,他才要驱赶诗人。

我们中国传统诗论中也有许多从政治的角度来思考诗人或诗歌的任务的,他们基于政治考量,也特别讲究"诗言志,文以载道",这里的"志"或"道"在许多情形之下讲的就是诗人与诗歌的政治性问题。在中国的传统历史中,诗人与诗歌的"载道"功能被一再地强调,在许多历史时期,这都被看成是理所当然的。在我们近期的民族解放的年代,这种诗人的政治功用显得十分突出。诗人要为民族的解放服务,诗人要为工农兵服务,诗人要成为政治的"喉舌",要为政治目的而创作。在当今社会尤其是在我们中国,这种观点依然拥有巨大的市场,领导者们依然强调诗人的政治功能,强调诗人要积极地去反映新时代的种种成就,诸如中国社会三十年改革开放的巨大变化,等等,他们认为这是新时代一个诗人必须承担的政治责任。

2. 社会学意义上的

这种观点强调的是诗人或诗歌的社会功用性,基于这种社会功用性的观点,他们会更多地肯定诗人的现实性意识或面向现实的取向性,认为诗人应积极地关注种种社会的现实的问题,并积极地"介入"现实,这种观点号召诗人将目光聚焦于和种种现实相关的事物之上。这种强调现实功用性的观点,在当代条件下,又演变为对种种所谓"真实性"的强调。在这

第二章 诗人的功能、内涵、任务及其精神定位

种思想的主导之下,那些描写现实的诗歌作品通常会受到极大的褒奖,这点观点也强调社会责任,但这种责任的性质大多是功利性的,换句话说,就是强调诗人要对社会的种种现实性的功用负责。

春秋战国时期的孔子就从这一角度论述了诗的功用及其诗人的责任。

《论语阳货》:"子曰:小子,何莫学夫《诗》?《诗》可以兴,可以观,可以群,可以怨;迩之事父,远之事君;多识于鸟兽草木之名。"

为了完成"多识于鸟兽草木之名"这一任务,自然就会要求诗人要如实反映现实,要用诗的方式描绘现实。这其实就是现实主义对诗人提出的任务,而且诗人只有具备道德的品质才能完成"可以群"的任务。这种社会功用性随着时代的变迁又会发生很大的变化。在当今社会,这种社会学意义上的诗人的使命主要变成了为社会经济建设服务,为人际关系的和谐稳定服务等。王充也在《论衡自纪》中也说:

> 为世用者,百篇无害,不为用者,一章无补。

在当今时代,有不少人仍坚持认为诗人应该积极地介入社会现实,并勇敢地去揭示暴露社会问题。他们认为一个诗人不应该停留在自己的幻想的天地里,应极力冲破主观主义和感伤主义的束缚,投身于火热的现实生活中去,使自己的作品更多地、更真实地反映社会现实。他们认为诗人应更多地揭示社会问题,诸如教育问题,官员的贪腐问题,种族歧视问题,雇佣童工或农民工问题,贫富差别以及宗教迫害,一个诗人应勇敢地面对社会种种弊端并予以揭露与抨击。

在当今时代,还有人人提出了诗歌的"底层写作"特性问题,认为诗人要更多地关注底层,并认为底层写作具有一种批判的姿态,等等,对底层社会的关注强调了诗歌对于现实的接入感和贴近感,这是诗人欲以诗歌介入社会的体现。许多诗歌的写作者本身就来源于底层,而优秀底层写作

的确能够展现社会现实的某一方面。

3. 纯自我表现或纯语言学意义上的

种种现代主义诗歌运动兴起以来，人们对诗人或诗歌的看法发生了很大的转变，有许多诗人或诗歌理论家更着眼于人的内心，认为诗人写作纯粹是一种自我表现或游戏，自由自在地表现内心——尤其是下意识（或潜意识）——成了诗人写作的任务或使命。我们从种种现代主义诗歌流派的创作中都能看到这种思想的痕迹。诗歌写作成了内心意识流的一种展现，而诗人的任务就是把内心或深层内心给显露出来。

也许多人把目光更多地集中到了诗歌的文本上，相对而言，文本外的指向不像过去那么受关注了。在当下的文化情境中，这种关于诗的观念很有市场，这样诗人的任务就更多和语言的形式探索与创新有直接的关系，这是种种形式主义诗学提出的观点。他们认为捍卫语言，是诗人的首要的任务。这是现代主义诗学理论的一种说法。其中最有代表性的是俄国形式主义与英美新批评以及结构主义批评。俄国形式主义与英美新批评以及后来的结构主义批评均属于形式主义的批评流派。

他们认为语言形式的探索是一个诗人的主要的任务。俄国形式主义的"陌生化"理论，英美新批评结构—肌质论及语境理论等，都是偏重诗歌的语言形式方面。英美新批评把诗歌语言搞得异常繁复，提出了"张力"、"悖论"、"反讽"、"比喻"等概念体系，认为诗的语言的特征就在于其"张力"、"悖论"、"反讽"、"隐喻"诸方面。由此也可推断，一个诗人的主要任务就是要创造出具有这些特征的语言形式。

上面我们大体地罗列了关于诗人任务的几种主要看法。这些关于诗人任务的看法，事实上，都有许多的片面性与局限性，虽然它们也能满足一部分诗人的写作特点及其生存倾向，但我们认为如上的几种代表性的观点都未能从人类的文化经验的内部来观察思考问题，即没能从诗人在人类文化经验的最适合的位置的角度来看待问题，因而他们也就没能够把握诗人

第二章　诗人的功能、内涵、任务及其精神定位

之所以成为诗人的真正重点，如果遵从这些看法，那么诗人就很容易偏离自己真正的独特的精神使命。那么诗人的最基本的任务究竟是什么？

在诗歌文论史上，许多诗人也都曾对这一问题发表观点。其中包括各个时代的伟大的诗人，他们对诗人究竟要干什么的问题提出了自己的看法。

贺拉斯在《诗艺》中说："诗人是人类的启蒙老师。"

西班牙诗人阿莱克桑德雷说：

  诗人……是预言家，是先知……。

雪莱在《为诗辩护》中说："诗人好比夜莺，他在黑暗中歌唱，用那甜美的声音给自己的孤寂带来一点欢愉。"

还有意大利诗人夸西莫多在《我的诗学》中也说：

  诗歌的使命在于重新造就人。……重新造就人，除去道德上的意义，还有美学上的意义。

这些被公认的伟大诗人的看法的共同点是：诗人的主要任务或者说基本使命不是在外在社会学或政治的方面，也不在纯形式的语言方面，诗人承担着更为特殊的精神重任，真正的诗人要为人类的精神改善作出贡献。那么如此说来，诗人的这种特殊的精神使命究竟是什么？

对这种特殊的精神使命的理解，虽然他们也有着相通的基点，但具体到每个人侧重点又是各不相同的。我们在这里暂时不把诗人的基本任务或使命同精神道德等联系在一起，毕竟我们谈的是最基本的任务或使命。我们比较认同美国哲学家桑塔亚那对此发表过的一些观点，他写过一本书叫《诗与哲学》，他通过对三位哲学诗人卢克莱修、但丁和歌德的研究，提出

诗人的价值之根

一系列关于诗与诗人的看法。这些看法较为准确地把握了诗人的基本任务与使命，对我们有较大的启发，在这本书中他谈论但丁时他说过一句话：

> 给予某种事物以想象的价值是一位诗人的最底任务。①

这就把诗人的基本任务同人类想象力的活跃与丰富联系在一起了：诗人的基本任务就是要以诗的方式激发人类的想象力，避免或抵制人类想象力的贫乏与枯竭，丰富人类的内在的心灵并借此维护人类心灵与精神的生机。人类的想象力对人类的生存，尤其是对人类精神性的生存非常重要。可能也是出于这样的认识，爱因斯坦才在《论科学》一文里强调说：想象力比知识还重要。因此赋予种种事物以想象性的价值是诗人最基本的任务，也是一种崇高的使命，反过来说，如果一个诗人的创作不仅没能激发反而降低了事物的想象性价值，那么这种诗人可能就不能被尊称为"诗人"了。

我们暂时不去说什么诗人的更为复杂的任务与较高任务，在后面我们还会谈到这一点。

那么，什么叫做"给以某种事物以想象的价值"？

诗人的这一基本使命在不同的社会形态里，其表现有所不同。在科技不太发达的社会里——比如原始社会、古老的农业社会里——人们很自然地甚至是本能地给予事物以想象价值。那时诗人所做的就是集中提炼人们的这种看待事物方式，让这种想象更具有秩序，更能发挥其情感的、认识功能。而在文明发展水平相对较高的社会里——尤其是在科技文明较为发达的今天——诗人的这种使命似乎变得更加艰巨，但也更为重要了。西方自十六七世纪后，掀起了工业革命，自那以后，看待世界的理性的、科技

---

① [美]桑塔亚那：《诗与哲学》，北京大学出版社1991年版，第110页。

第二章 诗人的功能、内涵、任务及其精神定位

的眼光渐渐占据了统治地位，这种眼光基本上是排斥人们的不以理性为基础的想象的。在当今的科技文明更加发达的文化背景里，诗人的责任似乎更加重大：要维护想象的价值与尊严，要坚持其最原初的精神使命，并用他的独有的方式谱写事物的魅力之歌，这似乎会更加艰难。

诗人就是能够通过形象、观念与情感等给予事物增加想象性魅力的人，是能够让这些事物闪耀出精神光辉的人，再进一步地说，诗人就是能够让事物以诗意的方式凸显精神深度的人，是能够让事物显现出其精神内涵的人，他们让许多看似平淡无奇的事物显现出了深长的意味。如果说科学家的任务是客观而真实地呈现事物的本来面目，如果说他们的眼光就是客观、冷静、精确、中立等——包括物理学的化学的电子学等的眼光——并尽量排除种种"巫魅"干扰的话，那么诗人走的似乎是与此相反的道路：诗人要祛除人们看待事物时的过于客观冷静的态度，过于精确中立的观察，并试图打破这种眼光对现代世界的过多的垄断，打破他们对文化世界的专制。

诗人的这种任务或使命完成的好与坏关乎人类的想象力是衰退还是活跃，关乎一个民族的精神内部是否拥有活力与生机。想象力对一个民族是很重要的，想象力的贫乏与枯竭对一个民族来说是致命的。想象力关乎创造力，关乎一个民族的创新求变的能力，关乎一个民族整个的文明进程。而诗人作为精神性方面的想象力方面的杰出代表，他的任务艰巨而又崇高。

那么什么叫做想象性价值？怎么样才算是给予了事物以想象性的价值。

想象性价值不同于事物的使用价值或实际价值，也不同种种理性价值，其价值是建立在人们对它的想象的基础之上的，是建立在它给人们的心灵带来生机与活力的基础之上。诗人就是那种人，他能创造种种梦幻或幻景，以此启发人们对事物产生联想、幻想或想象，并激发起人们对那种

诗人的价值之根

事物的看上去显得有点"虚"情感。真正的诗人能够帮助人们建立起他们与万事万物之间的想象的感情的联系。有些事物按照现代的实用的理性的标准来看，可能没有多少价值，因为它们不能给人们带来实际的好处或不能满足人们的功利性的欲求。但借助于真正诗人的独有的眼光打量之后，那个事物就会在人们的视野中突然变得有些异乎寻常，并由于这种奇异感的产生而给人们带来精神梦想、渴求与希望。想象性价值就和我们前面所说的精神梦想与希望有关。一个真正具有有想象价值的事物能给人类的内在心灵带来精神生机与活力，这种精神生机与活力通常与某种希望结伴，与某种美好梦幻相连。

当今的很多亚诗人不能理解诗人的这一基本使命，他们不加思考地随着某种潮流前行并随意地标榜自己，以其另类特性来吸引人们，作为诗人，他们连这个最底的任务都没能很好地完成，也就是说他们没能赋予事物以想象性价值，尤其是一些打着先锋旗帜的所谓的前卫诗人，他们甚至破坏了我们对世界的想象性冲动，破坏了我们基于这种想象而生的对事物的感情。他们让我们对这个世界不再产生基于希望的想象欲，以及建立在这种想象基础上的精神性感情，最后他们破坏了我们心灵的基于想象的内在的精神生机。

诗人的基本任务及其使命就是赋予事物以想象性价值，并通过这种价值来唤起人们的有可能沉睡的想象力，激发起人们想象的活力，以及建立在这种想象之上的美好的情感，并通过这种想象活动与情感的体验感受到人类生命的充实与丰盈，尽管这生命短暂与脆弱，那些伟大的诗人就是能够通过他的诗作让人感受到这短暂脆弱的生命中所包含着的不屈的精神活力、感受到生存的丰富与永恒——使人类的生存被种种想象性价值所环绕。在这一点上，诗人可发挥的余地很多。具体地说来可以包含这么几大领域。

赋予自然事物以想象价值。

第二章 诗人的功能、内涵、任务及其精神定位

自然世界始终环绕着人类的生存，人必然要与其发生深刻的关联。一个具有想象性价值的自然世界对当今的人类来说变得更加重要了。自然世界对人来说，不是纯客观纯物理世界，不是单纯的物质和材料，她是充满生机的生命，其与人类的精神有某种隐秘的联系。科学家的任务是祛除笼罩于自然之上的种种"巫魅"，还自然以物理的化学的物质面目，而真正的诗人却走着与此相反的道路，在当今的条件下，诗人就是要力避科学地打量世界的眼光，力避科学因素对自己眼睛与心灵的种种干扰，赋予自然以种种深奥的精神性韵味。自然在真正的诗人眼里具有谜一样的色彩：自然是深邃的、宁静的，也值得敬畏的、令人惊喜的，诗人通过自己的创作赋予自然以精神的、灵性的、灵魂的、生命的、神性的等特性，从而保留了自然对人类内在精神的持久的召唤力，并触动人类的活跃的想象欲。实际上，大自然和诗人似乎是永久默契的伙伴，自然在真正诗人眼里永远不会过时，在他的生命里永远具有想象性价值，而那些优秀的诗人也确实通过自己的眼睛给自然盖上了那种能够唤起人们想象的迷人的面纱。

永恒的春天呀，
你永远无邪天真；
而我哪能和你一样，
长久地活着永葆青春。

[英] 丘奇：《四月里》

诗人的诗句唤起了我们对春天的想象，春天借助诗人的诗句更具有想象价值了。我们再来看一首通俗一点的歌曲，大家熟知的《月亮河》。诗人对月亮的遐想使月亮更具有了想象性价值，而这种更具有想象性价值的月亮自然能够更多地唤起人们美好的感情。一个优秀诗人的好的诗句通常

会给人们的精神世界带来持久的影响。

> 月亮河，你多宽广。
> 我将遨游在你河面上，
> 让我心醉，引我遐想。
> 无论你走向何方，
> 我都愿随你前往，
>
> 一同漂泊到天涯海角。
> 这茫茫世界多辽阔，
> 我们同在彩虹尽头，
> 静静等候，
> 我忠实的好朋友，
> 月亮河与我。

赋予社会事物以想象价值。

社会是人类自己构造起来的世界，但这个社会早已开始了异化的历程。社会异化的体现之一就是社会越来越物化了，尤其是当今社会更是如此。在这么个愈趋物化的社会里，几乎所有的社会事物都更多地被打上了物质、物欲与感官的烙印，其越来越缺少想象性价值，这个社会中的绝大多数事物越来越难以激起我们的心灵的想象。我们的种种文化传统、政治法律生活、公共文化经验、日常的人际交往等，越来越缺乏那种精神性韵味，越来越难以满足我们的内在的心灵的需求。人类的社会生活越来越和人们的心灵发生抵触，这就极有可能造成人们想象力的日渐衰退；人们的想象的热情也会日渐减少。当人们的内心日渐缺少了对社会生活的心灵的参与，日渐缺少了对社会生活的憧憬与想象之时，那人们的生活又会是怎

第二章 诗人的功能、内涵、任务及其精神定位

么样的呢？

诗人的基本使命之一就是要通过自己的创作，赋予社会生活以想象性价值。

优秀诗人的创作有助于社会事物的想象性价值的实现。许多文化习俗的种种魅力被诗人发现并挖掘，包括像节日之类的传统，在诗人眼里都具有一种迷人的色泽。像当今的环保运动，起初就是诗人发起的。有些诗人赋予像战争、社会变革之类的社会事物以想象性价值，更有许多诗人就是带着那份宽容与博爱来看待社会的，他们描会或抒发他们从人间体验到了种种欢乐与希望，痛苦与悲伤，并带着他们的梦想，从公平、正义、自由、爱的角度赋予社会以美好的潜质，那里没有剥削与压迫，没有势利，人与人之间也是平等的，物品按需要分配。英国空想社会主义者莫尔的《乌托邦》就是属于这类作品。他实际上是个另类诗人，他赋予了社会事物以想象性的价值。

诗人对社会事物的这种想象价值有时是通过显现黑暗来实现的。黑暗有时比光明更能唤起人们的想象性欲望。通过这种鲜明的对比，人们仿佛从中看到了一幅闪动着光明与黑暗的画面，这种立体型的对比强烈的画面更能触发人心。黎巴嫩诗人纪伯伦在《先知·沙与沫》一诗中说：

除了通过黑暗的道路，
人们不能到达黎明。

黑暗似乎是通向光明的媒介，黑暗愈深，愈能唤起人们的向往，愈能激发起人们对于光明的渴望及其想象愿望，愈能唤醒人们内心的那份对光明的憧憬。有了这种阴影，光明才更能激励人们的追寻愿望。诗人都有一颗敏感之心，一些优秀的诗人就是通过自己的诗句展现社会黑暗，催发人们对社会不公、腐败盛行等现象的不满。

诗人的价值之根

古今中外一些叙事很强的诗作更加着重于这个方面。

最典型的是中国古代诗人诗圣杜甫的诗作，他的"三别""三吏"，描写了人民的疾苦。他的《自京奉先咏怀五百字》中的诗句："朱门酒肉臭，路有冻死骨"，更是让人深有感触，其诗的原意指：富贵人家的酒肉多得发臭，路边却有冻死的骸骨。

赋予人生诸方面以想象价值。

赋予人生诸方面以想象性价值，这是诗人的重要的使命之一。可以说，人生诸方面更需要想象性价值的渗透，没有这种想象性价值的渗透，人生就一定是没有生气与活力的、没有那种想象性价值的相伴，人生就一定是缺乏希望与憧憬的环绕。生命的真正秘密其实并不全在那些看似实在性的方面，在某种程度上，更依赖想象性的那一面。可以说，人生需要精神支点，需要某种想象性价值来照亮旅途的前方，没有那种基于想象的希望与梦想的照亮，人的生命可能会变得缺乏价值感，可能会变得更为空虚与无聊。甚至包括男女之间的爱情等，如果没有了想象性价值的渗透那就有可能变得了无生趣，并有可能最后坠入单纯的性的纠缠中。我们的工作、劳动、日常交往，甚至包括我们人类的死亡等也需要这种想象性价值的支撑，否则对死亡的焦虑就会毁掉许多生命乐趣。

尼采在一首名叫《生命的定律》的小诗中教诲道：

要真正地体验生命，
你必须站在生命之上！
为此要学会向高处攀登！
为此要学会——俯视下方！

再看一首俄国诗人勃洛克的《无题》诗：

第二章 诗人的功能、内涵、任务及其精神定位

那里，在无限遥远的地方

透着幸福往昔的气息……

它们是真挚心灵的回声？

还是幽灵组成的幻影？

这是永远闪耀的星光

使大地无阴影，一片明亮。

在它的光照之下，

我重温往日幸福的时光。

张 冰 译

人类生命的秘密就在于不要过于热爱生命本身，说得再具体点就是不要太热爱我们的肉体的生命，而要学会站在生命之上，所谓站在生命之上就是要我们不要拘泥于包围着我们的事实世界，事实世界虽然能满足我们的各种肉体需求，但并不能给我们的存在带来价值与意义。我们应走出这种建立在物质基础之上的物化的欲望的世界，向着高处仰望，走出看似实在的社会物质与社会的交际世界，向着另一个世界跃进，那个世界就是无限广阔的想象性的世界。真正的诗人能给我们这方面的启发，他们在这一世界里通常也有着重要的位置。诗人自己就是想象性价值的某种符号或化身。

那么，诗人的较高一点的任务是什么？或者说天才诗人的任务是什么？这自然也脱离不开赋予事物以想象性价值这一大的方向，只是天才诗人通常能把那种想象性价值扩大化，发挥到极致，并渗透了种种深刻思想、美好的观念等元素，他们的作品能在更深更广的意义上触及人们的心灵或内在的灵魂，改变一代甚至数代人的精神面貌。

诗人的价值之根

桑塔亚那在《诗与哲学》中在谈论歌德之后他又说：

> 现在是某位天才出现，重新复原这一世界破碎图景的时候了……除了这个任务之外，没有任何东西可以穷尽一位诗人的灵感。[1]

"复原世界破碎的图景"可以说是诗人的较高的任务。一个真正诗人的思想、体验与充满梦幻感的想象世界不会是破碎式的，不会像现代诗人作品里常常呈现给我们的那样，至少出现在他们的诗作里的那个世界不是属于破碎的性质，真正的诗人及其诗作不会以打碎或刻意扭曲这个世界为目的，而是以建造为其精神方向，即使有那种破碎的图景，也迥异于许多现代与后现代主义诗人所做的。真正天才式的诗人的任务恰恰不是打碎，而是要让本来已够破碎的世界面貌重新聚合并找到自己的基础。这同他在另一处所说的"诗的顶点便是说出众神的话"[2]，其思想是一致的。我们也可以说诗人的顶点——也就是伟大的天才式的诗人——能够像众神那样说出自己的富有号召力并具有精神感的语言，伟大的天才式的诗人大多属于这类富有神性感的诗人，虽然人们对于神的理解或许也存有很多的差异。

那么我们说天才式的诗人像神一样地说出自己的语言，这又意味着什么呢？这其实和桑塔亚那所说的"复原世界破碎的图景"有关。能够把破碎的世界面貌复原或还原，重新找到自己的精神的更深的基础，这既是诗人的创造性才华的展露，也是诗人神性的重要体现之一。一个诗人要想达到这一精神性的目的，他自身就必须是极富有精神感的，他自身就必须具有神性的基础，这种所谓的神性，我们或许可换个接近稍稍中国化一些的

---

[1] ［美］桑塔亚那：《诗与哲学》，北京大学出版社1991年版，第182页。
[2] 同上书，第11页。

第二章　诗人的功能、内涵、任务及其精神定位

说法：道的无限性。一个诗人，只有他身上真正地具有那种道的无限性，他才能够完成诗歌的较为高级一点的任务，也才能够通过其诗作让这个破碎了的世界图景在一定程度上恢复完整与完善——这是一种基于美的完整性。

所以真正伟大的诗人，不管他是哪种类型——宗教的、哲学的、艺术的——他都像个充满幻想的预言家，他的预言里含有真正的智慧，闪耀着理想的光泽。正是在这个意义上，我们才说，诗人在整个人类的经验体系里是非常特殊的，也是非常重要的，他的特殊与重要就在于，他是完善完美的经验体系不可缺少的一部分——或许他可扮演的角色属于务实社会的对立元素，他们的存在力量可以帮助一个社会的文化经验整体在一种充满张力的对立中趋近和谐。从宏观的社会文化的层面来看，诗人或许就是一个均衡者的角色。他的力量源泉正是来自他所构造的想象世界，他借助于想象世界赋予种种事物以精神价值，并使破碎的世界图景复原。

人们有时爱把诗人的这种倾向简单地称之为"浪漫的"倾向，以和一般大众的现实倾向作区隔。这种说虽然有些粗糙但或许包含着最基本的朴素的真理。事实上，诗人如果不具有浪漫的本能几乎就不能被称之为诗人。在当今的文化之中，我们看到，种种浪漫的魂又有复活的趋势。这让已经被边缘化的诗人重新看到了希望的曙光，因为诗人的真正优势恰恰体现在这种被称之为"浪漫"的精神倾向及其创造活动里。这种被称之为浪漫的精神是人作为人真正不可缺少的。不过毕竟时代在向前推进，且发生了很大的变化，建立在旧有的浪漫精神上的诗歌形式也不完全适合当今的或未来的诗人。我们需要建立在新型浪漫精神之上的新的诗歌形式，这种新型的诗歌形式应有助于增添自然、社会与人生诸方面的想象价值，并有助于使当今世界已经破碎的世界图景复原。

三　诗人的基质性倾向及其变化

旧有的时代过去了，新的时代正在来临，在这一新的时代之中一切都在急速地变化着，世界的精神图景也越来越呈现出破碎的趋势，诗人自己也正变得越来越破碎，其面目似乎也焕然一新但日渐缺乏吸引力，那个曾代表人类美好的精神愿望，代表人类的想象力与情感，精神生机与活力，并代表种种永恒情愫的诗人现在已少之又少了。当今诗人还能代表哪一种有价值的精神？他们中的大多数人现在正忙着乔装打扮更换门庭去适应时代，尤其是适应愈益物质化愈益技术化了的时代。他们冷落了深邃的大自然，放弃了人类的种种美好的价值观念，放弃了自身深处的那种无限性等等。这种诗人形象的变化，让人们几乎无法适应，这还是人们原来印象中的诗人吗？诗人难道也像变色龙没有自己最基础性的精神特性吗？他们难道不应该在某种程度上是超越时代的吗？诗人难道也应该像一般的大众一样，需要随着时代潮流的变化及时地更换自己的颜色吗？

无论如何，人们对传统类型的诗人印象依旧是深刻的，正是那些传统诗人奠定了诗人之为诗人的形象与精神基础。诗人的形象一定会随着历史面貌的不同而有所不同，但真正的诗人，其精神性基础通常都是简朴而深邃的，没有当今诗人宣示的那么复杂，这个基质性的精神倾向也是诗人能够赋予事物以想象性价值的条件，诗人身上的那种似乎是很质朴很简明的精神倾向，要把它解释清楚似乎还一定的难度。我们只能勉强地用哲学化的语词加以概括，这种基础性的倾向即是内在性与超验性的结合，或者更准确些说，是诗人内在的心灵性与超验性倾向的某种形式的混合，和小说家与非虚构性的散文家等相比，诗人往往更为内在，时常也是具有内省性和表现性，他们相对来说也更加主观化、情感化。和一般的社会大众相比，诗人也具有明显的超验性倾向，那就是说真正的诗人不愿扎根于那种

第二章 诗人的功能、内涵、任务及其精神定位

世俗的有限性生活里，诗人更看重想象世界并愿与之进行交流，诗人身上通常也都具有无限性的意味与色彩。

以这两种精神倾向为基础，诗人自然自发地对世界充满了想象欲，诗人的生活与创作也更具有精神性的韵味。也可以说，富有精神性韵味的想象世界对于诗人来说具有根本性的价值。对那些敏感的诗人来说，现实世界反而有一种异己性与疏远性，现实世界或世俗世界在诗人的生活中所处的位置反而是非根本的。真正的诗人，他的主要精神方向与动力不会扎根于现实世界或世俗世界，更不会扎根于现实之下的那个"粗俗现实"之中。人们之所以习惯于把诗人与浪漫精神联系在一起，也与此有关。诗人应该拥有更为丰富精微的感觉，拥有奔放的想象力与浓烈的情感等，一句话，诗人应该拥有对世界的特别的精神态度。一旦这种独特的精神态度发生扭曲，人们就会认为诗人不再是真正意义上的诗人了。我们在本书里也基本上认同这种习以为常的观念与看法。

但种种现代主义诗歌运动既深深地改变了诗歌作品的内容与风格，也影响了诗人的观念、形象及其创作态度。西方的诗歌史上自浪漫主义以后，诗歌流派可谓纷呈迭起。现实主义诗歌我们在此姑且不说，仅现代主义的诗歌运动就包含了许多的分支：印象主义，表现主义，立体主义，存在主义，象征主义，超现实主义，等等。现代主义诗歌的大致的共同点是：和传统的浪漫主义诗歌相比，现代主义诗歌上直接抒情的意味减少，而总体呈现出哲理化的特色、现代主义诗歌也受到现代派绘画的影响，喜欢将内心世界与外在世界交融于一体，在创作手法上也讲究内与外的交叉与重叠，在诗歌意象的选取上，经常遵循陌生化的路线、借此展示新颖的非传统经验以及新的意义暗示，重视诗歌形式的自足性，热衷于回到诗歌形式本身，等等。

后现代主义诗歌实际上是现代主义诗歌的一种延展的形式，它是建立在更加世俗化的生活，更加发达的技术与更加发达的商业文化基础上的，

诗人的价值之根

后现代主义诗歌也是文化多元性的一种体现，其诗歌运动发生于欧美20世纪60年代，并于70年代与80年代变得流行。表面上看去其似乎也反对种种现代主义，实际上它们之间有很多的关联。一些后现代主义诗人声称，他们拒绝现代主义的种种形式原则及其社团党派欲望等等。但归根结底，它和现代主义诗歌一样，同样无视种种传统的精神价值基础，不以表现某种内在的与超验的精神性情感为其目的，后现代主义诗歌的本质是一种世俗化的满足大众倾向的诗歌，在内容上，它有着浓重的道德上的犬儒主义和感官上的享乐乐主义倾向。虽然一些后现代诗人抛弃了新批评的"反讽意识""非个人化"等内容，重新重视人的心理世界，并在某种程度上重新借用浪漫派的手法，但在精神实质上，他们和传统的诗人有着质的差别，这种差别我们前面已经提到：他们无视传统诗人通常具有的那种精神价值基础。

在后现代文化氛围中，诗人的形象发生了许多变化，他们的种种观念充满了所谓的颠覆性，他们的生活行为似乎也跟着发生了一些转变。诗歌的种种传统的价值观念被颠倒了，现代主义诗歌虽然反对那种理想化了的抒情，但还没有完全驱除理想的色彩，而后现代主义诗歌则基本放弃了作品本身的深度模式，不再追求宗教的、伦理的与思想的价值，不再渲染任何任何意义，仅仅追求语言自身带给人们的快感。在后现代诗歌中，艺术和生活的界限也被打破了，作品失去了深度追求，震撼感官变成了创作的目的，诗歌不再被要求担当感染、启示人的内心与精神的作用，它更加着重的人的感性欲望。后现代诗歌，作为一种新的语言叙述形式，常常刻意地回避诗歌的写作技巧、没有中心方向与意义、没有完整的结构布局，等等。

这些现代主义与后现代主义的诗歌运动所信奉的宗旨和诗人的面貌变化是一致的。这些诗人大多陷入了急速变化的时代的旋涡之中，被弄得有些晕眩与迷失，丧失了诗人本应该具有的精神方向。这种变化虽然也带给

第二章　诗人的功能、内涵、任务及其精神定位

诗人种种新的创作观念与表现技巧，但却未能给人们带来真正意义上的精神与情感方面的动力，诗人如果丧失了追求某种基于想象的精神，那么他们对人们的内在心灵的影响力与渗透力就会同样减少，如果诗人不再能够影响人们的内在的精神与心灵，那诗人还能干一些什么有价值的事情呢？在当今的整体的人类文化经验愈趋务实（物质的、欲望的等）的大的背景之下，诗人和各种各样世俗的力量结伴前行，这是诗人的荣耀还是诗人的悲哀呢？诗人的精神方面的独特性又在哪里呢？

在时代的种种无情的流变中，一些观念、标准、事物等被冲走了，又自然地带来一些新的观念、标准与事物，这也是人类文化历史的戏剧之一。但无论时代的变化多么迅急，其中总有一些核心的东西是不变的。对诗人来说也同样如此，无论时代的面貌发生了多大的不同，真正诗人的基质性的倾向不会发生太大的变化的，真正的诗人也一定会坚守自己的独有的精神倾向性，如果他还叫诗人的话。尤其是在当今的文化背景之下，诗人更应坚守自己独有的东西，并作为一支均衡的力量出现在当今的文化之中，以此来抗衡当今的文化经验的日渐世俗化趋向，为整体的文化经验均衡、完善作出独有的贡献。诗人真正应该做的是返回到原初，就像中国的道家所说的，"返璞归真""守一"，坚守自己的一些最根基性的生命倾向，坚守自己作为一个诗人独有的内在性，并使自己拥有一份独到的超验性情怀。

我们中国古代的文论家李贽认为真正好的诗歌作品出自一种原初性，他把这种心灵上的原初性称之为"童心"。

夫童心者，绝假纯真，最初一念之本心也。[1]

童心者，心之初也。[2]

---

[1] 北京大学哲学系美学教研室编：《中国美学史资料选编》，中华书局1981年版，第125页。

[2] 同上书，第126页。

诗人的价值之根

诗人身上的童心也是身上内在性与超验性合一的力量，诗人身上本来就具有摆脱外在世界与日常的经验世界干扰的基础与特性，诗人要做的就是更多地谛听原初的不受现实喧嚣的侵害的内心声音，并把这种感觉用意象、观念与情思传达出来表现出来。

诚然，诗人也生活在现实的日常世界里，这个世界的许多侧面都会影响诗人的情思，这是他作为一个人无法回避也无须回避的现实，尽管如此，诗人的生活与创作的价值的重点肯定不在现实层面及其世俗性的方面，甚至在他的作品里，这些方面也不是价值重点与基础：诗人的主要职能不是去单纯描绘或叙述现实，津津乐道于新时代的种种生活中的感性的细节，诗人尤其不应成为现实之下的污秽现实的歌颂者。现实意识既不是他生活的基础与价值重点也不是他作品的基础与价值重点。这一切这并不是说诗人可以没有现实感，基本的现实感也是需要的。但这种现实意识或生活并不构成他作为一个诗人的生命核心。诗人在生活里并不需要过强的现实意识，在作品里也不需要细致逼真地展现那种真实，那些以真实的名义来为自己缺少想象性价值辩护的诗人，要么就是他缺少基于超越性的想象力，要不就是他喜欢叛逆的、爱玩花样，这类诗人的诗作通常影响力是很短暂的，不会长久地影响人们的精神与情感世界。

诗人是一个赤诚的具有原初感的歌者，常常用他的基于美的意象、观念与情思组成的音符来歌唱世界，他是深刻而美好的梦想世界的歌者，或者换个说法，诗人是想象世界的讴歌者，他的创作的主要功用不是"还原"生活，如果有一些现实性强的诗句那也是为了歌唱，但他基本上不是一个现实世界的描绘者，更不会是现实之下的现实的赞美者。托马斯·卡莱尔在《论英雄与英雄崇拜》这本书里在评论诗人但丁时说：诗人是"唱出这个世界真谛"的人，是能够洞察世界奥秘的人。为了能够唱出世界的真谛，诗人需要思想，需要深刻的思想给其梦幻以力量。还需要内心的那份如初的真诚。

第二章　诗人的功能、内涵、任务及其精神定位

　　前面我们曾引用了鲁迅关于诗歌起源的文字，其中他就对比了诗歌与小说的不同。我们还可以继续拿小说家和诗人的使命的不同来加以说明。如果说小说家的主要使命是展现人类生活的种种真实，那么诗人的主要使命就是展露人类的想象世界，并赋予事物以想象的价值。小说作家可以描绘人类的种种琐碎而肮脏的生活细节，可以描绘人性的种种暗影（比如种种扭曲的欲望）；他可以不断尝试着描绘人类的种种新鲜的经验，给人们以认识上的启发，并给人们带来思想与感觉方面的收获。诗人则与此不同，他的主要精力应放在想象上，并赋予这个世界以想象性价值，这一想象性世界经常呈现为美好的梦幻与梦想。生活的原生态的真实与琐碎细节不应是诗人写作的主要兴趣点，或许他们对充满神秘感的内心世界更为着迷。恰恰是那个梦幻世界里能流露精神的神秘感，能给人带来温暖的心灵之光，诗人的梦幻感里也具有普遍精神性。

　　艾略特在《传统与个人才能》一文中说：

　　　　诗人所以能引人注意，能令人感兴趣，并不是为了他个人的感情，为了他生活中特殊事件所激发的感情。[1]

　　诗人是人类成员中的一个特殊的富于精神性的群体。诗人的生命经验或精神体验也是我们人类经验的一个较为特别的部分，诗人经验世界的方式不同于常规的人。在我们整个的人类文化经验之中，在整个人类的群体成员之间，诗人的特殊性与价值正是其内在的精神敏感方面，他们对现实中的那些富有精神性韵味的部分较为注意，对无形世界有着敏锐的直觉，他们与看不见的事物有着独有的交流，而且这份交流不是仅仅具有个人的意义，而是具有普遍的真理性，能启发人类的某种精神智慧。

---

[1]　艾略特：《艾略特诗学文集》，国际文化出版公司1989年版，第7页。

诗人的价值之根

在整体的人类文化经验之中，从理想的角度来说，诗人正是适合我们上面已经说过的特别的角色，这样才能充分地发挥诗人的种种潜力，才能真正地显现诗人之为诗人的价值，也才能为他们自己找到真正合适的文化或精神的位置。

诗人身上具有一种无限性。[①]

基于诗人的经常超越现实飞离现实的精神倾向性，他们的思绪、情感与想象经常在无限中翱翔，就像一只小鸟在天空中翱翔一样。这种无限性通过诗人的独到的意象、观念与情思而得到体现。对于诗人来说，无限世界绝对不是空无与虚幻，而是像空气一样的实在，实实在在地存于他的呼吸里，以及他的种种深沉的感觉之中，并存在于他内心的那份真切的渴望里。这种对无限性的憧憬与向往常常给诗人带来精神上的喜悦与情感的动力；这种无限性也构成了诗人梦幻的基石。无限性，我们也可换个说法，叫永恒的元素，即深藏在事物深处的秘密的部分，也是事物变动中的相对常在与恒定的部分。优秀的诗人身上都有一种永恒的旋律与特质，或者说真正的诗人都具有一种洞察永恒的气质。真正优秀的诗人既能敏锐地感受到时代所发生的种种细微的变化（体现在他们诗歌中的种种独有的意象里），也能够谛听深藏在事物深处的永恒音调与旋律。

印度伟大的诗人泰戈尔说诗人既是大地之子，也是"天国的继承者"。这也是以同样的视角来看诗人基质性倾向的，那也就是说诗人不可能世俗力量的代表，诗人的价值之根不在这里，世俗性的那些方面对真正的诗人来说都是非根本性的。诗人不管他的创作风格有多么的新颖，从根子

[①] 托马斯·卡莱尔：《论英雄与英雄崇拜和历史上的英雄业绩》，周祖达译，商务印书馆 2005 年版，第 93 页。

第二章 诗人的功能、内涵、任务及其精神定位

上说都应为一种深刻的精神服务,而不是和虚无的破坏性力量结成伙伴。那些经得起时间考验的诗人通常代表着人类经验深处的精神性梦幻,代表人类经验中的相对纯粹的情感力量,代表着人对这个世界的独特的感觉与发现。真正的诗人,他的主要生命的倾向应更多地面对美与善,以及面对建立在美善基础上的真,对丑、扭曲、虚假等肯定不会倾注很多的精力。经得起时间考验的诗歌包含着天国的种种特性,而真正的诗人正是以一种人类可以感触的方式抒发其天国的种种情怀,这和前面美国哲学家桑塔亚那所说的"诗的顶点便是说出众神的语言"的意思是一致的。当然诗人的天国是人性中的真、美与善的集中体现,是神性与人性的完美结合。

在当今的整体的文化背景倾斜、失衡的背景之下,诗人更需要意识到自己的这一精神使命。我们人类的文化经验似乎变得越来越滞重了,我们的生活越来越依赖物质、感官与技术等,我们的文化经验之中也越来越充斥着物质、感官与技术的元素。但这种不断地把我们向外抛的务实的凝重的文化经验似乎没能让人感受到更多的意义与价值。在当今的文化背景之下,我们更需要那种能使人类世界经验轻盈起来的明亮起来的力量,而真正的诗人就是这种精神力量的创造者与代表。墨西哥诗人帕斯曾说:世界,你一片昏暗,而生活本身就是闪电。事实上,这句诗可改写为,当今世界的人类经验有些滞重昏暗,而真正的诗人啊,你的经验应更为明亮而轻盈。在当下的文化背景中,要做到这一点其实还是很难的,这就需要诗人身上有更多的明亮、轻盈的潜质与元素。

四 广义的诗人与狭义的诗人

人们经常不加区别地用到"诗人"一词,对其中的所蕴涵着的差异很少去细细辨别。实际上,随着运用场合的不同,它们的内涵也有所不同。

诗人的价值之根

即使在最经常性的狭义的用法里，其所意指的重点也是不一样的。诗人与诗人是有差别的，甚至有着本质的差别。我们这里所说的诗人，不管是其广义的用法还是狭义的用法，都是指向那些具有突出的精神韵味之人，而那些相对较逊的诗人，我们这里用"亚诗人"来称谓之。我们在本书的一些地方所说的诗人不是其狭义意义上的诗人内涵，即不限于那些用语言文字符号去表达生命经验的那些人群，广义的诗人既包括写文字诗体的那些诗人，也包括那些具有明显的诗性倾向的人们——部分音乐家，部分画家，部分富有诗意的小说家、哲学家、宗教家，甚至包括诗意生存倾向比较明显的那些生活者等，虽然我们为了写作的方便，仍将行文的重点放在文字诗人的身上。广义的"诗人"涉及的面自然更加广泛，虽然所从事的行业有所不同，但其深处却有着更多的共通的东西，正是这些共通的东西使他们站在了同一行列，并被名之为诗人。

自古以来，由于经历过漫长的历史演变，诗人含义自然也会发生一些历史变化。我们可拿一般意义上的诗人含义的演变集中说明这一点。

在中国古代的诗歌文化变迁的历史长河里，诗人的观念也经常会发生某种变动。"诗人"的含义也随着时代的不同有所不同。虽然看上去都在使用文字去表达自己的心声，但其结果却大不一样。《楚辞·九辩》注释说："窃慕诗人之遗风兮，愿托志乎素餐。"可见早期诗人重在言志。《正字通》注释说："屈原作离骚，言遭忧也，今谓诗人为骚人。"这便是"诗人"这一称谓的最早提法，诗人和骚人有时则可混用。辞赋兴起之后，又产生"辞人"一词。扬雄《法言·吾子篇》说："诗人之赋丽以则，辞人之赋丽以淫"。诗人是"则"，辞人是"淫"，两相比较足见"诗人"行文之流畅繁茂，精神之刚正与高贵，而"辞人"则属于不懂规矩，喜欢玩耍花样的人，和"诗人"相比，他们身上也比较缺乏精神性色彩。

由此一斑就可推知全貌：狭义诗人内涵也是很丰富的。在这里我们并不试图作详细地区分。但从人类的生存倾向与精神倾向的角度来看，有些

第二章 诗人的功能、内涵、任务及其精神定位

人虽然不从事使用诗体文字去表达某种观念、思想与情感,但他们却是"诗意地生存着",这些人中有的从事其他门类的艺术,有的对某些特殊的精神领域情有独钟,或者他们就是以生活方式的诗意性而获得瞩目,这些人也属于广义的诗人。我们只是为论述方便简单地将诗人做一些区隔,分为广义与狭义两种。从当今文化的实际情形来看,狭义的诗人似乎在慢慢地减少并走向衰落,而广义的诗人似乎天地较为广阔,这和人类文化经验的演变有着某种联系,也和诗歌的最原始的内涵有许多吻合之处。上面我们已经述及,诗歌原始含义甚至包含后来的音乐绘画建筑舞蹈等等,原初的诗人也是那些普通的猎手、采集者或从事宗教的巫师之类的人。

随着人类文化历史的不断进步,人类的文明程度也越来越高,历史似乎又进入了一种新的循环,在这种日益进步的文明环境之下,当一个诗人并不仅仅意味着去从事诗体文字的写作,诗人也可以是其他种类型,这种情形和诗歌、诗人起源时期有些相同,诗人和非诗人的界限有时不是那么泾渭分明,诗人的含义可以变得宽泛一些,只要他们都具有那种基质性的生命与精神倾向,只要他们在这个精神点上表现突出,都可列入广义的诗人。就目前的实际情况来看,在诗人的称号之下,诗人之间也有很多的不同,而给诗人下个精确的定义有时是吃力不讨好的事情。

卡莱尔说:

> 我们不必费时间给诗人下定义,一切定义都必然或多或少带有任意性……当一个人自身的诗的素质发展到足以引人注目时,就会被其周围的人们称之为诗人。[①]

[①] 托马斯·卡莱尔:《论英雄与英雄崇拜和历史上的英雄业绩》,周祖达译,商务印书馆 2005 年版,第 92 页。

诗人的价值之根

当今的狭义的诗人贬值得最厉害,因为现在当"诗人"似乎很容易,似乎只要能写汉字能分行就可当诗人了,这种情形造成的结果是:把那些明显地不具有诗人气质或潜质的人也列入了诗人的行列,这就造成了诗人数量的泛滥。诗人的含义有时比较广泛,其外延也比较含混,有时则比较明确。即使是从广义上来说,诗人通常也都具有一个共通的基质,这个基质是各类诗人的所共有的。

许多著名诗人也都论及过这一点。诗人雪莱在其著名的《诗辩》中说:

> 在那些最为广义的诗人之中,……或者说那些想象和表现这个不可毁灭的次序的人,不仅是语言、音乐、舞蹈、建筑、雕塑、绘画的创造者;他们是法律的制定者,文明社会的建立者,人生种种艺术的发明者,而且是这样一种导师,这些导师使人们对于不可见的世界的种种作用所持的偏执之见,亦即宗教,在某种程度上接近于美和真……①

雪莱不愧为浪漫主义诗人的杰出代表,他的关于诗人的见解深刻而又具有洞察力。从雪莱的这段话中我们可以看出,广义的诗人自然不限于那些文字诗人,其外延更为广泛,这类诗人包括了众多类别艺术家思想家哲学家等,虽然这类诗人类别较多,但却拥有共通的对待自然、生活、生命的独特的精神态度,这种生命态度的核心是想象力、希望与梦想,或者说诗人的这种希望与梦想是以种种想象力为其展现形式,以情感体验为动力与纽带,以获得生命的价值感为其目的。这种广义的诗人丰富性和最初诗歌的广泛性是一致的,甚至比之更为广泛,不仅包括一般意义上的诗人,也包括一些抒情性的音乐家舞蹈者,还包括那些浓厚的诗歌精神的众多领

---

① 伍蠡甫主编:《西方文论选》,上海译文出版社 1979 年版,第 52 页。

第二章 诗人的功能、内涵、任务及其精神定位

域的思想者等。

雪莱的看法和我们的看法相一致：广义的诗人是各种各样的各个领域的精神导师般的人物，这些人之所以也被称之为诗人，不是因为他们给一种文字排了行，而是因为他们都是某个领域的精神性韵味很强的创造者，对于不可见的世界都有一份独到的想象与领悟。具体说来，我们可把广义的诗人分为这么几大类。

宗教圣徒。他们的生存倾向指向内在或超验世界。这些人和无形世界或者说与看不见的世界具有较强的交流沟通能力。这包括一些宗教先知、宗教使徒、宗教信徒等，这类诗人属于人们的精神与心灵的导师，他们不会把僵死的教义当做宗教的真谛，他们都在某种程度上把宗教带向美与真，带向诗意的方向。他们属于宗教诗人，这类诗人通常有着真诚的信仰，追求真正的属灵的生命与爱的真理。他们内心里装着更高更真实的精神核心，这一精神核心给他们的心灵带来安慰与希望。这一核心可能是上帝或真主，也可能是梵或道等。他们还有献身于这种更高更真实的精神力量的生命倾向，他们向往着摆脱人世的种种罪恶与苦难，并将这种爱之奉献最终化为生命的喜悦。他们也以此成为有浓厚的宗教倾向的诗人。

思想家理论家等。这些人的思想与理论的基础不是证据或逻辑，而是美好的思想与人类心灵的希望，那些思想绝不可能是教条般的，拘泥于所谓的科学性逻辑性或实证性的。这类诗人以自己的思想与理论为音符谱写诗歌的篇章，包括一些诗化哲学家、空想社会学家等等。比如古希腊哲学大师柏拉图，空想社会主义大师欧文等。这类思想型理论型的诗人的特点是，他们的理论基础及其架构不是以可见的现实为依托，即不是以"是什么"为根据，而是以"应当怎样"为其理论的出发点，以给人的生活、生命带来意义、价值与希望为目的，并因此最终形成了他们的思想与理论的"乌托邦"色彩。

诗人的价值之根

艺术家。艺术家的种类繁多，其中有一部分和狭义的诗人极其接近，这里所指的主要是那些包含诗化倾向的艺术家，他们用自己的艺术作品追求某种富于诗意的境界，表达某种美好的想象与梦幻，这包括许多音乐家、建筑师、雕塑家、一些电影导演、画家等等。这类诗人对逼真地展现现实的兴趣不大，尤其是对那种琐碎的现实缺乏关注兴趣，他们对超越性的生活更加向往，他们用自己的作品为我们展示了一个充满梦幻感的世界，在这个世界里人们获得了诗意的感受，并暂时忘却了现实生活的不足与残酷的一面。

其他种类。包括社会生活中的种种能给人们的生活带来美好感受的观念的创造者，以及与此相关的种种新制度的最初设计者，还有种种精神文明的建立者，以及基于精神理念的政治家和社会改革家等等，也可归属于广义的诗人行列，因为他们的这些创造与设计等都充满了基于想象的精神性质，都以给人的生活生命带来更大希望为目的。

最后是一般的文字诗人。即古今中外的那些被称之为诗人的人。这类诗人当然人数更多，也更能体现诗人之为诗人的特性。他们用自己的诗行展现人类的种种精神性梦幻以及对纯美世界的向往，并表达他们对种种现实的、精神上的黑暗的厌恶，以及表达他们对于现实的、精神上光明的热望。这类诗人是我们所称之为"狭义的诗人"的人，也就是指用文字写出有精神价值诗作的那些人。

文字诗人属于我们这里所说的狭义的诗人，但也是更有典型性的诗人类型。所以在此我们需要特别说明，虽然本书在一些章节行文中的诗人含义都是较为宽泛的，但在说明与分析问题时，主要的依据依然还是以狭义的诗人，即以创作诗体诗歌的文字诗人作为主要的参照点的，或者说狭义的诗人是我们行文时主要的思考对象。毕竟这类诗人更典型。

雪莱为何将那些不同种类人们也划归诗人的行列呢？他们有哪些共通的生命倾向呢？哪些独有的特点是他们拥有的呢？

第二章 诗人的功能、内涵、任务及其精神定位

事实上这些诗人的区别更多地体现在表达方式上，或者更具体地说，他们的区别就是体现在语言传达上。他们中有的用文字组成的意象来表达内心的情思，这是最常见的诗人类型，有的则用宗教行为、宗教冥想与沉思等来表露他们内心的那份诗情，有的则用哲学理论表达他们对现实的物质的可见的世界的超然情怀，有的则用音符或画面来传达，并将之创造成一幅幅感性的形象显现世界的诗意的一面，甚至有的就用他们的活生生的诗意的生活方式去显现，等等。这些广泛意义上的诗人的精神态度、精神方向大体一致，但通向那个方向的途径却有所不同。

这些诗人都有着自己坚守的基本方向及其生命态度，就像法学家要坚守公平与正义一样，诗人也有自己的最基质的对世界的态度与方向，没有了这一最基质的态度与方向，诗人就丧失了诗人的基础特性，没有了这一基础特性，诗人就不能叫诗人了，这里所讲的诗人既包括狭义的诗人，也包括广义的诗人。这些不同类型的诗人的基础特性或者说生存倾向大致包含以下两个侧面。

1. 内在性倾向

不管是哪种类型的诗人，他们的最终的力量都来自他们精神的内在性，正是在这份内在性里孕育出富有精神力量的想象世界、梦幻王国。诗人的力量来自他们对人类灵魂的细微的雕刻，或者说诗人的力量正是来自他对人类美好的内在灵魂的影响力，从更高的哲学层次来看，诗人所要表达的这种倾向有助于人类摆脱单向的外在性，使人们变得更加具有内在感，从而有可能使人类的经验变得更加均衡与和谐。从某个方面来看，诗人承担着使人类的经验避免断裂避免失衡的职能。一旦一个诗人丧失了这种内在的均衡的精神力量，甚至走到了内在性的反面，变成了世俗的外在力量的一部分，那么此时这种诗人就变得不再纯粹，变得远离了自己的基质，远离了这种内在的精神性基质之后，他也就不再有资格称之为诗人了，而顶多是个徒有其表的"亚诗人"。事实上，如果一个诗人不具有天

诗人的价值之根

才般的精神特质，那么他几乎不能算是真正的诗人。从精神的角度看，这种缺乏内在感的诗人几乎没有什么意义与价值，他充其量也只是一个玩弄语言游戏的匠人；诗的语言本质上也是心灵的语言。

> 像一位诗人，隐身
> 在思想的明辉之中，
> 吟诵着即兴的诗韵
> 直到普天下的同情
> 都被未曾留意过的
> 希望与忧虑唤醒。

雪莱：《致云雀》

2. 超验性倾向

不管是哪种类型的优秀诗人，他的生命的最根本点都不在世俗的物质世界里，也不在感性的欲望世界里，更不会在以理性为基础的市场或科技世界里。这些当今的文明元素都不可能构成诗人生命、精神与情感的根本，尽管在当代诗人所运用的意象里充斥着这类内容。但真正的诗人运用这些当代符号，只是为了内心中的某种精神性感觉，诗人生命的根基却扎根于与此不同的世界里，只有那种似乎是不够实在的超验世界才可能是诗人整个梦幻的基础。宗教诗人自不必说。这是他们生命的最真实的部分，理论家与艺术家中的诗人，以及文字诗人他们也同样具有超越性倾向，都试图突破狭隘或粗糙的现实对自己生命与精神的约束，在另一种不同的更具有精神性韵味的世界中寻找到自己的理想。

我们来看一首浪漫主义诗人代表，华兹华斯的诗《丁登寺旁》：

我还在自然之中

感到一种存在——它以高尚

高尚思想的喜悦

一种美妙的感觉

远比浑然一体的感觉要深沉；

它寄予在落日的余晖中，

在滚圆的大海和流动的大气之中，

在蔚蓝的天空和人的头脑中：

它是一种运动和精神，推动着

一切会思考的物体和一切可思考的对象

并在宇宙万汇中运行。

与前面的两点相关，在当今的时代条件下，各种类型的诗人从骨子里都具有一种反抗现代主流文明的倾向，即反对科技至上主义、物质至上主义，感官享乐至上主义等，以及反抗建立在这些主义基础之的其他世俗性喜好等，这些诗人的心灵倾向于那些能激发人们精神想象力的事物，他们普遍相信感觉、想象与情感组成的王国之中所包含着的精神深度与存在光辉。他们反对现代社会对文化世界所做的种种祛魅努力，他们要做的反而是试图恢复笼罩在世界之上的种种巫魅。

五　诗人与亚诗人

关于广义的诗人，我们在上面论及的较多，可以说，他们是各个领域的想象丰富并富有浓厚精神性韵味的思想家、理论家或生活的践行者。我们在这一小节里着重讨论的是狭义的诗人，并论及他们中的优秀者与稍逊者。

诗人的价值之根

真正的诗人是时代的精神精华之一，因此，在一个正常的时代，真正诗人的精神地位应该是很高的。当然，客观地说，每一个时代真正的诗人总是很少的，而具有诗人的气质与思想情感的人相对多一些。在当今这个时代，由于我们整体的文化经验的愈趋世俗化，也由于诗人本身的内在精神力量的薄弱，总体的诗人群体已经被边缘化了，有趣的是，自称为"诗人"的人的数量却大幅度增长。实际上，充斥于当今文化中的那些诗人更多的是属于"亚诗人"（暂不叫他们"伪诗人"吧）。前面我们已经说过，在中国古代，就有这种对诗人称呼上的区隔。在中国古代诗歌史里，把那些和所谓"淫"有关的诗人称之为"辞人"，本身就含有低一等之意。我在此把我们古代的"辞人"一词改为"亚诗人"，意思一样但更具有现代感。亚诗人或许还是诗人，但却是低一等的有缺陷的诗人，这里尤其是指其精神意识方面的缺陷。用真正的诗人的标准来看，他们的身上缺少的东西很多。

和真正的诗人相比，亚诗人有许多的缺陷——尤其是指精神潜质与精神方向上的缺陷。亚诗人的缺陷归纳起来，大致有如下几点：

1. 这些亚诗人通常缺少真正诗人具有的那种与生俱来的气质与精神天赋。真正的诗人通常都具有很好的精神天赋：拥有创造性很强的想象力，拥有纯粹的情感指向，拥有那种似乎是与生俱来的对深邃的精神奥妙的把握力等，这些优秀诗人身上还蕴藏着似乎很神秘的具有永恒色彩的精神根基。而那些亚诗人通常更容易被种种现实的可见的之物所迷惑，心灵缺乏基于超越的自由性，也常被感官欲望等方面的因素所羁绊，他们身上通常欠缺那种基于永恒性或无限性的精神指向性。这一点乍听起来似乎蛮虚的，事实上一点也不玄奥。在中国古代，常常把这种无限性元素称之为"道"或"佛"，那些心中有"道"或"佛"的诗人更容易成为大诗人。诗人身上的这种对无限性的向往倾向是一个真正优秀诗人天生的倾向，经常促成并点燃他的创作火花，你也可以说这是诗人与生俱来的禀赋。这种禀

第二章 诗人的功能、内涵、任务及其精神定位

赋最终帮助他成为出类拔萃的对精神性韵味很浓的歌唱者,这类优秀诗人不会把所谓的"身体性"之类的问题摆在诗歌创作的突出的位置上。

2. 这些亚诗人身上通常缺乏创作出好的诗歌必备的种种素养,包括充满智慧性的思想的训练,基于良知的道德方面的向善倾向,还包括他们的美学眼光的缺乏等。正是由于这些素养的欠缺,使得他们不能也不愿走看上去正确扎实的创作道路,他们经常性地剑走偏锋试图用一些花样来炫人耳目。在当今社会有一个突出的现象:反而那些亚诗人经常抢占人们的视线,他们穿上了真正诗人丢在海边的衣裳,到处招摇撞骗。可以说,大多数所谓的诗人都有这种矫饰倾向,都习惯于用玩花样来掩人耳目,并将之名之为艺术的创新。他们以此来掩饰自己的心灵的虚弱,掩饰自己的明显的精神性情感的匮乏。就思想与情感的倾向来看,大多数亚诗人没有能力去洞察人类生命的精神深度,没有能力去体验人类生命的美好情愫,也没有能力感受人类生存中的那些真正深刻的方面,也缺乏用质朴的诗的语言来打动人们心灵的能力。

3. 这些亚诗人身上欠缺真正意义的诗歌写作技巧。这既包括我们上面所提到的美学眼光的缺乏,也包括诗歌写作技艺方面的训练。真正好的诗歌也需要在形式方面达到某种完美——如诗歌作品的音乐性,诗歌作品的建筑感等——而这些亚诗人的作品通常没有这种形式上的考究。这种诗歌形式的、技艺的等方面的弊端,最突出地体现在他们常常强调的语言方面。当今充斥于诗界的种种亚诗人,他们的语言随意松散,有时过于花哨,有时又过于口语化与平实,结果就造成了诗歌写作中的种种粗俗的语言试验游戏,这些亚诗人陶醉于这种常常是很不高明的试验,他们似乎完全忘记了诗歌语言的好与坏,从语言自身是得不到说明与认可的,诗歌语言归根结底是为了表达某精神性感觉服务的。语言只是一座桥梁,一个中介,它应带领我们通向一个精神方向。

美国诗人、理论家艾略特在《传统与个人才能》一文中曾说:

诗人的价值之根

事实上，诗界中有一种炫奇立异的错误，想找新的人情来表现：这样在错误的地方找新奇，结果发现了古怪。诗人的职务不是寻找新的感情。①

在当今的文化多元性的背景之下，诗人的这种炫奇立异的情形似乎更加严重了，诗人的形象也因此受损许多，诗人的职责似乎已发生了根本性的转变，诗人的那种基本的精神使命似乎也不复存在了，代之而起的是种种古怪的试验或实验。这些试验或实验不仅损害了诗歌的魅力及其纯粹性，也损害了诗人的传统形象及其影响力。这些亚诗人身上有着太多的"俗"的色彩与元素，并有着和世俗世界合流的动机与趋势，背离了诗人的精神性心灵性的基质。这些亚诗人还特别喜欢以先锋或前卫的面貌出现在世人面前。

可以说，在诗的领域，过于刻意地矫揉造作地去标榜先锋与前卫的作品反而都包含着"亚诗"的色彩。

一些诗人的所谓的先锋性或前卫感其实也并不是真正的前卫或先锋。和传统的建立在精神性韵味基础上诗作不同，这类先锋诗人刻意地颠覆诗歌心灵性，竭力使之变成了一种世俗的力量，从中我们发现了太多的集贸市场的叫卖声及其声色犬马的装扮。他们把诗的描写重点用之于人类生存的种种阴影，描写世俗的感性生活，并以一种叛逆的形式刻意偏离诗歌传统，他们的诗作远离了人类的精神价值基础，远离了人类的深层的美好的精神梦幻，远离了人类的飞向众神的热望。有些所谓诗人甚至把人的动物性倾向当做深刻——比如，对性等领域的津津乐道——媚俗的色彩越来越浓，甚至成了恶俗的一个体现或象征，还有专门的所谓"流氓诗人"之说。时至今日，有些诗人竟然演变成为恶俗的代表。

---

① 艾略特：《艾略特诗学文集》，国际文化出版公司1989年版，第7页。

第二章　诗人的功能、内涵、任务及其精神定位

在某种程度上我们可以说，正是一些所谓的先锋或前卫诗体最终损害了诗人的形象，并使诗人的地位一落千丈，也使诗歌面临着影响力日渐衰退的命运。诗人要想改善目前的恶劣的境况，他就必须作出改变，他就必须认真地反省自己，反省自己在整体的人类文化经验中的真正的位置在哪？反省一下诗人的价值根基在哪？

人类的成员是形形色色的，其中的一种就被叫做诗人，但诗人的独特性在哪里究竟是干什么的？他的基本使命是什么？这些问题是要弄明白，这个问题事实上也很重要。我们一说起"商人"，就立即明白他们是干什么的，或者"政客"这个词，我们也明白其含义。并知道他们的基本作为，但诗人究竟意味着什么？在当今的文化背景之下，诗人种越来越多，写诗人的队伍也越来越杂，现在似乎什么人都可以自诩为诗人，似乎诗人没什么特别的规定性。现在还有所谓的"下半身诗人""流氓诗人""垃圾诗人"之说。好像什么人都可以标榜为不同类型的诗人。诗人好像没有什么确定的内涵。诗人的名号几乎变成了集市上的小贩们的自我叫卖品。固然，正如古希腊哲学家德谟克利特所说：

不失常态者成不了诗人！（古希腊哲学家德谟克利特语）

但这并不意味着，真正的诗人没有其基本的基质性的精神倾向。诗人的职业（如果也算是职业的话）是独特性的，诗人是与众不同的人，诗人独特性或"失去常态性"是通过内在的心灵与精神方面体现出来的。真正优秀的诗人永远都是人类深刻精神的一个代表，也是人类文化经验中的美好情愫的继承者，真正优秀的诗人不会是下半身诗人。不管是哪种下半身诗人，他永远都够不上优秀诗人的称号，更不用说什么天才诗人、伟大的诗人之类的称号了。真正优秀的诗人的关注重点不仅不能是"身体"，不仅不能是下半身，也不能是上半身，更准确些说他关注的重点不在人的身

体上，而是在附着于身体的人的心灵性及其灵魂方面。或许在那片心灵的世界里，我们能够看到一些身体的因素与因子。一句话，即便在当今的文化背景之下，一个不能展现人的心灵世界的诗人，一个不能穿透人的灵魂的诗人，几乎没有资格被称之为优秀诗人。

天才诗人不仅不可能属于身体诗人，甚至不可能属于任何形式的自然主义性质的诗人，优秀的天才诗人都和纯自然性的方向保持着距离，其中的自然因素、自然的面貌都不是属于纯自然性的，或者说都不是以自然性质出现的。在他们的那些深刻而又美好的梦幻之中，自然及其自然元素是精神性的，或者说是心灵性的。优秀诗人大体上都是属于超自然主义者，他们的生命及精神倾向超自然的味道很浓厚，这也包括超越所谓的身体性。他们以此表达他们对这个世界的想象与情感，他们最终通过自己的种种世俗的牺牲获得了上苍的回报——创造出了那片独有的世界，这个世界具有很高的想象性价值。时至今日，那片独有的富有想象性价值的世界依然站立在这个愈益物化的世界之中，它依旧那样炫目，并经常性对人们的情感、心灵与灵魂发出召唤，也给人们的内在心灵以种种似乎是无声的激励。

第三章

诗人与人类的务虚之梦

从人类有限历史的发展趋势来看，务实的倾向似乎越来越明显了。但人类的这种务实态度并未给人们带来美好的精神体验。人类的生命深层还隐藏着务虚的本质倾向。这也算是大自然的或者说是上帝的秘密之一。而诗人本质上正是属于务虚的一族，他们的价值正是蕴涵在他们的"务虚"里，即蕴涵在他们的感觉、情感与想象之中。诗人与人类深层经验中的务虚方向紧密相连。诗人的经验本质上不属于物质性社会性技术性等客观化了的经验，而属于内在的超越性的经验类型，诗人在作品里展现的看起来似乎是一种虚幻之境，然而诗人的创造力与价值恰恰就蕴藏在这种看似虚幻的经验类型里。诗人所建构的虚幻之境对于人类经验的完美与生机异常重要，人类的文化经验里如果欠缺这个方向，就会导致整个人类精神性生机的萎缩，并最终导致人类经验的失衡、断裂与混乱。诗人就是凭借着他们的虚幻之境为人类经验整体的均衡、和谐与完美作出独有的贡献。

一 诗人与虚幻之境

前面已说过，人类的发展倾向越来越"实"了；人几乎再一次地要被打入动物式的物质形态。这种单向的进化会给人类自身带来越来越多的问题。这些问题已经慢慢地通过种种迹象被显明，尤其是通过人类的精神感受显明了这一点。人类如果还没有完全丧失自我意识，还没有完全丧失自我调节的动力与功能，那么我们就必须对这种愈趋严重的"实"的倾向进行均衡，以期达到和谐的均匀的对称地发展，要做到这一点，人类就应该明智地有意识地发展"虚"方面，从而使人类的经验能够"虚实相生"，诗人在其中可以充当一个重要角色。之所以说诗人的经验为"虚"，就是因为其不像物质的、经济的、技术的、欲望的等方面的经验那么可见，那么容易把握，其和人类内在的精神与心灵密切相关。

诗人在人世间肩负着某种独特的精神使命，尤其是在当今世界，诗人的作用显得更为突出了。诗人的价值和种种"实"的事物无太大关系——肯定和创造物质财富或增加人们的感性欲望无关，肯定也和增加人们的科技理性知识的活动等无关。诗人的基本使命就是给人类的精神一个出口，并为人类的精神提供一扇窗户——从这扇窗户里，人们可以瞭望、远眺，并看到另一个不同的世界：那个世界不是由物质、科学技术、社会关系、欲望、消费、占有等构成的，而是经由人类的想象的翅膀，将人类的寂静之声、梦幻、希望、憧憬、忧伤、怀念等汇集在一起。从这个意义上，我们可以说诗人就是人类精神之梦的一个重要象征，超越人类的世俗性的经验是他的任务与职责。在这一点上，诗人和其他的属于务实的社会成员是不同的。诗人创造的诗歌基本初衷不是要刻意地务实求真。优秀的诗人就是那种能给人类的心灵带来充实感与生机的虚

第三章 诗人与人类的务虚之梦

幻之境的创造者。

> 我静坐眺望，仿佛置身于无限的空间，
> 周围是一片超乎尘世的岑寂，
> 以及无比深幽的安谧。
> 在我静坐的片刻，
> 我无所惊惧，心如死水，
> 当我听到树木间风声飒飒，
> 我就拿这声音同无限的寂静相比，
> 那时我记起永恒和死去的季节，
> 还有眼前活生生的时令，
> 以及它的声息。
> 我的思想啊，在这无限中沉没——
> 在这大海中沉船是多么甜蜜！
>
> 　　　　　　　　　　　　［意］莱奥帕尔迪：《无限》

可以说，诗人心中的无限通向精神的远方或深处，它也是某种虚幻的神秘的精神之境，这种意境对于那些被物质欲望包围的人来说，似乎有点不可捉摸，但对于那些敞开心灵、怀揣着希望与梦想的人来说，这个无限世界无比真实，像空气和水一样的实在。这种真实显现在人们的憧憬与渴望的内心里，显现在能给人们带来美好感的梦幻深处。

美国美学家苏珊·朗格在《情感与形式》一书中说：

> 那种生活的幻象是所有诗歌艺术最基本的幻象。它起码尝试性地建立在开篇第一行诗上，那行诗必须将读者或听众的注意力从交谈的

诗人的价值之根

兴趣转移到文学的兴趣上来,即由现实转到虚幻上来。①

除非诗的开头割断了读者与其周围实际环境的联系,否则,什么东西也建立不起来。正是这种割裂才能创造欣赏诗歌经验的物质条件,而将不相干的思维于不知不觉之中压抑下去。②

诗人要能激发起读者的想象与幻想,而要达到这一目的,他需要做的是割裂读者与现实环境的联系,并尽可能地让读者置身于某种非现实的情境之中,讲得更加通俗一点,诗人要做的就是割断读者与实际现实的关联,让读者短时生存于某种梦幻之中,诗的意识不同于人们的现实意识,诗的意识的核心是基于某种超越性的梦幻。真正诗人的这种梦幻并不虚弱,其中蕴涵着真正的精神力量。

为什么诗人和这种非现实的梦幻有这样大的关联?这归根结底还是和诗人在整个人类文化经验中所承担的特殊使命有关,并和人类的潜在的精神特性联系在一起。人类的本性之中就包含着梦想潜能或本能,人类需要某种以想象、梦幻作为支撑的精神方向。人类的种种最纯粹的理想事实上都是一种梦想。前面我们已经提到,从人类的进化历史来看,我们之所以最终能够走出动物界,出现现在这样的有灵的面貌,全靠我们的祖先所拥有的梦幻与想象力。人类的所谓灵性和梦幻倾向是分不开的。人类需要某种梦幻与希望照亮过去、现在与未来。梦想、梦幻、希望昭示了我们人类的心灵,并构成了我们生命意义的一个基础。可以说,我们人类存在的意义与梦幻、梦想是形影相随的,是并存的。

诗人的经验经常呈现为虚幻之境,其特殊的价值也和人类的梦幻之间存有一种关联。诗人的力量之一就是要看他是否真正地激发起人类的梦想

---

① 苏珊·朗格:《情感与形式》,刘大基等译,中国社会科学出版社1986年版,第242页。
② 同上书,第244页。

第三章　诗人与人类的务虚之梦

愿望。诗人因梦想而伟大，有时也因梦想而疯狂。伟大的哲学家柏拉图曾说诗人都是疯子。这其实并没有贬低诗人，诗人的疯劲正是来自他的梦幻，也因这种梦幻经常失去常态，和常人之不同之处正在于诗人的梦幻特征。其实柏拉图本人就是一个用哲学写诗的诗人，也是属于这么一种精神上的疯子，只不过他是一个哲学疯子。

也因为这种想象与梦幻，诗人常常成了自语者、呓语者、自恋者。柏拉图在《会饮篇》中还说：恋爱时期人人都是诗人。哲学家的这两句话事实上指向同一个方向。诗人的这两种种反常来自同一去处。为什么恋爱期的人们都像诗人？恋爱期的恋人大多基于想象与情感做事，他们也像个梦游症患者，或者说因为这种想象与情感的激发，他们根本不能把现实与梦幻区别开来。诗人和恋爱者的疯劲都来源于他的幻想力，来源于他们美之梦幻，他们的生命从外到内都被美的梦幻所包围。在真正的诗人的生命中就存在着对美之梦幻的深刻向往。

英国诗人叶芝在其诗作《他唯愿能得到天堂中的锦绣》中说：

　　我穷，一无所有，只有梦
　　我就把我的梦铺到了你的脚下
　　轻轻地踩吧，最好不要踩碎它。

我们要再一次强调，优秀诗人的梦幻感常常是充满力量的，诗人并不因梦幻而变得虚弱。这种力量是建立在想象性价值基础之上的，不同于那些虚弱的空想。诗人的梦幻不太像人为人造的空中楼阁，反而像是一幅美妙的出自造化之手的自然风景，诗人的梦幻是充满价值感的梦幻，里面堆满了美、善与真的要义，里面有那种立足于真诚、善性与真实的精神力量。他的梦幻能扣动人们的渴望美好渴望飞翔的心弦，也给人们的精神与心灵带来隐秘的激动或和谐。诗人的梦幻之力量正是通过人们的内在情绪或心灵发生作用的。如果一个诗人的创作仅是一种自我陶醉，不能通过其作品作用于人们的心灵，如果诗人的诗作失去了扣动人们心灵的力量，那么这种诗人至少不能算做是优秀的诗人。

诗人的梦幻之中的力量决定着诗人的价值，也就是说他所创造的幻景能否打动读者的心弦，能否感染人们的那颗微妙的灵魂，能否影响他们民族的人民的精神气质，这些方面决定着诗人的价值。在这一点上，现代大多数的所谓先锋诗人都有明显的不足，他们精神与心灵的贫乏被古怪新奇繁复的意象所掩饰，被所谓的前卫、新潮的标签所遮蔽，他们缺少的就是一种精神力量，并缺少一种基于明晰的质朴与简洁，最后缺少通过朴素的诗行打动人类心灵的表达力。或许这就是我们平庸的时代的总体的文化经验在他们身上打下的烙印吧。

二　虚幻之境、梦幻与深厚的精神力量

捷克小说家米兰·昆德拉在《小说的艺术》中说过一句话：

在日常生活的无聊中，梦和梦想的重要性增加了。[①]

鉴于当今社会的文化及文化经验的日渐世俗化的趋势，我们的生活也跟着变得平淡无奇：我们的生活变得日常化了，缺少基于理想的热情，我们的生活变得欲望化了缺少了精神方面的纯粹性，我们的生活是不断重复性，常规化了的，缺少了浪漫、变化与戏剧性。我们的日常体验也越来趋于无聊乏味，我们的经验渐渐成为与物质照面的重复的平淡无奇的经验。在这样一种大的文化经验的背景之下，诗人的梦想显得更为宝贵更为

---

① 米兰·昆德拉：《小说的艺术》，董强译，上海译文出版社 2004 年版，第 10 页。

第三章　诗人与人类的务虚之梦

重要。

　　那些优秀的诗人之梦常常是奇异灵动的美之梦，也常常属于最为纯净的幻象或幻景。这个幻景让人们从现实之中抽离开来；这个幻景之中蕴藏着能激发人类心灵生机的想象性价值。亚诗人与真正诗人的差别也在这里体现。亚诗人由于心灵的贫乏与精神的枯萎，他们所刻意营造的那些万花筒般的意象、观念及其组合，以及其中的象征、暗示、跳跃等，并不能真正激发人们的心灵的生机，因为其中没有多少想象性价值，亚诗人的那种梦不是真正的蕴涵着精神性韵味的梦。奥地利心理学家弗洛伊德根据其精神分析理论认为，艺术的本质就是梦，艺术家就是造梦者，但和一般的艺术家的梦境不同，诗人之梦和一般的小说家、画家等还是有所区别，小说家大多数追求所谓生活细节的真实，画家也很少在其绘画作品中表达那种崇高美妙的幻境。诗人之梦自有其特别之处，他们的梦幻大多属于美的梦幻，是能够激起人们灵魂波动的精神之梦，那些伟大诗人的梦通常面向着至高者：向着无限、绝对与神性，在诗人之梦中包含着那种纯粹的神性。这种绝对的基础常常使诗人之梦辽阔而深邃，并充满了持久的神秘的精神魅力。诗人的梦向着更为广阔的天地敞开，向着更为深邃的大地延伸。

　　　　诗人是盗火者。

　　这是对传统诗人形象另一种生动描绘。诗人冒着生命与精神孤独的危险，从天上盗取了珍贵的精神火种，并把这种其中的温暖带给人间，这个珍贵的精神火种就是通过一种神秘的启悟，被播散在真正诗人的种种纯净之梦中，诗人在其纯净之梦中也常显露出天上火种给人间带来的种种温暖与精神巨变，这种温暖也成了人类的精神希望的一部分。创造出这种蕴涵着精神生机与温暖的富有想象性价值的虚幻之境也成了诗人生活与存在的核心。

诗人的价值之根

通常优秀的诗人都有这种独特的精神核心,正是这种精神性标志把诗人和其他人区别开来,也把真正的诗人与亚诗人区别开来。这个独特的标记就体现在诗人的种种看似虚无的梦幻里,丧失了这一点的所谓诗人肯定不是纯粹的诗人。

我们通常会说诗人是梦幻者,是造梦者,是梦的创造者,是美梦的化身,代表着人类心灵深处的梦想、梦幻。但真正优秀诗人的梦幻里都会暗含着某种精神火种或精神价值,火种代表温暖、光明与热烈的生命向往,一个受拘于生命经历或性格气质不适宜于做这种梦的人肯定成不了大诗人,那些只懂得声色犬马的诗人怎么可能知道诗歌的真正的奥秘与真谛?那些爱弄潮的亚诗人即使有梦,也缺乏精神力量,也只能是那种肤浅的梦,这种梦不会打动人类的心弦,也不会使其成为真正优秀的诗人。

那么真正优秀诗人的梦幻又意味着什么,我们下面对此可做进一步地探讨。

首先,诗人的梦幻不管看上去多么的新颖甚至晦涩(甚至是以物化的欲望的形式出现),在实质上它都不是孤立的或谁的别出心裁的任意之为,其梦幻的最深的底部都包含着普遍的精神基础。真正的诗人的梦幻感里通常都含有着深刻的精神韵味,并根植于人类深厚的心灵的土壤,那些独特的意象、观念、象征技巧等事实上来自诗人身上的最深厚的精神性的矿藏,这种深厚的精神土壤我们有时给了它一个有点玄奥的名词——无限性。诗人的诗作正是那种深厚的精神性矿藏——无限性的流露与展现,总有这么一种无限性潜藏在诗人身上,或者说潜藏在诗人的心灵里,优秀诗人和其生命与精神的无限性总是处在经常的沟通之中。反过来说,这种于无限性的交流或对无限性的渴望与向往造就了诗人的深刻梦幻感,造就了诗人梦幻中的力量,这种梦常常是既美而又深刻之梦。

那么对于优秀诗人身上的这种深厚的精神力量——无限性应作何理解?

第三章 诗人与人类的务虚之梦

我们可以换个角度，用我们中国的道家的语言来加以解说，这样就更能吻合中国人的理解力，也更明白晓畅一点。所谓无限性用道家的话来说就是"一"的特性。而这种"一"里即含有道的无限性，这个"一"是我们生命与精神的源头，是我们未被污染的精神与心灵的原初力量，也是真正具有创造性的力量，所以才有"道生一"之说。"一"也是精神的本体或母体。诗人有这个母体和没有这个母体，其结果是不一样的。

  天得一以清，地得一以宁，神得一以灵，谷得一以盈，万物得一以生，候王得一以为天下贞。①

守住这种"一"对于诗人来说同样的重要，诗人得到了这个原初的"一"的启示，就会拥有一种通向无限的丰富性，就会在此基础之上拥有一种特别的创造的力量。这种"一"也是诗人精神与情感纯粹性的基础，是诗人单纯品格的体现。固然，诗人的梦幻既是丰富多彩的，也是深刻深邃的，其不是某种单一的颜色，诗人的梦幻是一种单纯的丰富，换句话说诗人常常就是要借助于丰富的深刻的幻景表达其对于源泉的渴慕与向往，对于"一"的回归。"一"的特性也是"玄"，是"夷、希、微"，是三者的混一，要把握这些微妙的特性，诗人就需要有一种摆脱种种定见的特别的洞察力。

还有，诗人的那种既单纯又丰富的梦幻感正是来自一种基于直觉的洞察，对事物深处的"夷、希、微"的洞察，对事物深处的种种奥秘的洞察，并来自他与那种奥秘的沟通：与大自然深处的奥秘沟通，与人生的种种奥秘的沟通，与生活深处的种种奥秘的沟通。诗人的这种基于直觉的洞察与沟通是其梦幻力量的基础。诗人的梦幻不是廉价的虚无缥缈的随意的

---

① 《道德经》，第三十九章。

诗人的价值之根

幻想与幻影，诗人的梦幻体现了心灵的创造性并充满了力量，充满了基于创造性精神真实的力量。要把这种与事物深处的奥秘沟通的结果传达出来，那是非常艰难的，而诗人之所以是诗人，就在于他通过长年累月的练习，掌握了那些艰难的表达手段——这种表达上的成功也是诗人的伟大的功绩之一。

贺拉斯在《诗艺》中说："诗人是人类的启蒙老师。"

诗人对人类的启蒙不是理性意义上的，更不是感官意义上的，诗人启蒙的特殊性就在于，他借助于丰富的生命幻景，帮助人们领悟某种精神奥秘。而诗人要想达到这一精神目的，他自己就必须是精于洞察奥秘者。诗人的种种语言技巧正是为帮助人们实现这一洞察。

我们中国道家哲学家庄子说：

> 可以言之者，物之粗也，可以意会者，物之精也。[①]

庄子在另一篇《庄子·外物》说："荃者所以在鱼，得鱼而忘荃；蹄者所以在兔，得兔而忘蹄；言者所以在意，得意而忘言。"

诗人的真正功用主要不在于"言"本身，而在于"言外之致"，诗人就是属于那种能说出事物的奥秘与精微之处之人，没有那种深刻的洞察力，那种只可意会不可言传的意境很难产生。天才诗人的梦幻不是虚弱的纯主观化的，它有着坚实的力量基础——它可以影响千千万万的人。人们的心灵也愿意停留在诗人创造的梦想之中得到滋润，并从其中汲取巨大的情感激励或安慰、从中汲取战胜现实苦难的精神力量。伟大诗人的那些诗作也使一个民族更能够承受现实中的种种苦难，使他们更愿意带着某种隐秘的希望向前展望，等等。

[①] 《庄子·秋水》。

第三章 诗人与人类的务虚之梦

三 诗人与人类根深蒂固的梦

前面我们已说过,诗人是独特的梦幻者,是用幻景去影响人们心灵的创造者,但诗人的这种梦或幻景不仅仅是个人的,而是整个人类的深层梦幻或梦想的展现,因此诗人的这种梦常常能打动人们的内心触及人们的灵魂。可以说,诗人的梦是人类的心灵之梦,代表了人类的深层的思想与愿望。可以说诗人是用梦幻来思考世界,并用多变的梦幻去传达人类隐秘的真情及其深邃的渴望,并用这种梦与幻景去魅化世界。真正诗人的梦泄露人类内在的精神真理,并把握人类普遍的深层的精神根基,这些梦幻曾给人们的内心带来了精神上的安慰、温暖、光明与希望。

诗人通常有那么几种根深蒂固的梦,这些梦常常伴随着诗人的一生。其中的每一种梦都既是诗人个人的精神倾向,同时也都代表了人类生命深处的诸多渴望。每一种梦都是人类深邃心灵性的折射与写照。很难想象,诗人或人类如果没有了这些梦幻的支持,会变得怎么样。可能就像美国诗人休斯所说的,变得"一片荒凉"。每一个诗人的梦幻通常既富有个性,也丰富多彩,但我们只要稍稍留意一下,就会发觉,诗人的梦幻方向也有共通的地方,他们通常共同拥有几个最根深蒂固的梦。

1. 自然之梦

自然之梦是人类最古老的梦幻形式之一,而诗人与自然通常又是一对最亲密的伙伴,很难想象有不热爱自然的诗人;对自然那种丰富的想象与憧憬也成了诗人的最深邃最重要的梦幻。自然对诗人来说,就是一部伟大的戏剧,这个戏剧的每一个细节都足以激发并唤醒诗人的种种梦幻,诗人的"自然之梦"也是人类心灵的最美妙的梦幻之一。在中国古代的诗歌里,这一点表现得十分明显。中国的历代诗人似乎都喜欢吟咏大自然的景象。从《诗经》起,中国古代诗人就开始了漫长的讴歌自然的历程。对自

诗人的价值之根

然景象的描绘，构成中国古代诗词的特色之一。我们这里只看一首南朝诗人王僧儒的《春思》：

> 雪罢枝即青，
> 并开水复绿。
> 复闻黄鸟声，
> 全作相思曲。

在西方的诗歌史上，自然也是历代诗人咏怀的重要对象。和现实主义、现代主义或后现代主义等种种诗歌流派相比，浪漫主义诗人在这一点上表现得更为明显，自然在浪漫主义的诗歌中占据着某种核心地位，而在西方的浪漫主义诗人之中，英国诗人华兹华斯对自然的梦想与热爱表现得尤为突出。

> 从自然和她的充满活力的灵魂里
> 我获得如此之多，我所有的思想
> 都沉浸在对她的感情之中
> 我感到生命与思绪不断地扩散
> 直至所有运动与静止的万物之中。

华兹华斯：《序曲·第八章》

对于诗人来说，自然代表着一种深邃的美，代表着心灵的梦幻、宁静或激情，甚至代表着人类精神的至善与完美。诗人对自然通常都具有一种回归欲。

浪漫主义之后，有些诗人出于诗歌的创新的需要，刻意地和自然保持

第三章　诗人与人类的务虚之梦

某种距离,但事实上,他们很难切断诗人的那份天生具有的情愫。他们常常以反自然的方式验证着自然的地位与价值。因为在自然里有真正诗人的所渴望的一切,其和诗人的整体梦幻感是分不开的。自然也最能激起诗人的创作欲望,最容易唤起或激发诗人的隐秘的激情。自然中的四季景象的变幻莫测最能唤起诗人的或悲伤或欣喜的内在情绪。法国诗人波德莱尔虽然属于现代性的诗人,但他依然写了一系列的和自然景象——比如黄昏——有关的诗作。

2. 爱之梦

如果说诗人最深切的梦的对象是自然,那么最热烈的梦幻恐怕就和爱有关了,爱是诗人或人类的最迷人的精神形式之一,爱也是诗意的精神源泉之一。几乎所有的诗人都具有很强烈的爱之情结。爱情对于许多诗人来说,常常是一个精神之谜,是另一种深邃的充满奥秘情感的流露与展现,爱最能激起诗人的种种丰富的精神梦幻,爱对于诗人来说甚至比空气还重要,爱就是最美的精神。

英国诗人、小说家司各特在《最后一个行吟诗人之歌》中说:

> 爱情统治着朝廷、军营、树林
> 统治着下界的人和无上的神
> 因为爱情就是天堂,天堂就是爱情

可以说爱之梦更统治着诗人的生命倾向。在诗人的或悲伤或欢快的情绪之中,我们似乎总能发现爱的影子。他们对爱的渴望那么深切,以致很难想象没有了这份爱之梦幻,他们还会有激情去创造诗歌。诗人的那份爱通常都带有完美的色彩,以致那种爱不像是人间的现实的感情,反而像是在梦幻世界里发生的思绪。那份爱常常充满了神秘的基调与氛围,并常常左右着诗人的现实生存。但丁、彼得拉克、诺瓦里斯等诗人的生活是其中

诗人的价值之根

的较为典型的例子。

诗人的爱与完美的女性有关。事实上，比之男诗人，女诗人的爱之梦常常更为精美也更为深沉，并构成了她们生活的一个根本。来看一下我们可爱的女性们的"白日梦"。

> 在梦幻之树四面伸展的阴影中
> 梦直到深秋还会萌生，但没有一个梦
> 能像女性的白日梦那样从心灵升华
> 看哪，天空的深邃比不上她的眼光
> 她梦着，梦着，直到在她忘了的书上
> 落下了她手中忘了的一朵小花。

[英]罗塞蒂：《白日梦》

女性诗人的白日梦看起来更加单纯、更加精美，她们的梦幻深处通常都有爱的痕迹，都和那种打动人心弦的美好的爱情相关。可以说，爱之梦也是人类共同的最美好最深沉的梦幻之一。爱情本来就是一个美好的梦幻。

爱是什么时候产生的？爱常常和梦一同产生，爱是什么时候消失的？爱也和梦一起消失。没有梦了就没有爱了。对于诗人来说，缺少了梦的意向就没有了那份神秘的爱。对于诗人来说，即使得到了全世界，如果他没有得到那种纯粹爱的感受，他依旧会感到不满足。诗人的爱之梦是诗人的最深刻的梦幻之一，也是人类心灵之中的最深邃的梦幻之一。

一些诗人往往就是凭借着他们的爱之梦幻倾向写出了扣动了世人心弦的诗句，这些诗句也成为人类的爱之梦幻的明证。

第三章　诗人与人类的务虚之梦

世界上除了你以外，万物顿不存在。

只要你在我身边，灾难便随之消失。

你是我的宇宙。

有了你，我的爱，我不再希望拥有圣人的清醒。

我不可能再做作，也不可能再理智。

我爱你。

［法］莫洛亚：《亲密》

这种爱的絮语打动过成千上万的人们，尽管那些被打动过的人可以怀疑这种爱的存在。诗人的价值之一就是：他们为世界贡献了他们用生命、痛苦与泪水编织而成的富有心灵性的梦幻。如果连诗人之爱都失去了梦幻感，如果连诗人之爱都失去了那种纯粹性，那么世界可能就不再是人的世界，可能已变成为某种灰色的幽灵的居住地。在某种意义上可以说，诗人的职能之一就是为人类创造能给人带来希望与安慰的梦幻感，诗人要借着这种梦幻感去拨动或打动人类的日渐麻木与世俗的心灵。如果诗人丧失了这种精神性基调，那么他很难成为真正的大诗人。

在这个日渐务实与多元化的时代，有些诗人也热衷于标新立异与唱反调，这也包括诗人对待爱的态度。那份充满神秘情愫的爱情被下半身身体的上下运动所替代，这还被冠以"身体性"等时髦之名。这倒不是说诗人不可以以怀疑的笔调或以现实的眼光对待爱情，只要诗人写出新颖的深刻的精神性韵味，那种对爱的清醒的态度也不失为一种思考或境界。

波兰女诗人安娜·申切斯卡在谈到爱是用诗的形式说：

诗人的价值之根

我们要杀死我们的爱。

我们要勒死它
像勒死一个婴儿。
我们要用脚踢它
像踢开一条忠实的狗。

我们要撕碎
它活生生的翅膀
就像一个人对待鸟
所做的。

我们将在心里射杀
像一个人杀死
他自己。

〔波〕安娜·申切斯卡:《对着心灵瞄准》

在当今的整体的文化经验越来越世俗化的大背景之下,世间的爱之经验中的梦幻成分愈趋减少,人们的确变得越来越理智化、越来越身体化了,这似乎也是当今的重要的文化现象之一,爱之梦幻的消失也是这个愈趋务实的时代的让人惋惜悲剧之一。那么在这种时代的背景之下,诗人该做些什么呢?和这种物质化欲望化的文化经验合流并沉潜于其中,最后用诗歌的形式把爱物质化欲望化,以满足大众的感性的口味,还是宁愿做一个精神上的独行者,听从深邃的心灵的隐秘的召唤,用美妙的诗歌去唤醒人们内心中一直就存在着的那种爱之梦幻?哪里才是诗人应该去占据的位

第三章 诗人与人类的务虚之梦

置,诗人应该去认真地思考。

3. 生命与死亡之梦

> 生命之书至高无上,
> 不能随意翻阅,也不能合上
> 精彩的段落只能读一次。

[法]拉马丁:《纪念册上的题诗》

诗人对许多事物都是敏感而富有想象力的。对诗人来说,人自身的生命更是充满谜一样的色彩,人的生命宝贵而又短暂,就像任何一闪而逝的事物一样。生命本身的脆弱性常常唤起诗人浓重的忧伤,也催发了他的种种关于生命的幻想。人类的这种短暂的生命应当怎样度过呢,或者说人的完美的生命应该是怎样的——这也是诗人经常性的梦幻之一。生命转瞬即逝所带来的忧愁与悲伤更激发了诗人的创造愿望,这尤其体现在诗人的那些对所爱之人的消失所引发的伤感里。总体而言,在诗人的生命之梦里,所谓的生命不是人的肉体的活着的状态,而是充满精神光亮的状态,也是富有意义感的生活状态。

> 我们的生命是歌曲;上帝写下歌词
> 我们随意把它谱成乐曲
> 歌曲变得欢快,或是甜美,或是悲伤,
> 随着我们的意愿配上的节拍。

[美]威尔科克斯:《我们的生命》

诗人的价值之根

诗人对生命的热望有时体现为对自由的渴求。换句话说,诗人通常渴望一种自由自在的生命状态。只有拥有了自由,人的生命才能被叫做生命,没有自由的生命只是一种类似僵尸似的生存状态。

> 在所有得到允许的肉体上,
> 在我朋友的前额上,
> 在每只伸过来的友谊之手上,
> 我写上你的名字;
> ……
> 我活在世上就是为了认识你,
> 就是为了叫你的名字

[法]艾吕雅:《自由》

> 自由,像黎明,
> 照亮我的灵魂,来自上天的一道光芒
> 点燃了我全身的才能,充满了喜悦的光辉。

[英]柯珀:《任务》

在诗人的生命之梦里,人的生命时光短暂而美好,它不是某种被动的物的状态,不是那种定型了的活化石状态,而是被某种创造性、希望、欢乐或悲伤包围的时刻,在那种静静的流逝时光里人们充满了无奈,但也充满了真正的生命的欢欣。

> 在小小的范围中我们看到了全美;

第三章 诗人与人类的务虚之梦

在短短的尺度内生命可以精粹。

［英］本·琼森：《高贵的天性》

诗人的生命之梦里甚至也包括死亡。尤其是所爱之人的死亡常常给诗人留下终生难忘的印象。诗人自己的死亡也常常给人们留下震撼性的印象。可以说死亡是诗人梦幻的一部分，又或许是梦幻的破灭的结果。但死亡并不代表生命的终结，反而代表着某种生命的开始。

我一生都在渴望

自由

终于找到了

通向自由的大门

这就是死亡

［捷］雅落斯拉夫·塞弗尔特

和渴望死亡相反，这种生命之梦有时体现为对永生的渴望。

4. 生活之梦等

和上面所说的生命之梦相比，这种生活梦现实感稍强一些。诗人的生活梦经常和人的理想的生活历程有关，具体表现在那种向上攀登的奋斗不息的生存过程里，或表现在顽强不屈的战斗精神里：与天奋斗，与大地奋斗，与人奋斗，与自我奋斗等。这种包含着崇高元素的生活过程有着明显的英雄主义色彩。

整个

诗人的价值之根

> 地球
>
> 我差不多
>
> 全部走遍，——
>
> 生活
>
> 是好的，
>
> 生活着，
>
> 很好。
>
> 可是在我们
>
> 战斗的沸腾的欢乐中，——
>
> 更好。

〔苏〕马雅可夫斯基：《好》

诗人的生活梦更经常性地体现在对于安宁、和谐的生活状态的渴求里；这种生活梦还经常表现为对简单朴实生活境界的向往。中外诗歌史上的大量的"归隐诗"，就是这类生活梦的体现。在我们中国，古代诗人陶潜或陶渊明的一些诗作就是这一类生活梦的最典型体现。

此外，诗人的生活梦还经常表现为对人类的尘世生活的赞美，对劳动及劳动者的讴歌等。还有一些诗人的生活梦似乎不是在人间，倒好像是在美好的梦境里，或者说在仙境或天堂里。

四 精神之根、颠覆与诗人的影响力

当今的诗坛喜欢不假思索地颠覆，喜欢推倒前人做过的哪怕是最伟大的精神尝试，并一味地反叛或否定种种包含着传统的古典精神的诗歌类型。但这些诗人又没有能力建设起真正有价值的诗歌形式，更不用说建立

第三章 诗人与人类的务虚之梦

起有价值的精神类型了。许多现代类型的诗人讨厌过去诗人的那种含有高尚精神色彩的梦幻，他们认为这些梦幻美化了人生，并留下了虚假的痕迹，缺少生活本应有的深刻与真实。马拉美曾写过一首诗叫《天鹅》，把天鹅说成为"纯洁、活泼、美丽"，而墨西哥诗人马丁内斯却要折断那种能使人心灵飞翔的美之翅膀，最终就是要打破人们的种种美之梦幻，让人们看到生活与人生的种种阴暗与潮湿。

扭断天鹅的脖颈

扭断那长着骗人羽毛的天鹅的脖颈，
只有在湛蓝流水中才显示它的白净；
她只会炫耀自己的优雅，但从不能
感受事物的灵魂和大自然的风情。

撇开一切形式和语言，
因为它与深刻的生活内在节奏
不能适应……去热烈地追求生活，
生活同时也会了解你的赤诚。

请看聪明的猫头鹰是如何展翅
离开奥林匹斯山，帕拉斯的漆前
休憩在那株树上，停止了默默的飞行……

他没有天鹅的优雅，但是他那
警觉的眸子注视着阴暗之处，参悟着
寂静夜晚的神秘之书。

［墨］马丁内斯，陈光孚　译

诗人的价值之根

　　无论如何,当今的诗人和过去的诗人相比在精神方面显得单薄虚弱,精神之根扎得不深。也正因为精神之根扎得不深,所以他们常常经不起当今主流文明的种种流行式样的侵袭,一有风吹草动,他们就准备变换诗歌的面具,以赢得世人的认同、关注与肯定。当今的种种诗歌运动有一个大体的倾向,就是反对诗歌创作中的那种理想性、唯美性或梦幻性。他们往往打着真实性、当下性或现实性的旗帜,反对过去诗人或诗歌中表现出来的那种在他们看来的虚假的心灵性。他们要打破种种神话式的诗歌倾向,把诗人及其诗歌从天空之中射杀下来,让他们痛苦地呻吟着躺在地上,或者让他们站在某一处对着阴暗潮湿之地发出欢呼之声,让人们看到种种未经美化的丑恶的赤裸裸的现实。

　　当今的诗人热衷于常常是没有根据的颠覆,似乎不具有这种叛逆的姿态就不能算做当代诗人。但是这种一味地搞颠覆的结果是什么呢?从好的方面来说,那些充满颠覆性的诗人所写的颠覆性的诗歌作品会给人带来耳目一新之感,使人避免了种种感官的、心灵的麻木,也在某种程度上使人们避免了想象力的枯萎。但这种颠覆性的状态常常要付出精神性方面的代价。这个代价就是:这类诗人的作品的影响力通常是很短暂的,只具有某种暂时性的价值,那种不顾精神之根的姿态使其丧失了对人们的内心的真正的感召力,那些颠覆性诗人的颠覆性的诗歌作品很难持久地唤起人们的发自内心深处的想象力,基于此,这类颠覆性的诗作从根本上来说不具有真正持久的想象性价值。

　　下面我们来看一首美国自白派著名女诗人西尔维亚·普拉斯的《挫伤》。她是后现代主义诗歌众多流派中的最杰出的一位诗人。她的诗歌给我们带来了某种奇异感,也激发了我们的新鲜的想象力,尽管如此,我们依旧认为,她的一些诗歌不具有更为持久的价值,随着时间的流逝,随着人们的那种追求新颖的心情的变换,她的诗歌影响力就会日渐衰微。毕竟她的诗歌的影响力不是建立在真正的精神之根上,诗人的精神之根连接着

第三章　诗人与人类的务虚之梦

人类的内在的心灵的梦想，诗人与诗歌的真正力量正是来源于此。

  色彩向这地方拥来，暗淡的紫色，
  躯体的其余全洗干净了，
  珍珠的色彩。

  在岩石的深渊里，
  海洋着迷似地吸着，吸着，
  一个空洞，整个海洋的中心，

  一个苍蝇的体积，
  毁灭的标志，
  慢慢从墙上爬下，

  心关闭了，
  海浪退了，
  镜子裹上了尸布。

  这里诗人用了一组意象"暗淡、深渊、空洞、苍蝇、毁灭、关闭、尸布"等等，这些看起来灰色阴暗的意象群或许能够在某种程度上触动人们心弦，让人体会到某种特定的精神状况，某种心灵的阴影或真实，也可让人认识到当今世界里的人们的同样灰暗的心。但它毕竟不能给人们带来更为久远的想象性价值——即人们借助于被诗歌唤醒那种想象，恢复了内心的某种生机与活力，避免了精神与心灵的惰性，并获得某种隐秘的精神激情。这份隐秘的精神激情正是基于力量的梦想带来的，它是人类不断完善的伟大的动力。还有现在诗人之中经常出现的"模仿颓废或堕落"的倾

诗人的价值之根

向，事实上，这不会帮助诗人产生独特的诗歌艺术面貌。只有那种原创性地、勇敢地、独特地、自发性地堕落或颓废或才具有浓厚的艺术潜在价值，第二次，就没有多少意义了，无数次之后，这种基于叛逆、扭曲与堕落的诗歌艺术行为就可能成为最无聊的主题或方向了。

古巴诗人何塞·马蒂说：

> 诗，无论落在什么地方，都应该放射光辉与芬芳。

诗歌的光辉与芬芳来自何处，肯定不是来自一些形式上的花样——只有那些具有真正的想象性价值的诗作才会具有这种持久的光辉与芬芳，这里所说的光辉与芬芳自然是精神意义上的，而那种持久的光辉与芬芳，归根结底是来自诗人的内心深厚的精神之根。

诚然，那些只能给人带来廉价的梦幻的诗作不是真正的具有想象性价值的类型。有许多诗人的想象与梦幻很虚弱很廉价，没有建立在精神之根基础之上的力量感。那种廉价的梦幻最容易使人陷入无知的精神麻醉之中，这和建立在真正的精神之根基础上的梦幻感是完全不同的。真正诗人的诗作带给人类的是基于力量的梦幻，它是真正的具有持久的想象性价值的类型，换句话说，它能持久地唤起人们的想象力，并能给人类的内心带来精神生机，它能使人们的心灵向着更为宽阔的方向敞开，而不会使人的心灵封闭在现实的种种"实在性"上，它也能使人们的心灵更为深邃，而不会使人停留在种种基于感官的情绪之上，或者使人停留在种种懒散的精神怠惰之中。

诗歌激起的梦幻很精美但有时也很脆弱，因而也会给人带来种种忧伤与忧郁情绪，那是从美之世界走出之后而产生的恍惚感。基于此，有人把诗歌比作一种过山车，而把那些喜欢阅读诗歌的读者比作傻瓜，其实写出这种诗歌的诗人也是傻瓜。

第三章 诗人与人类的务虚之梦

过山车

在半个世纪里
诗歌
是傻瓜的天堂,
直到我到来
并安居在自己的过山车上。

上来吧,如果你们愿意。
当然,如果你们下去时
鲜血从口和鼻孔流淌
我不把责任承当。

〔智〕帕拉

我们前面已经说过,那些真正诗人所创造的梦幻,它的最深的底部都包含着普遍的精神基础。真正的诗人的梦幻感里通常都含有着深刻的精神韵味,并根植于人类深厚的心灵的土壤,那些独特的意象、观念、象征技巧等事实上来自诗人身上的最深厚的精神性的矿藏,这种深厚的精神土壤我们有时给了它一个有点玄奥的名词——无限性。诗人的诗作正是那种深厚的精神性矿藏——无限性的流露与展现,总有这么一种无限性潜藏在诗人身上,或者说潜藏在诗人的心灵里,真正优秀诗人和这种生命与精神的无限性总是处在经常的沟通之中。反过来说,这种对无限性的渴望与向往也常常造就了诗人的深刻梦幻感,造就了诗人梦幻中的力量。

这种意义上的梦之性质决定了诗人是个特别类型的人,他是一个基于精神情感的特殊性而失常之人,是充满情感的、感觉丰富的,想象力发达的具有深刻的精神气质者,他通常不是那种被单一的感官的、政治的或社

诗人的价值之根

会的情绪支配的人。诗人的这份深刻的精神气质体现于他的感觉、情感、想象等诸多方面。

诗人通常要被一种深刻的精神性感情所充满，才能写出好的诗作。固然，诗人大多数是情感型的人，而不属于那种常规的理性的机械的物化的类型。他经常会被某种特殊的感情所支配。什么样的特殊感情居于诗人的心灵核心，这常常决定了诗人的性质。诗人的这种感情通常不是建立在原始欲望基础上的，而是一种较为纯粹的感情，关于这一点法国的普罗旺斯诗人以及北欧的游吟诗人的情感姿态永远都值得诗人思考。他们内心的那份特殊情感摆脱了人的较为原始的感性状态，从而更具有灵的成分，更具有神秘感，因而也就更具有美之情愫。比起建立在感官基础至上的感情，他们的这种感情更纯粹，很有助诗人写出有价值的诗作。

诗人的感觉要通常更加敏锐也更为丰富。诗人不仅要有丰富的基于感性的感觉，更要有基于灵魂基于内心的那种细微的精神感觉——即用内在的心灵的眼睛体会世界而产生的感觉。可以说，这种细微的内在的精神感觉更为重要，这种感觉是诗人内在的眼睛所发现的、所观察到的，这种细微的精神感觉体现在诗人的生活中，更在其创作上表现出来——比如，诗歌意象的运用表现出来。

诗人的想象力要活跃、奇异。这体现在他的生活中，也更在其创作上得到表现——比如体现在意象的组合运用上等。

综合起来，我们可以说诗人需要深厚的精神之根，这也是诗人或诗作的价值之根。诗人的梦幻是人类心灵的那种隐蔽的深邃的精神性倾向的展现，诗人的作品泄露我们人类的最秘密的精神渴望与真实的情感。诗人用梦幻去思想，用梦幻去表达人类的隐秘的真情及其潜在的渴望。这种心灵性及其梦幻感恰恰是诗人能供给人类的特殊贡物之一，也是真正优秀的诗人为人类贡献出的精美的礼品。

关于诗人与人类心灵的美，我们来看看俄罗斯诗人布宁是怎么说的：

第三章　诗人与人类的务虚之梦

　　人类的心灵啊，你是多么的美，
　　有时你真像无边无限的平静的夜
　　和夜空中闪烁不定的星儿！

［俄］布宁：《夏夜》

　　我们也可以说伟大的诗人的内心就是夜空中闪烁的星辰。但为了这种星辰闪烁的光芒，诗人也作出了很多牺牲。诗人通常不喜欢客观化了的生活，不喜欢那些看似很文明化的的生活形态，包括物质化的生活，社会化的生活，技术化的生活等，因而在现实生活里常常很孤独。诗人热爱生活的幻想，被一种有价值的梦想包围。诗人的优点与缺点都来自于他的这种深刻的梦幻意识。但真正诗人写出了有价值的作品会得到世人的精神上的尊敬。

　　你是否心情激动，诗人，
　　当你已归于尘土，却感觉到
　　我把你的吟唱
　　紧紧地贴在我的心头？

R. 加林：《热情的读者致他的诗人》

五　环保运动与诗人的先驱地位

　　不要以为诗人的基于直觉的梦幻缺少思想，也不要以为这种梦幻缺少改变现实的力量。当今世界的主要的文化运动之一——环保运动——其先

诗人的价值之根

驱者正是那些看起来爱做梦的诗人。也可以说，环保运动是现代最流行的文化运动之一，这个运动似乎就是在强调诗人用自己的心灵一再肯定的事物——自然的重要性。环保运动的实质就要现代人处理好人与自然的关系，即人要与自然和谐相处，人要尊重自然。基于这一尊重态度，当今世界各地都轰轰烈烈地掀起了所谓的保护自然的潮流。尽管大多数人对这一场运动背后的思想基础、运动发端的情况不太了解。其实，这场声势浩大的保护自然运动和诗人的探索性的倡导密不可分，和诗人对自然的充满感情的梦想密不可分。

可以说诗人是这场运动的最重要的先驱者。如果没有诗人对自然的想象力，如果没有诗人对自然的那份深情，那么这场环保运动还不知哪年哪月才能流行于世呢。诗人的想象与梦幻只要有深厚的精神之根，就能产生改变现实的力量，也可以成为文化的重要推动力。诗人的价值就存在他的这种超前的意识中，而诗人的超前意识常常蕴涵于他们的真诚的富有精神性韵味的梦想里。

尼采说过：

> 天地间有多少事情只有诗人才梦想过呀！[①]

诗人的梦幻或梦想体现得是人类的内在性的活力与精神性生机，并能以此给予人们以精神上的激励。不仅如此，诗人的梦幻常常也充满了现实的力量，那些起初只有诗人才敢有的梦幻有时也能够转化为现实。当今的最为时尚的环保运动就是从诗人的梦想开始的，可以说是诗人的梦幻推动了现今的这场现实的文化运动。

[①] [法] 让·德·维莱编：《世界名人思想词典》，重庆出版社1992年版，第325页。

第四章

诗人的自然禀赋及诗人地理学

一 诗人及其自然禀赋

客观地说，在诗歌与诗人深受欢迎的时代，那些自然禀赋很高的很多人都热衷于诗歌创作，所以诗人与诗歌也水涨船高。而在当今的文化背景之下，由于诗歌遭受到冷落，那些具有这方面禀赋的人流向了其他领域——流向了更能被时代肯定的领域——比如流行音乐、影视等方向。和辉煌时期相比，相对来说，当今诗人的整体的队伍的素质较逊。有些人明显的缺乏这方面的天赋与气质，却由于某种经历的缘故或种种其他原因，他们也勉强地加入到诗人的行列里充数。这样的结果自然无益于诗歌的繁荣或诗人地位的提高。

除了后天的种种生命经历、精神修养与技巧训练之外，真正好的诗人通常需要某种特殊的自然禀赋或天然的禀赋。

法国文艺理论家丹纳在《艺术哲学》这本书里曾说：

诗人的价值之根

艺术家需要一种必不可少的天赋，这是天大的苦功和天大的耐性也补偿不了的一种天赋。否则只能成为临摹家与工匠。就是说艺术家在事物前面必须有独特的感觉：事物的特征给他一个刺激，使他得到一个强烈的特殊的印象。换句话说，一个生而有才的人的感受力，至少是某一类的感受力，必然又迅速又细致。他凭着清醒而可靠的感觉，自然而然能辨别和抓住种种细微的层次和关系：倘是一组声音，他能辨出气息是哀怨还是雄壮；倘是一个姿态，他能辨出是英俊还是萎靡；倘是两种互相补充或连接的色调，他能辨出是华丽还是朴素；他靠了这个能力深入事物的内心，显得比别人敏锐。而这个鲜明的，为个人所独有的感觉并不是静止的；影响所及，全部的思想机能和神经机能都受到震动。[1]

一般的艺术家需要天赋，诗人也是一样，尤其是那些优秀的诗人更需要自然禀赋的支持，不同的诗人其自然禀赋也有些差异，有些自然禀赋有助一个人成就为好的诗人，而另外一些人的自然基质可能就不适合去从事诗人的行当。虽然自然的基质不能完全决定诗人的精神面貌及其成就，但其会对诗人的精神倾向产生深远的影响，并对他从事种种诗歌创作及其与此有关的精神活动提供某种潜在的支持或阻碍。

人的自然类型是有差别的，这种差别会导致其基本气质的差异。根据目前流行的一些关于人的气质类型或性格类型的理论，我们也试着探讨一下其与诗人禀赋的关联，这涉及传统的"体液学说"，现代的血型学说、星座理论与诗人把气质的联系。

1. 传统的四分法与诗人类型

古希腊医学家，希波克拉底，被称之为"医学之父"。依据他的"体

---

[1] 丹纳：《艺术哲学》，傅雷译，人民文学出版社1982年版，第27页。

第四章 诗人的自然禀赋及诗人地理学

液学说",划分出了关于人的四种气质类型的四分法。人的四种不同的体液(血液、黏液、黄胆与黑胆)的配合与组成,使人们形成了不同的体质与气质。这种天然的禀赋有时会演化成一种特殊的精神气质——即向内的气质或向外的气质。从诗人的整体上来看,向内的气质更容易成为好的诗人,也较有利于他创造出独特的精神梦幻,归根结底诗歌属于更为内在的精神产品。而那些外倾型的人由于缺少向内走的动力,通常会把精力过多地放在社会化的事物之上,这会在某种程度上影响其所创造作品的精神性内涵。

多血质——多血质的人情感丰富、活泼、亲切是优点,但也有多变、精力分散甚至轻浮的缺点。

胆汁质——胆汁质的人既有生机勃勃、热情、勇敢、动作迅速有力的优点,但又有暴躁与易冲动的缺点。

这两种气质通常属于外向型的气质类型,它们的共同点是,外向,反应灵敏,社交能力强等。这类气质的诗人,他们所创造的意象往往缺少奇异感,他们的抒情也会较为直露,诗歌创作倾向也较能面向现实等。

黏液质——黏液质的人既有自制力较强、坚毅、冷静等积极的一面。

抑郁质——感受性强,内向,情感化,社交能力差,孤独孤僻,观察细腻,体验深刻等。抑郁质的人情感深刻、观察力敏锐、办事认真是优点,但又表现出容易沉沦于个人的体验和过度的沉默,以致形成孤僻的缺点。

后面两种气质属于走向内在的气质,或者说这类诗人和普通人相比通常更内在,他们倾向于从"内在"或"内在世界"中获得生命的动力、美好感以及其他的精神养料。作为一个诗人他们的所运用的意象通常较为独特甚至有些怪异,他们的抒情也比较曲折隐晦,他们尤其喜欢更为自由自在的生活场景,喜欢孤寂与忧伤的境界,最后形成的诗歌风格也显得较为忧伤或忧郁。他们的才华也往往通过这种抒发得以体现。

需要指出的是,自然气质虽然对诗人的性格、能力及创作风格等个性

诗人的价值之根

方面有一定的作用，并对他们的创作活动产生普遍影响，但自然气质本身不能决定诗人的创作价值与成就的高低。据苏联心理学家的分析，俄国四位著名文学家就是四种气质的典型代表：普希金属于胆汁质类型，赫尔岑属于多血质类型，克雷洛夫属于黏液质类型，果戈理属于抑郁质类型。由此可见，自然的气质类型并不能完全决定诗人的个性及其生命倾向。

2. 血型与诗人的特征

关于各种血型的性格特点与精神气质方面的特征，现在的说法也很多。可惜的是我们找不到血型对诗人精神气质影响的完整资料，也不能对已经过世的大诗人的血型进行分析。心理学家们在这一方面似乎做得不多，也有点无能为力味道。不过我们相信，血型的确会对诗人的创作产生影响，这包括诗人的精神特点、创作的风格，表现手法等方面。

日本开山鼻祖能见正比古在[①]这本书里所说：第一次世界大战末期（1918年），在波兰出生的德国遗传学者 L. 海路休弗洛特夫妇，调查了16个国家的8500名士兵的血型，发现不同国家、地区和民族的血型分布有很大差异。他们依据这一调查结果写成了一份震惊世界的学术报告。从此，人们开始认识到：各个国家的人和民族的特征也与血型的分布有关。

其实，不同国家、地区与民族的诗人可能更会受其影响。

他在《血型与性格》这本书里认为血型是体质与气质的总和。他认为血型是指人的天生素质。这种素质包括两种，一种是与身体有关的体质，另一种是与精神有关的气质。他在谈到文艺界人事的血型中说：广受欢迎的电视节目主持人中，O型人越来越少，B型人和AB型人则明显增多。造成这种情况的主要原因在于：B型人的态度灵活、兴趣广泛，而O型人则只顾自我表演。

根据他的研究发现，O型人的一般性格特征表现在实用主义、生活第

[①] 《血型与性格》，广西科学技术出版社2009年版。

第四章　诗人的自然禀赋及诗人地理学

一和个性突出等方面。基于此，我们猜想，O 型人如果从事诗歌创作的话，内在的精神感会有所缺乏，而更具有现实感，可能属于现实主义类的诗人类型。而 B 型人的一般性格特征是一心二用，情感自由奔放。基于此，我们认为 B 型可能更适合写那种直抒胸臆类的抒情作品。又根据一些研究家的说法，AB 型血特征，属于矛盾类的血型，行动尖锐，忽冷忽热，常被视为异端，并经常走自我的道路，不会主动投入团体。这倒是很符合各种类型诗人的精神特点，等等。

3. 诗人的气质与星座

根据星座来判断一个人的性格与精神气质现在很流行。这或许也有些道理。不同星座的人，他们在性格和精神气质方面会呈现出差异。有些星座的人可能从天性的角度来看真的适合去从事诗歌写作，而另外一些星座可能更适合其他类型的职业。这其中没有什么必然的联系，或许它只提供了一种概率上的可能性。

有人认为在十二星座之中，水瓶座具有诗人的气质，因为他们心思细腻，感受力强，很多水瓶追求的是骑士般的浪漫的爱情故事，偶遇，片段色彩，暧昧都是其中的一部分，而且充满了感性的气息。但更多的人认为射手座更符合诗人的天性，因为他们具有发达的直觉及未卜先知的天性，并具有敏锐的观察力，他们具有丰富的创造天才，属于艺术和灵感的先知。更有人认为双鱼座具有诗人的特征：他们具有诗人似的灵感与气质，双鱼座的人活泼、热情、富有浪漫气质和想象力，并能洞悉事物最深处的奥秘。他们还可指出一系列的伟大诗人的名字。但丁、普希金、韦恩、惠特曼、洛尔迦、拉格奎斯特等。双鱼座大体属于那种矛盾型、分裂型的星座，而这种矛盾型的人更适合当一个诗人，而不是实干家。

可能星座和诗人的自然禀赋是有某种潜在的关联。虽然我们不应该过于看重它们之间的现实的必然性。

我们来看一段双鱼座西班牙诗人洛尔迦诗，这是诗人在纽约黎明时的

诗人的价值之根

感受。

   纽约的黎明
   是四条烂泥柱子
   是一阵给污水沾湿的
   黑鸽子的风景
   ……
   光明被埋葬在链条和喧哗里,
   在一种没有根的科学的无耻的挑战里
   街上充满了蹒跚而失眠的人
   好像刚从遇到血的灾难的破船上登岸。

戴望舒　译

二　诗人及其诗人地理学

  有人甚至说地理可以决定历史与人类的精神,这或许有些夸大。但地理的确和诗人的内在精神相关。我们人类所居住的这个星球美丽而又独特,诗人生活于其中再恰当不过了,尤其是那些传统类型的诗人,他们和美丽的自然环境有着更多的关联,美丽的自然环境也会给他们以更多的启发。他们也像一面美丽的镜子似的映射着周围的地理景色——这仿佛已构成了诗人的一个本能。环绕着这个星球的自然大背景,以及这个星球的每一个有特色的组成部分都会对诗人的思想情感产生影响,并会在他们的诗作里留下印迹。诗人这个独特的敏感的小我,通常最喜欢映射自然地理的大我。诗人自己的精神气质也受到自然地理这个大我的深深的影响。

第四章　诗人的自然禀赋及诗人地理学

1. 诗人与天空

天空对各种各样的人都充满了神秘感，对诗人更是如此。天空中的种种奇异的景象永远都对各种类型的诗人充满了吸引力，同时诗人的气质本身也受到天空诸因素的影响，我们上面所谈到的星座对诗人气质的塑造事实上就是天空力量的一部分。天空中的各种力量与因素也会在诗人身上打下了烙印。诗人通常对于天空中的某些景象有特别的倾向性，这或许可以叫诗人的心理地理学吧。

a 诗人与日月

太阳被称之为万物之母。太阳的形象对人类的精神具有重要的意义，对诗人的心灵也一直有着很大的影响力。有许多诗人的想象力喜欢围绕着这份炽热、温暖与光明运行，也喜欢穿越于和太阳有关的种种意象里。和太阳有关的意象有：阳光，光明，白昼，黎明，日出，日落，傍晚，黄昏，等等。和太阳有关的情绪有：热烈，刚性，勇敢，无畏，等等。

许多诗人与太阳的有着紧密关联，他们也喜欢讴歌太阳的温暖、美丽与光明。

呵，太阳，你拥有无与伦比的光明，
犹如上帝，是这新世界上独一无二的主宰，
群星见了你，都一个个失色退避。

[英] 弥尔顿：《失乐园》

静一静吧，悲伤的心，不要抱怨！
乌云后面的太阳依然喷射着光焰。

[美] 朗费罗：《雨天》

诗人的价值之根

诗人自己的气质也会受到太阳的影响。这里的太阳带给人的更多的是感觉与精神意义上的，这种意义也更多地存在于诗人的渴望与梦幻里（或者属于诗人的心理地理学），而和直接的阳光照射的强度与多少无太多的关联，尽管这种照射也或多或少地会对人的精神气质产生些微的影响力（后面谈诗人与气候的关系时，还会涉及这一点）。在一般的情况下，阳光照射得多的地方，其文化也会有自己的特点。有人把这种文化称之为"阳光文化"。这种文化的特点是：感性、外向、现实、明朗等。但过多的阳光照射太多会使人失去精神的内在性，失去某种幻想力，失去某种神秘性的情愫。比如在赤道附近反而不利于诗人的产生。这里所谓的阳光文化也是建立在这种自然基础之上的。

人们说月亮是女性的阴柔的，她在诗人的梦幻中也有着显著的地位。诗人与月亮也有某种天然的联系。月亮在中国的文化中是很重要的象征物。我们的一些神话传说与节日都与其有关。我们的重要的节日中秋节就和月亮有着直接的关系。据一些学者的说法，对月亮的崇拜是源于远古，这一现象与远古时期对女阴的生殖崇拜相关。

老子的《道德经》中第六章有这么一句话："玄牝之门，是谓天地根。"

不管其历史是怎样的，崇拜月亮的原始含义已经慢慢消失，并渐渐为为"花好月圆人团圆"的主题所取代，并引出种种思念的主题。这种主题正是诗人经常吟咏的。中国唐代诗人张若虚的《春江花月夜》是这方面的代表作，这首诗作写出了一种永恒感，一种通往无限的特性。

春江潮水连海平，
海上明月共潮生。
滟滟随波千万里，
何处春江无月明。

第四章 诗人的自然禀赋及诗人地理学

……
斜月沉沉藏海雾,
碣石潇湘无限路。
不知乘月几人归,
落月摇情满江树。

《春江花月夜》以月为中心,春、江、花、夜作为月的陪衬,构成一幅如梦如幻般的空明纯美的诗境。在那飘洒着的皎洁的月光里,海潮、芳甸、花林、白云、青枫、玉户、闲潭、落花、海雾、江树、良辰美景在其中沉落,并与人生的短暂与愁苦形成对应,蕴涵着永恒的忧思。

b 诗人与星辰

在天空诸种景象之中,星辰也有着重要的意义。我们中国现代女诗人谢冰心就是以《繁星集》闻名于世的。星星世界对于诗人来说是一个能焕发其想象力的地方。在世界各地的诗歌、歌曲中,歌颂星星的也不计其数。中国古代人对星空世界就充满了很多遐想。在中国古代诗人曹操的《观沧海》诗句里也有"星汉灿烂,若出其里"之说。

在草原般宽广的夜空,
有无数朵雏菊花在闪烁,
洒下一一串串可爱的露珠,
像一颗颗钻石镶嵌在天庭。

[英]安·泰勒:《星星》

2. 诗人与大地元素

诗人是大地之子,大地景象更会在诗人的心中激起感应。和天空的景

诗人的价值之根

象相比,大地景象和人类的生活也更为接近一些。在大地的种种景象里包含了人为的种种因素。可以说,在大地景象里包括了自然因素、道之所为与人类因素即人之所为。人类在大地上所做的种种事情也会在某种程度上影响大地的面貌,而种种大地的面貌会影响诗人的内在的精神气质。在所有的大地景象中,土地、山川、树木、森林、湖泊、大海、禽鸟等具有更为长久的意义,可以说它们构成了一些诗人创作的基础性的意象,这些基础性的意象更能触动诗人的灵魂。

a 诗人、土地与山岳等

大多数诗人对我们人类脚下的这片土地都是身怀感情的。中国诗人艾青说,为什么我的眼里常饱含泪水,因为我爱脚下的土地爱得深沉。我们诞生于这片尘土,我们最后也会在这片尘土中消失。土地不仅是我们肉体的根,也常常构成了我们的精神之根。如果说天空覆盖了万物,为万物提供了一张大伞,那么大地就是负载了它们。对于人类而言,土地具有持久的生命般的意义,她慷慨、宽容而又勤劳。

> 孤独地栖息在这贫瘠之地
> 吸吮着微薄的养分,是泥土把我哺育,
> 但愿我永远保持着记忆,
> 莫忘土地就是我的母亲。

山水同样是各类诗人心怀深情的对象。孔子早就说过:仁者爱山,智者爱水。可见,山和川对人类精神的影响有所不同。对诗人也是如此。山的意象与特性能唤起一些诗人的创作兴趣。这尤其表现在我们中国古代的诗人之中。在中国的古代诗人里,对山的偏爱尤为明显,写过大量的关于山的诗句。杜甫、李白、王维、孟浩然、王之涣、王勃等都曾有过这方面的千古名句。比如杜甫的《望岳》中的"会当凌绝顶,一览众山小"。李

第四章　诗人的自然禀赋及诗人地理学

白《独坐敬亭山》"相看两不厌，只有敬亭山"等。

b 诗人、湖泊与大海等

如果说土地与山岳是静的意象，较厚重，那么河流、大海、湖泊等就成了一种流动的景象了。大海、河流等也是诗人最爱在诗中运用的基础性的意象。世界上许多著名的诗人都曾写过大海，包括拜伦、海涅、普希金、朗费罗等。

再见了，奔放不羁的元素！
你碧蓝的波浪在我面前
最后一次地翻腾起伏，
你的高傲的美闪闪耀眼。
……
我整个心灵充满了你，
我要把你的峭岩，你的海湾，
你的闪光，你的阴影，还有絮语的波浪，
带进森林，带到那静寂的荒漠之乡。

〔俄〕普希金：《致大海》

c 诗人、花鸟与树木等

覆盖大地的花草、动物、树木等等通常也会对诗人的产生较为重要的影响，也是诗人写作的重要的基础性的意象之一。

我屋门前树，
寒梅已著花。
今朝飞雪后，

诗人的价值之根

梅雪竞争夸。

[日]万叶集

我从未见过一首诗,
可爱得如同一棵树。
一棵树,她那饥渴的嘴唇紧贴住大地流溢甘乳的胸脯,
一棵树,日日仰望上帝,为祈祷伸肢展臂;
一棵树,夏季使其枝繁叶茂,知更鸟在她的发际筑巢,
白雪仰卧于她的胸际,雨水于她相处亲密。
我辈诗人只能作诗,而造树者唯有上帝。

[美]乔伊斯·吉尔摩

3. 诗人、地域面貌与地理位置

从历史上来看,诗人与诗歌地域性特点是显而易见的,这既和诗人所在地的地理面貌有关,也和某一地域的风土人情有联系,不同的地理样貌及其风土人情会对诗人产生深远的影响。在前工业化社会时期,在交通不太发达的情况下,这种影响表现得更加明显。在未来社会,这种影响会渐渐地减弱,随着交通工具与网络化的发达,传统的地域性对诗人创作的制约会有所淡化。

a 地理面貌与诗人

这里既包括自然地貌和诗人的特别关系,也包括某一心理地域对诗人的特别的影响。

在高原上生活久了诗人就如那个地方的民歌调子一样,不同于长久生活于平原地带的诗人的作品。平原诗人和山区诗人也会有所不同。不同河

第四章　诗人的自然禀赋及诗人地理学

流的流域的诗人其诗歌也有着明显的区别。生活于欧洲的多瑙河与莱茵河流域的西方近现代诗人，明显地和生活于印度恒河流域的诗人，其写作风格、语言技巧等都有不同。就中国来看，生活在北方的黄河流域和生活于南方的长江流域、珠江流域的诗人，他们的诗歌写作也呈现出不少差异，这些不同河流流域的诗人，他们的精神气质本来就有所不同，他们的诗歌风貌自然会有区别。

这里所说的地理面貌还包括所谓的"地域心理"，即由某一种特殊地域给人们形成的特殊的情结与情绪。这明显地表现在一些诗人对故乡与故土的那种牵挂与怀念之中，这种被海德格尔称之为"还乡"的心理倾向在众多诗人的作品里都有明显的表现。意大利有一首名曲《重归苏莲托》和加拿大的那首《红河谷》等就表达了那种对于故乡的思念。故乡的特殊的地理面貌、风土人情一直萦回在一些诗人的内心里，久久挥之不去。

回去？让他回去吧这么多年了，
他已经疲倦于道路，
和漫长的旅途，渴求
家园、房屋和朋友。
……

[西] 塞尔努达：《漫游者》

b 地理位置与诗人

诗人、南方与北方

中国诗坛近年来热衷谈论所谓的诗歌的"南方精神"，就因为一些活跃的诗人和诗论家出生或一直生活在南方，而在多个城市和多个地区生活过的诗人一般不愿意承认地域（地理、气候环境）对自己创作产生了巨大影响，他们更趋向于承认迁入的居住地区的文化，包括流行文化甚至经济大潮产生的商业文明对自己创作产生了较大影响。

此外也还有所谓的"西部诗歌"之说。这是20世纪80年代中国诗坛出现的一个最能代表地域诗歌的专用名词，指按地域划分的西部地区的诗歌。广义的"西部诗歌"指中国的整个西北地区，不仅包括新疆、青海、西藏、甘肃和宁夏，还包括内蒙古和陕西以及四川的西北部地区；狭义的"西部诗歌"特指大西北地区（新疆、青海、西藏、甘肃、陕西和宁夏）的本土诗人写的现代汉诗。20世纪八九十年代，是西部诗歌最为繁荣的时期。

在中国现当代文学史上，也有所谓的"东北诗人"的说法。由于东北特殊的地域地貌，并靠近俄罗斯的远东地区，使得东北诗人深受俄罗斯诗歌创作的冲击。他们的语言有着浓重的俄罗斯味道，并受到他们翻译文学的影响。在语言上也具有俄罗斯诗歌语言的那种自由性与韧性。

诗人、城市与乡村

城市景象与城市心理在现代主义和后现代主义的诗歌中占据了重要的位置。一个常年生活在城市里的诗人，其诗歌面貌肯定同生活在乡村的诗人有所不同。这种地理位置会在很大程度上影响诗人的内在思想与情感，也会影响诗人的创作内容、诗歌风貌。在城市里的生存尤其是在现代化的大都市里生存，会让诗人产生一种特别的写作倾向。城市里的人们由于和自然隔绝得更加严重，他们会失去某种与精神奥秘的沟通力；城市是人为人造的世界。人性的所有的弱点我们都可以在城市中看到，城市的那种欲望，那种躁动，那种机械等，都是许多传统类的诗人所不适应的。城市的那种疯狂与冷漠特点注定了它很难启发诗人较为纯净的情愫，尽管它也从另一侧面激发诗人的幻想力或者说创造幻景的欲望，但都市诗人基本上是以否定的方式来描摹城市，来抒发其对城市的感触的。换句话说，城市诗人以某种否定的形式谈论城市更能显现其诗性倾向。在现代诗人中这类诗

第四章 诗人的自然禀赋及诗人地理学

人为数不少。

现代诗人的开风气者波德莱尔是一个典型。我们可从这位法国诗人的《恶之花》《巴黎的忧郁》等诗集中看出这一点。在《恶之花》的卷首《告读者》里，诗人就开宗明义地指出他要写的是"谬误、罪孽、吝啬、愚昧"，是"奸淫、毒药、匕首和火"，是"豺狼、豹子、母狗、猴子、蝎子、秃鹫还有毒蛇"。这七种动物正是代表着精神上的七宗罪"骄傲、嫉妒、恼怒、懒惰、贪财、贪食、奸淫"。在写作的内容上，波德莱尔也是以城市的恶为背景，写了城市的流氓、乞丐、妓女等，对城市里的种种恶有着生动地直观，也有着清醒而又冷静地认识。后来许多现代主义或后现代主义诗人也都是以同样的眼光来看待城市的。

　　熙熙攘攘的充满梦影的都市
　　幽灵光天化日之下拉行人的衣袖

《恶之花·七个老头子》

　　卖笑的荡妇闭上发青的眼睑，
　　张开嘴，沉入愚蠢的睡眠；
　　垂着干瘦寒凉乳房的女乞丐，
　　一面吹着余火，一面呵着手指。

《恶之花·黎明》

乡村对于许多传统类的诗人具有特别的意义。

许多诗人对于乡村充满了那种浓浓的眷恋之情，这种依恋化成了情结，表现在诗作上就形成了那种田园牧歌式的风格。各个时代似乎都有那

诗人的价值之根

种抒发对田园乡土热爱之情的诗人。在古代的中外诗歌史上，有一批诗人写出了众多的著名的山水田园诗。古罗马时期有维吉尔的《牧歌》，中国有陶渊明、谢灵运等。进入近代以来，这类诗人似乎更多了，有许多诗人就被称之为"乡村诗人"，比如，美国诗人弗罗斯特与俄罗斯诗人叶赛宁就有此称谓。这些田园诗人喜欢逃离喧嚣嘈杂的人世，隐居在宁静的乡村田野之旁。乡村的景色给他们带来某种精神意义。

> 久笼在人口稠密的都市中，
> 住屋毗连，阴沟纵横污了空气，
> 一旦在夏天的早晨走出近郊，
> 呼吸在快乐的乡村和田野之中，
> 凡所见的一切都给人以喜悦。
>
> 〔英〕弥尔顿：《失乐园》

乡村对某些诗人而言具有更加重要的意义。诗人应经常与乡村打交道，那会有助于他的诗性体悟。乡间的景色，乡间的气息，大自然的律动，会使灵魂获得安慰。俄罗斯天才诗人叶赛宁也是乡村诗人（或田园诗人）的典型代表之一，乡村的景象就是情语的显现，乡村的背景也有一种抒情的气息。

> 我是最后一个乡村诗人
> 在诗中歌唱简陋的木桥，
> 站在落叶缤纷的白桦间，
> 参加它们诀别前的祈祷。

第四章　诗人的自然禀赋及诗人地理学

用身体的蜡点燃的烛光，
将烧尽它那金色的火苗。
月亮这木制的时钟就要
把我的12点钟闷声鸣报。

不久将走出个铁的客人，
踏上这蓝色田野的小道。
这片注满霞光的燕麦，
将被黑色的掌窝收掉。

……

〔俄〕叶赛宁：《最后的弥撒》

叶赛宁对乡村、田野充满了了热爱。他还写道："和恋人一起隐没在田野多么美好！"在诗人眼里，田野具有了精神的意味。

4. 诗人、气候与四季

诗人对气候的变化是敏感的。诗人的内在精神与创造活力也会收到季节、气候的影响，诗人的内在的感情韵律和气候条件也是相关的。一般来说，在四季更替较为明显的地域，人们的精神性情感也更具有旋律感，更容易引发人们的抒情的愿望。在秋天与冬天漫长的地方，人们更容易陷入内在的幻想之中，那份梦幻通常也更美更纯粹更深沉，而那些过长久地饱受阳光照射夏季炎热的地方，人们的诗意的梦幻感相对较少，过长的阳光紫外线照射催生了那个地方更多的现实的要素，那里的人们通常也较为现实，感官的成分较多。靠近赤道的地方很难出那种精神梦幻感很强的诗人。

诗人的价值之根

从世界大诗人的分布来看，最伟大的诗人大多出自温带地区，尤其是温带偏北一点的地区。温带地区的特点就是气候适宜，四季的景色也更为分明，基于此，温带地区的大自然的景象更为丰富，景象转换也更具有一种变化性，这种丰富的富有音乐性的景象更容易唤起人们的内在的情感与诗性意识，自然的起起伏伏或丰富多变的年轮转换更能唤起诗人的复杂的情思——比如希望感、悲伤感、忧愁感与欢乐感等。秋天的种种飘零场景或许使人感受到某种消失与悲伤，漫长的冬天的苍茫景象或许又使人感受到自身的微弱、夏天的热烈以及春天的种种复苏景色等又让人的精神产生了某种跃动与活力，等等。这种不断转换的自然景象很能唤起人们内心里潜藏着的诗意。

在古代历史上，我们中国是出诗人最多的国家之一，我们中国大部分地区就处于温带。当今的美国也是一样，美国的大部分地区也都处于温带。这种适宜的气候条件也有助于美国出现了一大批优秀的现代诗人。美国的本土位于北美洲中部，大部分地区属于温带大陆性气候，这种气候有利于诞生诗人。

欧洲大陆是出诗人最多的大陆之一，它的大部分地区都是地处温带，那些出过一批优秀诗人的国家也大都属于地处这一区域，通常它们的四季变化较为分明，自然风光丰富多变而又秀丽，还有能集中体现这一点的美丽的河流，其中的法国、德国等就是一个典型。德国西南部的莱茵河及其断裂谷地区，阿尔卑斯山区等，都是欧洲秀美的地区之一。法国与德国都曾出现过一批影响世界的伟大诗人。英国更是如此。英国是一个岛国，属于所谓的温带海洋性气候，这种温润的气候条件使英国的自然景象多样而又秀美。在这种美丽适宜的山川河流给英国带来了一系列世界级的伟大诗人，莎士比亚、弥尔顿、华兹华斯、柯乐律治、拜伦、雪莱、济慈……和一般的其他类型的作家相比，诗人的内在情性和自然景象与气候有着更大的关联，丰富多变的自然景象也是诞生诗人的一个基础。

第四章 诗人的自然禀赋及诗人地理学

寒带地区，尤其是寒带偏南一点的地区也是个经常出诗人的地域之一。一般来说，生活寒冷地区的人比之生活在热带地区的人更具有幻想性倾向，也更具有诗意的气质。它的气候特点有助于种种抒情类型的诗人及诗作的产生。那种寒冷的气候特点使人更容易把精神从户外后撤走向内心。北欧地区和俄罗斯就这一类的典型。这两个地去都出现了一大批优秀的天才诗人，这除了因为他们的文化底蕴深厚之外，还因为那包含着情韵的北国景色给他们带来了创作的灵感。俄罗斯的严寒而辽阔的土地滋润了一大批诗人的精神性情感，尤其是那种辽阔的土地、草原与漫漫冬雪等，更给诗人以特别的启发。下面还是叶赛宁的诗句。

雪白的原野，苍白的月亮，

白色的殓衣覆盖着家乡，

穿孝的白桦哭遍了整座树林。

这儿谁死了？谁？莫不是我自己？

北欧也滋养出了一长串的优秀诗人，他们的诗作与童话也给人们留下了深刻的印象。

客观地看，热带地区很少出伟大的诗人，这和文化的其他元素有关，同时我们认为也和地理因素有关。过多的阳光照射，以及炎热地域的气候会在有形无形之中影响人们内在的情思。非洲大陆的诗的状况似乎就能说明这一点。非洲的文化事实上也蛮丰富，有黑人文化、移民文化与阿拉伯—穆斯林文化。非洲大陆的其他门类的艺术还算有特色有个性——比如洞穴艺术、雕刻、舞蹈等——但真正的诗歌作品或诗歌艺术相对较弱。从总体上来看，非洲诗歌也有自己的特点：奔放、热烈、天真、蕴藏着一种原始生命力，但同样不能否认的是，整个的非洲大陆似乎就没有出现过能影响世界的伟大诗人。这种文化现象和自然的地理因素或许有某种关联。

诗人的价值之根

或许也有例外，印度诗人泰戈尔就是一例。印度位于印度次大陆，虽然北部接近喜马拉雅山的地方有较为寒冷的地方，但印度大部分地区都处在中央平原以及南部的德干高原上。总体上气候较为炎热。但在这片炎热的土地上却出了一位世界级的大诗人——泰戈尔。

诗人泰戈尔的生活的大部分时间似乎也是在较为炎热的地方，他在加尔各答就生活很久。印度的加尔各答是印度共和国人口最多、规模最大的城市，也是印度的主要港口。它位于恒河三角洲胡格利河左岸，大都市面积为1300平方公里，在纬度较低的印度热带地区，气候终年炎热，年降雨量1000多毫米。一年四季绿树葱茏，鲜花盛开。流经加尔各答市的胡格利河是恒河的支流，虔诚的印度教徒视恒河为圣河。泰戈尔从小在这样的环境中长大。

但泰戈尔以轻快、明丽并充满神秘性的笔调歌唱了那片土地上人们内在的情思以及现实生活的欢乐和悲哀。诺贝尔奖官方网站这样评价泰戈尔的诗歌："他用英语，炉火纯青地表达如诗的思绪，以至为敏感、清新和美丽的诗文，进入西方文学的殿堂"。

第五章

非常态经验与诗人的命运

前面我们已经反复地强调过,诗人的核心任务不是去再现人类的较为外在生活真实性——这根本就不是诗人的长处——而是要用自己独到的诗歌意象去展现基于想象力、情感与独特观念的非常态的精神体验,或去挖掘人类的内在的深层的精神现实。这种非常态的精神体验与感受使诗人区别于一般的大众,也使其区别于其他类型的艺术家。这种独特的倾向通常也给诗人带来非常规的生活与精神宿命。诗人的非常态的精神体验与感受之所以更能展现诗人的价值,那是因为诗人这种独特的精神性经验对于整体人类的文化经验的和谐、完善与均衡具有积极的意义。诗人的这种经验在整个人类经验之中具有独特的地位,它作为人类经验的一个偏虚的"极",可对人类的文化经验之中的其他偏实的"极"起到均衡作用。当整个的文化经验都被信仰所占据时,他们歌颂另一种梦幻——歌颂大自然,歌颂人性的光辉,歌颂人的自由等,而在那时,他们就属于真诚的有勇气的诗人,他们的经验作为一种独特的精神力量均衡了那个时代,同时也彰显了某种精神光辉。这些有勇气诗人的作品通常更能获得某种价值,而在当今的时代,当整体的文化取向越来越世俗功利之时,一个真正的诗人,他们应该明白，他们应更多地表现人们的内在化的性灵及其精神，以及建立在这种精神基础之上的美好的梦想。

一 诗人、失常经验与精神苦难

在当今的文化大背景之下，做一个真正的诗人是幸福而荣耀的，因为正是在那些真正的诗人身上还深藏着某些精神的火种，并保留了这个时代正在消失的许多东西，这些东西对人类的精神生活又异常珍贵。同时，在当今的愈趋务实的文化经验中生存，一个真正的诗人肯定也是痛苦的，他一定会遭受到比一般的人更多的心灵的磨难，因为这个时代太理性太务实了，已经越来越忽视诗人所代表的那类精神价值。这就使诗人陷入了一种异常古怪的生存境地，在生活与精神两个方面遭受痛苦似乎是必然的。然而，在某种意义上也可以说，正是这种独特的精神痛苦考验并铸就了真正的诗人，给真正的诗人以超常的激励与动力。在当今的以娱乐为核心的时代气氛之下，很难想象，一个真正的诗人会不承受比一般人多得多的痛苦。

但真正诗人的精神价值就在于：虽然身处某种生活的尴尬之中，但他依旧会以自己的方式歌唱，并在这种歌唱中显示其强大的精神性力量，诗人失去了这份独特的精神性韵味或力量，很难称其为真正的诗人。一个诗人唱道：

> 感谢您，上苍，
> 创造了黑色的我。
> 感谢您，将我造就成
> 一切悲苦的承担者。

[象牙海岸] 戴迪埃：《感谢您，上苍》

第五章 非常态经验与诗人的命运

那么诗人为什么总是那么痛苦,那么具有悲剧感,甚至经常性地付出死亡的代价?——追根溯源还是因为他的独特的体验世界的方式——真正的诗人的精神世界永远充满了独特性,其经验的核心通常都不属于人类的常态性的种类。在当今的时代,可以说,真正诗人的核心经验之一就是那种精神上的独有的痛苦,以及在这种痛苦之中所做的思考,还有在这种痛苦中所领受到的快乐、梦幻与希望。古希腊悲剧家埃斯库罗斯说"痛苦乃大悟之母",对当今的诗人来似乎更是如此。在当今的所谓娱乐至死的时代,真正诗人的精神道路肯定是不同一般的,唯其如此其精神上痛苦似乎才更有价值,诗人的非常态性经验似乎也必然会导致其独有的精神命运。诗人的悲剧式的经验比其娱乐经验更具有诗的价值。

人类的大多数常态经验差不多都是动物式的生存经验的延续,维系着一种生命存在的常识性。这种生命存在的常识性是人类在长年累月的生活中形成的,之后便作为一种真理性的常识留存于人类的经验之中。正是这种常态性的经验维系着人类的现实而枯燥的日常生活,并慢慢地形成了所谓的生活风俗或习俗,久而久之又慢慢地形成种种所谓的生活传统或文化传统。人类生命的常态性的经验总体上看是偏于物质性的经验,通常都更加认可物质(或经济等)的地位与价值,尤其是社会发展到了今天,这种常态性经验变得更加世俗化了,变成了一种融会了物质、市场理性与科技力量诸元素的世俗化经验。

真正诗人的生命存在形式——常常以富有精神性韵味的姿态对抗主流文明的垄断与霸权——是一种非常态性的精神性存在。诗人的力量与价值正蕴涵在这种富有勇气的背离之中,这种背离更能凸显诗人独有的价值。诗人的真正的位置也存在于这种背离之中,这种非常态性的存在之中正蕴涵着一种均衡与校正的力量。

法国文艺理论家丹纳在《艺术哲学》这本书里在谈论艺术家时也曾说:

诗人的价值之根

  艺术家必须是个生性孤独，好深思，爱正义的人，是个慷慨豪放，容易激动的人，流落在萎靡与腐化的群众之间，周围尽是欺诈与压迫，专制与不义，自由与乡土都受到摧残，连自己的生命也受着威胁，觉得活着不过是苟延残喘，既不甘屈服，只有整个儿逃避在艺术中间；但在备受奴役的缄默之下，他的伟大的心灵和悲痛的情绪还是在艺术上尽情倾诉。[1]

  丹纳的关于艺术家的说法和许多思想家以及诗人自己关于诗人的说辞基本相似。

  如果你愿意，我将做你坚固的盾牌，
  为你赤诚的心抵御来袭的悲伤，
  如果你是向日葵，
  我将愿做花朵背后那片阴影，尽管它满怀忧愁
  永远不见天日，总是俯视地上，
  而你，可安然面向太阳！

［墨］纳赫拉：《倘若你死去》

  就向上面这位诗人所暗示的，诗人在当今的人类经验的总体之中，似乎就处在某种"阴影"的位置之上——诗人的生存境况似乎愈益走向边缘化，诗人的精神状况似乎也因此越来越缺少明亮的元素，然而从文化的总体的视角来看，诗人的这种独特的"阴影"如果处理得好的话，就可转化为一种精神价值：身处"阴影"之中，他会更加理解光明的内涵，更加知

---

[1] 丹纳：《艺术哲学》，傅雷译，人民文学出版社1982年版，第21页。

第五章 非常态经验与诗人的命运

道人类梦幻与希望的可贵。真正的诗人绝不会因为身处这种黑暗之中，就让自己的心灵也跟着变黑变暗了起来。诗人的这种身处黑暗之中依旧向往光亮的生命姿态及其精神勇气是最为可贵的。他们为人类文化经验总体的丰厚、和谐、生机与活力贡献出了自己独有的生命。

我们从中国古代诗人李白的诗篇《行路难》中也能发现诗人所遭遇的同样的情形。

> 行路难，行路难，多歧路，今安在？
> 长风破浪会有时，直挂云帆济沧海。

诗人的种种精神苦难除了上面所说的那些原因有关之外，还和诗人自身的特殊的精神禀赋有密切的联系。真正的诗人通常情感脆弱而又敏感，他们的生命的核心几乎被感觉、想象与感情等支配了，他们的苦难的状况也多由其想象力与精神感觉造成的。在他的那份细微而敏感的视线下，一切世间的很平常的丑恶假的事情似乎都能摧毁他内心的平静与和谐，世界的一切事物都有可能变成他感觉、想象与情感的障碍，这会让他变得难以忍受，并常常产生苦闷、烦躁不安等情绪。

我们中国就有所谓的"愤怒出诗人"之说，我想这和上面所说的情形也很类似。我国历史学家、文学家司马迁在《史记·太史公自序》里有一段话和上面的施塔格尔的看法是很相近的。

> 夫《诗》、《书》隐约者，欲遂其志之思也。昔西伯拘羑里，演《周易》；孔子厄陈、蔡，作《春秋》；屈原放逐，著《离骚》；左丘失明，厥有《国语》；孙子膑脚，而论兵法；不韦迁蜀，世传《吕览》；韩非囚秦，《说难》、《孤愤》；《诗》三百篇，大抵贤圣发愤之所为作也。此人皆意有所郁结，不得通其道也，故述往事，思来者。

诗人的价值之根

诗人非同寻常的独特的命运给他带来了种种失常经验。诗人的"郁结之意"在现实世界里得不到宣泄，他就逃遁到想象、梦幻与思想的世界里。这种经验的失常经过诗人的心理转化后，变成了一种持久的激励因素，变成一种极具暴发性的心理能量以及深刻的精神启示，每一种生命的灾难似乎都是一种精神性勇气的暗示，都是一个精神的符号，他们从那种符号之中找到了坚韧与崇高的元素。可以说，这种失常的灾难式的经验反而为诗人开启了通向伟大精神境界的道路。诗人泰戈尔说：

磨难将唤醒
你豪迈的心——
你会获胜，驾驭
玄奥的命运。

泰戈尔：《火花集》

但诗人在日常生活经验中经常显示出某种不适应，还常常以一个笨拙者或受难者的形象存活着，这种笨拙或受难的根由自然是源于其独特的内心。诗人之所以被称之为诗人，在很大的程度上是由于他们有着不同于常人的内心：这颗心或许经常受苦，但也常常能品尝到常人体味不到的生命与精神甘美，那是对他们精神受难的某种补偿，有时人们觉得诗人存活的唯一的理由就是等待即将到来的恩惠：即灵感突然降临唱出若干似乎是上天赋予的美丽的诗行。正是这恩惠似的时刻唱出的若干诗行，展现了诗人之为诗人的价值，这些价值足以让诗人的内心获得安慰。那些诗行表达出人类的美好而深刻的体验，并给人类的心灵带来了滋养，使人类的精神更加充实、类的心灵也因此更富有生机。

法国诗人阿尔蒂尔·兰波也说过与此相关的话语：

第五章　非常态经验与诗人的命运

　　诗人要长期地、广泛地、有意识地使自己的所有官能处于反常的状态,以培养自己的幻觉能力。各种形式的爱情,痛苦和疯狂,寻找他自己,用自身耗尽一切毒物,以求吸取它们的精华。这是一场难以形容的折磨,在这种折磨中,诗人要有坚强的信念和超人的勇气,成为世界上最严重的病人,最狂妄的罪犯,最不幸的落魄者,同时,又是学问最渊博的人……①

二　恩惠的时刻及喜悦

可以说,真正诗人的经验是时代的精神性经验中的精华部分,这些经验有时让人感觉是上苍特意垂顾诗人恩惠赐予他的,仿佛是对他坚守生命与思想独特性的报偿。诗人在生活中也同大多数人不一样,他的生命经历、思想与感情都有某种失常的色彩,基本上不属于常态性的经验范畴,而是属于一种"失常"的类别,这种失常的人生经验的累积造就诗人特殊的命运:那种失常的经验常常给他的内心造成困惑,并给他带来精神上的苦难,但上苍对诗人很公平,那份精神苦难也经常能换回超常的酬劳与恩惠。

瑞士文艺理论家埃米尔·施塔格尔在《诗学的基本概念》中说:

　　任何一首"歌"都是短的,因为它延续的时间仅仅相当于现时存在同诗人协调一致的时间。换句话说:抒情式的诗人没有命运……留给他的唯有期待协调一致的新的恩惠。到那时,他再次唱出若干诗

---

① 《兰波诗全集》,王以培译,东方出版社 2000 年版,第 279—282 页。兰波致保尔·德梅尼的信。

诗人的价值之根

行,接着又沉寂了。一种令人难以置信的生存,它以面对任何业绩都令人震惊的束手无策为代价换取受到恩惠的喜悦,以一个世上无药草可医的,平日流血不止的伤口为代价换得协调一致的幸福。[①]

施塔格尔这里特别强调了诗人面对世俗业绩的"束手无策"。的确,诗人在世俗社会中的生存式样,就像是在丛林中缺乏种种防范的动物一样,时时面临着被侵害的危险。但通常他又缺乏那种世俗的灵活性,缺乏为了现实的成功所应有的适应力,真正的诗人几乎最后都以"失败"者的形象告终,他几乎不可能成为现实世界中的真正的成功者。这是由他根深蒂固的生命倾向决定的,也是由他体验世界的方式决定的。他和周围世界处在某种或明或暗的冲突中,周围人的生活观念、生存目标以及种种生活手段都和他有相当大的不同。诗人独有的精神苦难也来源于此,但这种精神上的磨砺似乎又是必需的。这种厄运似乎又是诗人精神奋发的助推剂,诗人的创作似乎就需要这种困苦的背景,让人不可思议的是诗人反而能从这种困境中找到精神力量的源泉。

在这里,埃米尔·施塔格尔用了一个"无药草可医"的词汇来说明诗人的那种带有悲剧性的苦难处境。或许在诗人的那种"无药草可医"的生活处境之中包含了美好的精神能量的酝酿与聚集,到了一定的时候,就必然会出现那种灵感的大爆发,那个时候真正的诗人的价值就会出现。

歌德在《格言诗》也曾感叹道:

痛苦留给的一切,
请细加回味!

[①] [瑞]埃米尔·施塔格尔在《诗学的基本概念》,中国社会科学出版社1992年版,第63页。

第五章　非常态经验与诗人的命运

苦难一经过去，

苦难就变成了甘美。

诗人的复杂、矛盾与神奇之处就在于：他总能从这种苦难中提炼出美好的歌声，他的那种苦难最终也总会换来某种报偿，这种报偿也就是施氏所说的精神上的"恩惠"。诗人千方百计抵御现实的诱惑或迷惑，以便他能获得对他心目中的真实世界的感知。诗人所向往的是心灵上的空旷与自由，是更为广阔的包含着神秘感的世界。

人世间最美的时刻之一就是诗人被恩惠的时刻，那是诗人获得报偿的时刻，通过那一刻，美妙而深刻的诗句才得以诞生，人们也才得以领会诗句背后所透露出的精神的精微与美妙。那么诗人被恩惠的时刻又是怎样的呢？我的理解，有以下两种情形。

1. 诗人与周围世界协调一致的时刻

施塔格尔认为诗人被恩惠的时刻就是他与周围协调一致的时刻，那一刻诗人与世界之间没有间隙没有距离，仿佛混合为一，在那种融合性的生命状态之中，诗人能感受到前所未有的充实与丰富，创造力顿时爆发。具体分析起来，这种协调一致又包括几种情形。

一是这种恩惠体现在诗人和自然的协调一致的时刻。

在传统类型的诗人中间，这种情形经常发生。大自然以她迷人的身姿与气息感染诗人的灵魂，诗人完全被大自然的神奇、奥秘与美吸引住了，他们之间的交流是那样的自然，那样的专注，就在那一刻恩惠的时刻就有可能降临了。

英国思想家卡莱尔就说过：诗篇是诗人与自然相结合的产物。

诗人在现实的日常生活之中尽管饱受某种精神上的苦难，但他经常能从与自然的交流中受到恩惠，这也让诗人精神上有一个独到的优势。他之所以经常能够从和大自然进行交流中得到恩惠，也是因为他有一颗

诗人的价值之根

淳朴的孩提般的未受种种现代文明污染的心灵。和现代人的自以为是的种种经验相比，诗人的经验和古代人与儿童经验有着更多的相似性。同古代人和孩提一样，诗人通常是带着谦恭、敬畏之心来和自然交往的，在诗人的眼里，大自然的背后都潜藏着一个精神秘密，万物都是有灵的有生机的。在诗人与自然协调一致的时刻，整个自然充满神秘的光泽，在那些西方诗人眼里自然都是至高者的精神的显露、折射与暗示。大自然是精神世界的象征，诗人从自然世界里看出了一种精神气质、一种文化的气息。

忧郁的玫瑰

有一个时候，我是星星的牧人
我的生活，犹如灿烂的歌。
对于我，最美的事物就是
一个象征：玫瑰，姑娘，阿庚叶。

世界的和谐的声音，是一阵
撞碎在黄金海滩上的蓝色波浪
歌唱着月亮潜在的力量
盖过人间的合唱的命运。

伊壁鸠鲁给我装满了酒罐
半人半羊的山神给我山野的快乐
阿卡迪亚的牧人则是他自己蜂巢的蜜

有一天，我听到了远方水仙女的歌唱，
我的忧郁的灵魂就着了魔

第五章 非常态经验与诗人的命运

于是我向着梦想航行而去。

[西] 英克兰：《忧郁的玫瑰》

诗人能够和自然对谈、沟通与交流，并经常能从自然事物之中听到远方水仙女的歌唱，诗人借助于想象力，经常歌唱月亮及各种自然景色的潜在的力量，并能够和大自然取得协调一致。在协调一致的时刻，诗人的内心里充满了无上的喜悦，在大自然面前，他也变成了一个充满想象力的生命，变成了一个饱含着情感的歌者，并突破了人类的常态性的经验所束缚，最后创造出新颖的富于个性的关于大自然给他带来的美好梦幻。

二是这种恩惠体现在诗人与社会或他人协调一致的时刻。

诗人得到的精神上的另一种恩惠是他与他人协调一致的时刻，或者说是诗人基于他自身的精神与他人的合一时刻。这份上苍对他的恩惠意味着诗人克服了现实生活带给他的创伤，克服了生活与他交流上的障碍，也克服了他身上的种种愤世嫉俗以及他对于生活的敌意，最终获得了与他人的协调一致——比如，在他与所爱之人的灵魂相通的时刻，在伦理亲情温馨之中，在友谊温暖的包围之下，在他的对祖国或故乡的关切或怀念里，尤其体现在诗人对于弱者的那份同情与悲悯里——等等，在这些时刻诗人的那颗脆弱而敏感的心终于和周围人群打成一片，并融合于那个情境里。这时诗人的那颗孤独的心不会感到很孤独，他强烈地感觉到人类的善良与温情，并感觉到自己找到了存在之根。

啊，无忧的孤儿，你的肢体能耐受
那灼人的天狼星和严冬的寒气，
而那富家的娇儿，精心护养，

诗人的价值之根

却一热就干渴,一雨就咳嗽。

J. 盖伊:《琐事》

在那辽远的地方,好像我生就的苦痛
我的祖国毋宁说就是我的命运
无论到哪里,通过千里万里
我都整个地把她带在身边!

〔俄〕茨维塔耶娃:《祖国》

2. 诗人挣脱种种羁绊获得心灵自由的时刻

这也是上天对诗人特许的一种恩惠,诗人在现实生活的平日里或许经常流血不止,但他却常能在某个特定的时刻,领悟到常人很难领悟到的,并从中汲取那有价值的精神瞬间,在那个瞬间里,他也克服了自身的种种片面性的羁绊,把内心分裂的各个部分融合为一,并获得了一种常人很难体会到的精神真实,这种精神真实是他汇合自身多种分裂倾向的产物,代表着他从人类自身的心灵深处所获得的某种精神奥秘,这种精神真实也是他从自己的短暂而又多变的生命之中领悟到的,诗人的这种内心自由的时刻,或许是以一种纯粹的、简单的、宁静的平淡形式表现出来,平淡的意象、平淡的语句、平淡的细节,甚至还有平淡的思想与感情,没有那么多的繁复的语句与意象。这也就是中国古代诗论中所说的诗人的"绚烂之极归于平淡"境界。

在这阳光的世界里,
我之需要花园的一张长椅

第五章 非常态经验与诗人的命运

和晒着太阳的猫……

我将坐在那里,

怀里揣着一封信,

一封很短的短信,

这就是我的梦……

[意]夸西莫多：《一个愿望》

群峰

一片沉寂,

树梢

微风敛迹。

林中

栖鸟缄默。

稍待

你也安息。

[德]歌德：《漫游者之歌》

三　黑暗中的歌唱

真正诗人的形象常常是一个充满勇气的独行者形象，诗歌创作也是一个勇敢者的充满孤独的精神行为。一个真正的诗人，不管他在现实世界之中遭受多少挫折，饱受多少委屈，他的精神世界里的明亮的光源都不应该

诗人的价值之根

消失也不会消失,不仅不会消失,种种挫折反而更坚定了他寻找的信念。从另一个角度看,诗人的形象就是那种身处黑暗的阴影之中却依然顽强歌唱的形象,诗人可身处阴影或黑暗之中,但他的那颗心绝对不能跟着变黑或大面积阴影化,他的那颗心依旧应该是明亮的,并充满了寻找光明的冲动。这也可以说是诗人之为诗人的标志之一。一个真正的诗人,他的精神本性里就深埋着寻找光明的强大的倾向与动力。

中国诗人顾城说:

黑夜给了我黑色的眼睛,我却用它来寻找光明。

雪莱在《诗的辩护》一文里说:诗人好比夜莺,他在黑暗中歌唱,用甜美的声音给自己的孤寂带来一点欢愉。

但当今时代的各种各样文化经验都呈现出异常复杂的情形。诗人的观念也发生了许多变化,有些所谓的诗人已经让诗人的形象变得面目全非,他们还不自知。但这更多的是在那些亚诗人身上发生的变化,真正诗人的精神基础是不会发生多大的变化的,真正诗人的精神基础也是很简单的。他们通常具有质朴的精神信念,即便身处黑暗之中也依然会歌唱;他们的那种寻找光明的倾向正是通过他的"歌唱"体现出来的。

真正的诗人,都具有歌唱的深邃而强大的愿望,他们的描写与所谓的叙事也是为了歌唱。尽管人们可以从形式说,诗人的种类好多种呢,并不是都以抒情见长的,还有叙事诗人呢。即便这样,我们仍然认为歌唱是诗人的核心的精神姿态。那么诗人究竟歌唱什么?诗人通常会以什么样的生活形态去歌唱?

1. 诗人歌唱什么

诗人歌唱的事物自然是能唤起他的歌声的事物。对于一个诗人而言,能让他听出音乐之声的事物通常不会是纯物欲性的对象,换句话说,物欲

第五章 非常态经验与诗人的命运

性的对象没有值得歌唱的价值。有些诗人跟着学者们高谈诗歌的"物质性"或"身体性",这绝对不是什么好事。一个真正的诗人要更多地倾听内在的心灵之声,而不是跟着文化或学术时尚起舞,那几乎不可能通向正确的方向。

诗人的歌声是被笼罩在事物之上的"心灵性"唤起的,那些事物通常具有很强的音乐般的精神性韵味,这种环绕着种种事物身上的"韵味"借助于诗人的想象力被发现被领悟,这些"韵味"在诗人的心目中,也是真实地存在着的。诗人发自内心地被环绕在种种事物之上的这种韵味所吸引;诗人的这种歌唱的努力与价值不应该被忽视;诗人凭借着这种歌唱增添了事物的想象性价值,正是这种想象性价值能激发人类的内在精神,并让人类的心灵保持一种创造性的生机。诗人的这种歌唱也能够给人们的心灵带来安慰,或帮助人们建造起略显神秘的、美好的梦幻王国。

> 尘土的小径通向森林深处,
> 四周寂静而又空旷。
> 故乡,流淌着丰足的泪水,
> 她睡着,在梦中,像无力的女奴,
> 等待着未经体验的痛苦。
> ……
>
> [俄] 曼杰什坦姆:《尘土的小径通向森林深处》

> 在这现实的新王国里,
> 一梦方消一梦又起,
> 我们在梦中觉醒,

诗人的价值之根

却又落入另一个行动的梦里。

[美]哈特·克莱恩：《桥》

诗人由于其自身思想、情感方式的特殊性，他通常会身处我们上面所说的某种黑暗的背景之中，但诗人的可贵之处就在于——他依旧顽强地歌唱，用他们的语词、意象、观念组成的美妙音符或梦幻歌唱，歌唱种种事物之中的微妙的精神性韵味。基于此，诗人常常扮演着先知者的角色，预知人们的精神世界里将要发生的变化。俄罗斯诗人屠格涅夫甚至说诗是上帝的语言。

由此也可以看出，诗人的歌唱和人的内在的精神世界紧密相连。

为了能从事这种"歌唱"，需要诗人具备那种特殊的倾向，或者说需要他对某一个方向特别敏感并具有特别的想象力。这种特殊的精神倾向肯定和诗人的"物质性"基础无太多联系，可能更多的和诗人的经历有关，这种特殊的精神倾向如果我们用稍稍夸张一点的语词来描述的话，我们就可以说：真正的大诗人都有那种面向无限面向永恒的根深蒂固的愿望，或者用一些哲学家的话语来说就是——飞向上帝的倾向——这种倾向代表着纯全、纯粹、纯真、纯善、纯美等。诗人是歌者，而且真正优秀的诗人是心怀纯全的歌者，是怀着纯粹的精神梦想歌唱的人。

与此相反，真正的诗人的歌唱不会和人的"身体性需求"有过多的关联，更不会为了满足人的身体性需求，从诗人歌唱的角度来说，所谓"诗歌的身体性"或"诗歌中的肉体倾向"等，都不可是诗人最关注的问题，或者它们顶多只是一些附属性问题，其不可能代表诗人的最核心写作姿态。

就一般的情形来看，人的身体性需求取向和物质性相关，这种重物质的倾向常常体现为对金钱的迷恋，并和现代人强烈的感性欲望相联系，带

第五章 非常态经验与诗人的命运

有非常明显的感官享乐主义倾向。这种倾向在现代社会又表现为特有的消费冲动与消费欲。如上面我们所说的，通常诗人是属于所谓的"失去常态者"，恰恰因为这种"失常"，显示了他精神的独特性，正因为他具有这种精神上的独特性，他几乎不能适应他所处的现实处境，那种处境经常会给他带来悲苦，但诗人之所以叫诗人就在于他不会失去歌唱的动力与本能，他不会在现实的压榨之下失去梦想与信念，他依然会怀着美好的精神愿望吟唱，吟唱生命中的那些美好而又深刻的事物，歌唱给他带来丰富梦幻的种种想象世界。

2. 诗人以什么样的生活形态歌唱

为了能更好地歌唱，每一种类型的诗人可能会选择不同的最适合自己的生活方式。但从历史上看，诗人为了能更好地"歌唱"，他们似乎也失去了普通人的生活经验的常态：他们要么就是一种先知者的类型，把他们的领悟到的有关万物的精神性韵味用格言、警句的形式告知人们，要么他们就宁愿做一个寻找型的诗人，以漫游者或流浪者的形象，四处漂流却难以找到精神上的故乡。他们宁愿在地理或精神上做一个漂泊的所谓行吟诗人，也不愿过着那种舒服安逸的、常规性的、重复的、固定的生活。我想歌德写《漫游者之歌》也有这方面的含义吧。

关于先知者的类型，我们这里不做重点讨论，我们更感兴趣的是基于寻找的漫游者类型。

真正的诗人通常都是那种顽强的寻找者，这种寻找的外在形象就是那种漫游形态，这种漫游者通常有地理上的、精神上的两种类型。

地理上的漫游者类型很好理解：诗人不喜欢被那种固定的地理空间约束，不喜欢在某个固定的区域长期生活。他们更喜欢漂流，从一个地方移向另一个地方。他们的这种"失常"并不意味着他不具有普通常人的特性——比如喜欢过着种种感性的舒适的生活等，但诗人和常态人不同之处在于，他们的本质不是"身体性"的，他们没有把种种现实的舒适的

诗人的价值之根

欲求摆在更高的人生位置上，他们有另一个更为根本性精神向往：向往着一个充满奥秘充满灵性的世界，在诗人心里那是一个被美之光泽照耀的世界，他到处漫游就是为了寻找到他心目中的世界。

……
　　小船在海面上枉自漂荡，
　　同风或海它都不争辩。

〔苏〕梅热拉伊蒂斯：《小船》

　　诗人的形象有时就像"帆"或"船"，在宽阔的生活的大海上游荡，为了寻找他心目中的理想或美。因而真正的诗人不同于沉溺于日常生活的常态人，他们的感觉、思想、情感与生命意志和世俗化世界保持着一定的距离，他们主要的生命精力朝向另一个方向，那是通向完美观念的方向，那个方向蕴涵着种种完美的梦幻，那个视线里的变幻着的景象和人间的过于滞重的生存现实形成某种对照。诗人的这种美之梦幻有时是通过某种现实的暗影衬托流露出来的。诗人在某一种特定的现实之中，似乎很难找到启发他想象力的语词、意象、观念或情绪。似乎只有那种行吟式的生活才能给他们带来创作的灵感。

　　那些精神上的漫游者通常都有找不家园的意识或心态。

　　真正的诗人在精神上似乎都是无家可归者，因为不管哪一种现实之家都无法安放他的那颗渴求自由完美之心，他只能通过想象构造出这么一个世界来。物质因素社会因素等在他们的生活中不具有根本性的位置，真正的诗人基于他们对精神自由的向往，基于他们对美的梦幻的渴慕，他们对物质的、社会的等约束通常有一种背离与挣脱欲，他们甚至竭力驱除物质的、社会的等元素对美好梦幻的干扰，并习惯于从物质性的社会的存在元

第五章 非常态经验与诗人的命运

素之中发掘其精神的含义。他们从周围的现实的包围里处处看见精神的影子，看见心灵的或明或暗的微光。

诗人的内心充满了找寻而找不到的凄苦，他就像一条漂泊在大海上的一条小船。

你快要死去，不知道你，
乘生命之船漂向彼岸，
早晨在那神秘之岸等你。

别担忧，在起程时别怕。
一只温柔的手镇静地升起风帆，
船会把你从夜晚的王国运往白昼的王国。
无忧无虑地走向沉寂的海岸，
踏上那穿过黄昏草地的柔软的小径。

〔瑞典〕拉格尔克维斯特：《生命之船》

诗人就是凭着一种精神上信念，相信有一只温柔的手带领她向前，并最终无忧无虑地穿过艰难走向那条柔软的小径。这类精神上的漫游诗人大多具有神秘主义倾向，把神秘看成是美的根基之一。

在大多数诗人眼里那些充满神秘感的事物才具有美的意味，才能显示事物的光辉、芬芳与深度。那些真正诗人的存在通常是一种充满精神自由感的存在，是喜欢领悟大千世界的种种奥秘的存在——他们以自己独有的精神个性，在那种精神的孤独中发现并领会世界的充满灵性充满奥秘的美。那些具有漫游倾向的诗人通常都有一种不遵循常规的自发性，这份自发性来自他的想象力。诗人的生命的核心之一就是基于情感的想象力，可以说，他们的生存是充满想象力的生存。他们生命与创作的自发性也来自他独有的情感力量，这意味着他不是常规的理性的机械的物化的类型。这种感情不会是建立在原始欲望基础上的粗糙情绪，而是一种较为纯粹的感情状态。

> 没有路了！四周是深渊和死样的沉寂！
> 这就是你要的！叫你想入非非！
> 现在好了，漂泊者！清醒地看着！
> 你失魂落魄，现在相信了——危险。

[古希腊]柏拉图：《漂泊者》

这种心灵的漫游会给诗人带来持久的不安与动荡，在极端的情形之下，诗人会以死亡的方式结束这种躁动，似乎只有死亡才能为他那颗不安定的心找到最终的宁静。真正的诗人似乎也都具有这种顽强寻找而找不到所带来的悲剧感。在诗歌史上，悲剧诗人的地位通常比喜剧诗人的地位高，这或许是有道理的。

四 诗人的现实常态与非常态性经验

从总体上来看，诗人的经验属于非常态性的生命经验；诗人有着抗拒常态性生存的精神本能，但这并不意味着诗人不食人间烟火，不具有基本的常态的现实感。实际上，在诗人不是作为诗人出现的时候，他也是一个生活着的人，衣食住行吃喝拉撒一样也不会少，他们同样具有生存的现实感与一般的生活常识，而且诗人身居于时代的现实里，种种或流行或常态性的现实景象不可能不影响他的生存与创作，种种富有时代特性的生活样

第五章 非常态经验与诗人的命运

貌也不可能进入他的内心里。

王国维在《人间词话》中在谈论诗人时说过这么一段话:

> 诗人对宇宙人生,须入乎其内,又须出乎其外。入乎其内,故能写之。出乎其外,故能观之。入乎其内,故有生气。出乎其外,故有高致。①

诗人在生活着的时候也是普通人,他也生活于现实世界的包围之中,很难逃避现实生活对他的侵袭。事实上,诗人的"入乎其内"也分为两种情形,一种是被动的,另一种是主动的。被动的入乎其内,就是指诗人不得不陷入现实的日常生活之中,哪怕他想摆脱也不可能做到。主动的入乎其内是指诗人有意去体验现实生活的种种冷暖,去体验在现实生活中的人们的痛苦、快乐、希望与悲伤。

但诗人无论以什么样的方式抱着什么态度入乎其内,那个现实都染上了心灵的色彩,呈现给他的世界不会同于一般的大众眼里的世界,在诗人眼里现实或许只是一种更便于理解与感触的形象,那些日常的现实生活已经失去了它的原有的本性。换句话说,种种现实景象常常只是他表达诗境的道具,王国维所说的"故能写之",就包含这层意思。现实对于他常常只是一个便于引起共鸣的形象,一种象征。就像上面西班牙诗人英克兰在诗中所说的他的生活,犹如一支歌。对于他而言,现实已经失去了其物质性方面的含义,并变成了梦幻的一个符号,在诗人的感觉里,现实已经失去了它的物质性基质,而转化为一个象征,不管它是不是以玫瑰、姑娘或阿庚叶的面貌出现。

---

① 北京大学哲学系美学教研室编:《中国美学史资料选编》,中华书局1981年版,第452页。

诗人的价值之根

墨西哥诗人帕斯在《一个诗人的墓志铭》中也表达过类似的观点与思想。

> 一个诗人的墓志铭
> 他要歌唱，
> 为了忘却
> 他真实生活的虚幻
> 为了记住
> 他虚幻生活的真实

〔墨〕帕斯

对于一般人而言的最真实的日常现实生活，对于诗人而言，反而变得有些虚幻，这种虚幻恰恰来自它的物质性、欲望性以及僵硬的常规性。而对于一般大众而言，那些看不见、摸不着显得虚幻的生活，对于诗人而言，反而变得具有了真实性。这种真实性来自它的内在性，独特性及其自发性。

对于那些真正的诗人而言，现实的日常生活失去了它们本来的特性。它们不再以物性、物欲或欲望的形态出现在诗人的心灵之中，而是变成了意味深长的呈现，变得具有了灵性。日常现实生活的景象也不再是符合常规性的、不断重复的，而变成为某种思想或情感的暗示，变得具有一种精神上的神秘性。日常现实生活的景象不再是理性的、精确的、冷静的，而变得具有浓厚的感情色彩，变得生机勃勃。这可能也是王国维的"故能观之""故有高致"的含义的一部分吧。

我们看一首威廉斯（1883—1963）的诗作，他被人们称之为美国后现代主义诗歌的鼻祖。看看他对于现实的日常生活细节的关注方式。

第五章　非常态经验与诗人的命运

为一位穷苦的老妇人而写

嚼着一枚李子

在大街上，手里

拿着一口袋李子

味道真好，对于她

味道真好，它们吃起来

味道真好

你看得出来

从那神态沉醉在

她手中那半个

吸吮过的。

得到宽慰

一种熟李子的安慰

似乎充满了空间

它们味道真好。

郑敏　译

这或许也是诗人的灵魂奥秘之一，真正的诗人都有把现实的物质性社会性元素向精神性元素转化的倾向与才华，而不是相反，把种种包含有精神性韵味的事物朝着感性的物欲的方向转化。在真正的诗人看来那些物质性的元素只是诗人心灵的某种折射与象征。在诗人看来，感性的欲望只具有表象或意象的价值，这种表象或意象能折射出诗人心灵中的那份自由的意绪，并能帮助他们表达其对于这个世界的精神性梦想。物质、欲望及种种感性的元素不具有坚实的实在性，物质、欲望及其物质元素只是作为一个有意味的符号出现在诗人的诗作中，只是诗人深层心灵的象征与暗示。

五　诗人的命运与诗的境界

如前所述，真正的诗人由于其自身生命与精神的独特性，通常也都会有不同于常人的独特的命运，这种精神上宿命似乎是不可逃脱的。诗人对其命运的态度直接影响到他的诗的价值或者说"境界"。那些在这种独特的命运面前抱怨，似乎认为上天对他很不公的所谓诗人，是不可能成为真正的大诗人的。那些一心想躲避这种命运，好让自己过得更愉快些的人，也不会成为真正的诗人，这种摇摆与躲避证明了他精神的驳杂，证明了他心灵的不坚定，证明了他不具有成为一个真正诗人的精神与心灵的基础，而如果一个诗人没有这种精神与心灵方面的坚实的基础，他又怎么可能成为真正的诗人呢，他又怎么可能写出真正有价值的诗作呢。

诗人就是诗人，是为诗而活着的人，诗歌创作是他生命与精神活动的核心，他是为了表达人类幽深的心灵而存在之人，是为了在没有梦幻的时代依然顽强地创造精神梦幻之人。诗人不是人类的物质性的体现符号，不是感性欲望的体现者，也不是现代主流文明的维护者，但诗人在人类的经验之中占有一个重要位置，为了凸显自身的价值，他就必须坚定地走能通向人类幽深心灵那条道路，并成为人类深层精神梦幻的一个展露者。这是真正诗人的命运，诗人要安于这种独有的命运，一旦在种种社会风潮的冲击下，诗人改变了初衷，那就会从根本上损害诗人的创作潜力。试图把诗当作谋取现实之道工具的念头足以使诗人变质变味。一个真正的诗人应该保持自己内心的纯粹性，并把其看成是命中注定的。

如果一个诗人没有那种命定的宿命感，如果他时常流露出厌恶自己的"不实在与空洞"的情绪，如果他不以自己正在从事的创造为荣，如果他一心想通过诗歌的写作谋得社会地位，那么我要说，他不适合做一个诗人，不管他有多大的天分，不管他多么的努力，他最终逃脱不了那个结

第五章 非常态经验与诗人的命运

局——就是成为一名"亚诗人","亚诗人"写出的作品是不会对人类的经验的改善有真正的意义的。亚诗人也不会为人类的精神作出真正有价值的贡献。用我们中国古代诗论家们的话来说：他们写的诗作一定缺乏所谓的"境界"。

关于诗的境界问题，我们中国的古代诗论画论等似乎都很着迷。王国维在《人间词话》中，针对中国古代诗歌提出了"隔"与"不隔"，"有我之境""无我之境"等概念。这或许对分析中国的古代诗词有借鉴意义。但对于复杂多变的现代诗歌或现代诗人来说，这些概念显然已有些陈旧，已经不能很好地帮助人们更好更准确地领会现代诗作。我们怎样才能更具体更深刻地理解现代诗的所谓"境界"，这的确是一个值得思考的问题。

第六章

诗人与诗意的分离、融合及诗意的种种表达

　　诗意问题和诗的创作问题不完全是一回事。仅对精神的益处而言，一个民族尤其需要那种能够展现深刻诗意的诗人，这对于改造一个民族的精神气质非常重要，但在当今的务实的多元化的文化背景之下这类诗人似乎很少。我们中国目前尤其缺乏这类诗人，这也包括那些具有诗意的艺术家、哲学家等。诗人的写作活动及其作品和诗意的展现有所不同，好多诗人是以其语言方面的标新立异来获得众人承认的。但过于突出语言标新立异的诗作通常都缺少深刻的诗意。那种能够把诗的独特的写作方式与深刻的诗意融为一体的诗人少之又少。尤其在当今的整体的文化经验断裂的大背景下，诗人风貌与诗意显现分离得更加厉害，大多数诗人的创作追求与诗意的境界方向也不一致，诗人及其创作与诗意似乎也离得越来越远：诗意和诗人似乎也越来越风马牛不相及。

第六章 诗人与诗意的分离、融合及诗意的种种表达

一 "诗人身上毫无诗意"

在当今时代,"诗人"已成了一些人用以贬低一些人的重要词汇,这个现象也是可以理解的。的确,我们从当今诗人的身上已很难感受到那种迷人的魅力,很难发现人们所渴望的那种诗意,这种看起来似乎有些矛盾的事情在我们这个时代更加突出了。这难免让许多对诗人存有幻想的人们心理上很失望。其实诗人的创作和诗意境界本来就不是一回事。而诗人与诗意的分离现象也不是我们这个时代所特有的,其他时代这种情形也是一样,只不过我们这个时代表现得更加明显罢了。包括一些诗人在内的许多人都曾带着讽刺的语调谈起过关于诗人风貌与诗意的分离。

美国诗人爱默生就是其中之一。他在《处世之道》一文中说:

诗人除了所写的诗句之外,他们身上往往毫无诗意。

在传统的诗人所创造的诗歌作品里,我们肯定还会在某一方面发现显露于其中的诗韵,虽然诗人自己身上未必就有多少诗意,这个现象看起来似乎有点乖谬。如果我们通观当今的诗人的生活面貌及其诗作之后,你就会发现:当今的诗人甚至在自己所创作的作品之中,诗意也全然消退了。你说它矛盾也好、它不正常也好,它就是那么真实而怪异地存在着。当今社会里的诗人,他们身上的所谓诗意更是让人难以察觉。诗人们——哪怕就其生活来说——本来应该是诗意的呈现者与捍卫者,现在却在一种奇妙的逻辑之下变成了诗意的破坏者之一。这种奇妙的矛盾究竟意味着什么?

难道诗人不应该与诗意有更多的关联吗?为什么现在诗人的创作恰恰缺乏这一点呢,为什么从现代诗人的身上更难感觉到那种人们所渴望的诗

诗人的价值之根

意呢？追根溯源，我们可以发现，这些病因既出在时代身上也出在诗人身上。

当今时代的文化经验总体上来看呈畸形的断裂状态，这种被称之为后现代的文化被物质的技术的市场的欲望的等因素笼罩得太深了。这种文化及其文化经验基本远离了原初的自然，远离了人类深层的心灵之根，远离了基于自然和谐宁静的美，远离了更高真实更深邃的奥秘，等等。当今的诗人也同样如此，他们大多数人也被当下的文化经验笼罩了，同样也远离了自然、精神的充实、意义与奥秘，远离了和谐宁静的美等。他们受到这个纷乱时代的影响并深深地打上了时代的烙印——这个时代恰恰就是以种种现代性为名祛除诗意的时代。当今许多诗人诗的观念模糊，他们被这个时代人类的略显畸形的经验吞没了，他们自己没有发现，还常常自以为是地认为他们在开创诗歌新面貌新时代呢。

当今的诗人似乎刻意反叛颠覆传统，有些诗人则忙于跟随时代的风潮，还有当今的一些诗人似乎很热衷于丑与恶，热衷于下流的感性以及扭曲的人性，并习惯性地将这些和所谓真实挂钩，又把这种真实附会于特殊的有个性的美。这种畸形的、扭曲的所谓真实，在当今的社会上，到处都是，还用得着诗人去追求吗？如果你追求这种垃圾场似的真实，追求这种基于丑、恶、放纵、狂乱与扭曲的真实，那么干吗非要去写诗不可？你干吗不去写纪实的小说或日记呢？纪实的日记或小说更能展现这种所谓的真实，不管这种真实是情感的还是细节的，或者你干脆就做一个日常生活中的粗俗的大众，这样你体验到的生活或许更具有现实感。

有些诗人还特别喜欢扛着时髦的标签，比如"先锋""前卫""下半身"之类。我们这里所讲的不仅包括所谓的先锋诗人，也包括那些所谓的抽象艺术家之类。这类喜欢打着各种旗号的艺术家或诗人大多心灵贫乏，缺少真正意义上的才华，他们试图通过玩弄新鲜与花样来为自己开辟道路。一般来说，那些所谓的前卫性很强的诗人或诗作都缺乏诗意。

第六章 诗人与诗意的分离、融合及诗意的种种表达

我们来看一首诗——《去传染病院的路上》,尽管威廉斯被称之为后现代主义的鼻祖,但从这首诗中我们还能看到一点诗意的影子。

> 去传染病院的路上
> 冷风——从东北方向
> 赶来蓝斑点点的
> 汹涌层云。远处,
> 一片泥泞的荒野
> 野草枯黄,有立有伏
> ……
>
> 〔美〕威廉斯

诗性经验一般不会脱离人的内在的心灵,这种经验基本上属于自然的、圆满的、和谐的并偏于宁静的经验,一般来说,这种丰富而又美好的经验和丑、恶或扭曲的人性不太相容,人类的一般的精神本性也本能似的排斥扭曲类的诗歌作品。人们深层的精神本性有时是很矛盾很复杂的,但总体倾向还是怀念向往那种和谐自由的诗意之境的,人们希望能够诗意地栖居着,希望被笼罩在意义的光辉里。在这种技术统治一切的时代,人们的心灵更加躁动,对圆满的诗性经验的怀念之情也更加强烈;人们经常怀念那逝去了的自然、怀念给人们的心灵带来快乐的和谐与宁静。诗意就是人们心目中的自然、充实、有意义、和谐与宁静的体现。诗意的生活已成了现代人极其向往的生活理想之一。

但如我们前面所说,诗意生活和诗人生活根本就不是一回事。当今的诗人的生活不仅不能成为诗意生活的楷模与典范,甚至成为这种诗意的破坏者。尽管从历史上看,许多诗人的作品是充满诗意的,他们的生活也同样如此,如中国的陶渊明,美国的梭罗等。

诗人的价值之根

富兰克林在《自传》中说：

> 写诗的人通常是身无分文的乞丐。

诗人本来就不是以物质的富足立世的，他们的穷困形象不是精神污点，反而是一种与诗人称谓相称的非常自然的现象，难道要让那些大诗人都成为大富翁吗？同大腹便便的家伙相比，乞丐反而更像诗人一些，也更有诗意。但穷困有时会带来某些副现象——比如，对物质的憧憬，对金钱的病态的饥渴——就有可能损害诗意了。这种现象也时常发生在诗人身上，尤其是在那些亚诗人身上，这种情况更是经常地发生。真正的诗人不会因为贫困而失去其精神风骨，他依然会保留着顽强的对精神世界的信念，保留着基于心灵的美好的梦幻，保持灵魂深处的那份宁静的基调。他会把这种物质方面的赤贫转化为一种纯粹的情感力量，转化成奇异奇妙的想象力。

尼采也说过：

> 所有的诗人都使我厌烦。

当那些亚诗人因为贫困等原因而抱怨生活失去精神信念的时候，或者就会发生某种转变，开始转而病态地追寻世俗世界中种种快乐，这个时候他们的面貌是很让人生厌的。诗人让人生厌的另一个原因是：他们往往不能凭借的诗歌作品本身的精神魅力去打动人们的心坎，却喜欢玩弄一些外在的小伎俩，以此来眩人耳目。人们很自然地会厌烦那种拉大旗作虎皮式的诗人。当今诗人群体，这类人很多，他们呈现的面貌也确实不能让人们满意。但我猜想尼采是不会厌烦那种真正诗人的面貌及其生活的，也不会厌烦他们所具有的诗意的生活状态。但从上面的这些人的态度中我们看

第六章　诗人与诗意的分离、融合及诗意的种种表达

到：诗意之境和诗人所写的诗句有着很大的不同，诗意生活和诗人的写作生活有着很大的不同。

诗意和美好的生活观念以及美好的情思有很大的联系，诗意生活通常不是一种过于激烈的生活形态，而是一种能给人带来意义感、充实感、和谐感、美好感的偏于宁静的生活类型，但这种生活可以让人的精神从整体上产生一种生机。诗意生活还是一种接近自然的生活，像一条小溪静静地流淌，像一棵树静静地生长，中间没有那么多人为的刻意的因素（当代诗人刻意的因素太多）。诗意生活扎根于人们精神的内在和谐、秩序，而和种种混乱纷争保持距离。而当今的诗人的生活在就缺少这份自然感，他们更经常性地处在种种冲突之中，虽然这种冲突或许有助于他们写出渴望和谐、渴望自然的诗句。人们从精神本性上来讲，是希望"诗意地"生存的。

我觉得在那些女诗人身上，其写作生活与诗意面貌的冲突体现得更为明显。女人身上的诗意很难通过其词句流露出来，甚至很难通过思想来表达。她们身上的诗意感更多的是通过她们本身所具有的种种富有精神感的美点传达出来的。女诗人的生活大多是缺乏诗意的。女诗人通常不能凭借她们本身的样貌、气质、风韵等给人们带来诗意的感受。她们的生活经常性地处在某种紊乱之中，其感情世界也有着过多的矛盾与冲突，这种矛盾与冲突过多就会在她们身上留下痕迹，就会影响她们身上的和谐宁静气质；那种生活与情感的曲折冲突自然会对她身上诗意有所破坏。作为一个女人，她们身上的诗意通常在哪里得到体现？——在她的清澈的明眸里，在她的那种娇媚的面容上，在她的那种包含着内在魅力的美之中，在她的那种女性的内敛的智慧里，在她的微妙的言谈里，在她的眼神所流露出的神秘里，在她的那种包含着平静的微笑里，在她的充满活力的奔跑之中，等等。而这些身姿样貌女诗人是很难有的，她们的诗人式的生活方式恰恰破坏了女人身上的这些诗意。

诗人的价值之根

当今的男诗人也好不到那里去。他们身上很少能显露出男人所应具有的那种精神力量，以及这种精神力量之中所蕴涵着的诗意成分。他们的气质风貌更多的情况下和诗意之感有距离。现代社会里的那些男性诗人，他们的精神从总体上看呈出愈益萎缩的趋势，他们的生存处境以及爱玩花样的秉性让他们身上充满了这样或那样的残缺，并经常性地沾上了某种自负与自卑相混合的痕迹，那种自卑又自负的态度又会影响他们的和谐的内心世界，影响他们的行为举止，影响他们在现实生活世界里的语言。他们的总体面貌没有那种坚实的力量感，没有那种男人应有的刚毅，没有那种自信而又平静的面貌，没有和谐安宁的内心，甚至没有那份忧伤或忧郁。他们的言谈举止经常性地变得粗俗、激烈而愤激，这种缺少力量感的愤激是会削减他们身上的那种诗意感的。

总之，诗人的生活、创作与诗意之境日渐呈现出一种分离的趋势。一方面，诗人在种种生活中所呈现的面貌日渐远离了诗意的核心要素，这包括诗人的写作生活。当今诗人的日常生活缺少自然要素，也缺少很多灵性元素，他们写作生活通常也是单调的，艰苦的。其中虽然也有某种创造的激情，但总体来看，诗人的日常生活与写作生活本身都够不上诗意。另一方面，诗人创作的诗歌作品，也日渐丧失那种能够打动人心灵的诗意要素与力量，他们为了所谓的深刻的真实，就更多地呈现现实的残缺与污浊，以及来自他们自身之内的种种紊乱。这些充满残缺、污浊与紊乱的内容，当然不会给人们带来真正诗意的感受。

那么，为什么诗人自身的生活不能直接地表达出某种诗意呢？

为了更深刻地理解这一点，我们必须全面地多层次地来理解诗意的内涵。诗意的真理来自人类深层的心灵，包含着人类对美好世界的渴望，包含着生命的智慧性思想等。这种真理与思想与当今流行的理智真理、科技思想不同，它能深入到人类生命与灵魂的深处，并为人类带来种种内在的快乐。当今的诗人由于受到时代现实的种种限制，也由于自身的一些原

第六章　诗人与诗意的分离、融合及诗意的种种表达

因，他们很难通过自身行为与风貌展现这一真理。诗意的真理可在许多层面上展开，透视诗意的不同层面我们就可更深地其本质，更深地理解诗意所具有的几种特性。需要说明的是，我们下面所论及的诗人有时也倾向于广义上的诗人，并不仅限于那些文字表达者。

二　诗人与诗意的宗教表达

当今的大多数诗人就像当今的社会面貌一样日渐缺乏诗意，那些喜欢自诩的所谓先锋诗人在这一点上似乎更甚，他们中的大多数人都缺乏诗意所需的核心要素。这些人喜欢标榜种种前卫性的东西，喜欢试验种种自以为是的花样；他们被当今社会的主流文明所笼罩，被各种流行的思潮与缺乏个性的叛逆意识所左右，他们并不自知。他们缺乏深刻的精神意识，缺乏深沉的情感，他们的身上似乎也缺少宗教元素。而诗意恰恰与宗教方向、宗教元素有关，与立足于某种宗教感的神圣意识有关。现代社会的进程是一个神圣意识逐步减少与降低的过程，但神圣意识却是美与诗意的根基之一。任何深沉的宗教都是具有诗意的，甚至可以说，只有有了那份深沉的宗教感，诗意才最终得以成立，反过来看也一样，任何深刻的诗意都带有浓厚的宗教色彩，没有宗教色彩的诗意几乎难以说得上深刻。我们完全可以从诗意的角度来理解宗教，也可从宗教情感的深沉性角度来看待诗意。

一个诗人，如果他想避免他的生活与创作与诗意氛围的分离，那么他就必须在某种程度上树立一种宗教意识（或者说宇宙意识）。他作品中的那种神性意识有助于增添作品的诗性。诗人的宗教通常属于诗意的宗教。一个诗人如果他身上有浓厚的诗性，那么他通常也会有很浓厚的宗教意识，以及建立在这种意识之上的深刻的灵魂感、神圣情愫，他会经常与更深沉的奥秘世界沟通，与更高的精神力量交往。在现代社会里，由于我们

诗人的价值之根

文化中的种种宗教倾向宗教元素的缺失，诗意的精神基础已经有所削弱，再加上现代文化中的那种对感官刺激对标新立异的追逐，也深深地影响了现代人的种种意识，当然也包括诗人的内心感觉。我们从现代诗人身上很难再发现那种深沉的宗教元素，但正是那种宗教元素使生活有了精神的根基，也有了诗意之基础。

> 我的祭坛是山岳与海洋，
> 大地、天空、星辰——
> 那个大"整体"中生出的一切，
> 他产生了"灵魂"……

[英]拜伦：《唐璜》

> 你应该在这个黎明和每一个黎明，
> 从乡村的睡梦中醒来，
> 你的信仰就像循规蹈矩的太阳
> 在呐喊，永不死亡。

[英]迪伦·托马斯：《诗集》

当今社会的诗人——尤其是那些所谓前卫诗人——他们身上有着太多的现代社会的痕迹。有一些诗人现在甚至比普通人的生活还要世俗化，世俗化得更加彻头彻尾（比如，他们对"下半身"与欲望的强调），诗人的这种夸张的世俗化的结果——自然会导致人们情感想象力的衰退，会导致人们的内在情感的萎缩。想象力与内在生命诸方面衰退之后，还会有真正意义上的诗意吗？真正的诗人本来应该是诗意生活的发现者、促进

第六章　诗人与诗意的分离、融合及诗意的种种表达

者，维护者，本来应该是诗意生活的典范，现在却在某些方面变成了诗意的杀手。

诗意之境与某种宗教意识（或宇宙意识）有着或明或暗的联系。宗教意识的一个核心是神圣意识，而诗意的产生与发展和神圣意识是一致的，并有一种正面的关联：在一个充满神圣氛围的社会里，其诗意相对而言也较为浓厚，相反在一个缺乏神圣意识的社会里，其诗意必然被大大地减弱。宗教意识也和无限意识有关，而无限意识恰恰也是诗意感的基础之一。无限意识在中国传统的审美意识里也有明显的体现，这主要反映在道家和佛教的美学与诗学的趣味里，其中对"远"的诗意境界的追求就体现了中国传统中的无限性意识，这种对"远"的追求已成了美学品格诗意品格高的标志。《庄子·逍遥游》篇里就有所谓"游无穷""游乎四海之外"，这种追求远的思想也就一种无限思想。后来诗画标准里都免不了有这种思想，"体玄识远""旷远""远致"等，"体玄识远"讲的就是对无限的体会与认识。在中国古代的山水画的品评中，也特别讲究画的"远景""远思""远势"。这种对"远"的感觉和诗意的感觉相通。

我们来看一首美国诗人的诗，查尔斯·赖特的《星的道德》：

　　注定走向星的轨道上面，
　　星呀，黑暗和你有什么相干？

　　快乐地穿过这个时代而行驶！
　　愿它的悲惨跟你无关而远离！

　　你的光辉属于极远的世界，
　　对于你，同情也该算是犯罪！

诗人的价值之根

你只遵守一诫：保持纯洁！

当今的诗人的无限意识的流露显得更加隐晦，而且和一般所说的诗意有了距离。他们的那种隐晦的无限感有时是通过焦虑体现出来的。诗人和无限隔绝时，体验到的是孤独，以及由此而来的忧郁。现代诗人的无限意识，往往表现为一种与无限隔绝的意识，被转化为对孤独、死亡、欲望、空虚、无聊等的描绘，贯穿着死亡或无聊的气息，而且这种描绘往往是世俗性的。我们可以以法国诗人波德莱尔和美国诗人艾略特诗作中看出这一点。波德莱尔的诗歌里，有着大量的关于黄昏、死亡、秋天等景象。现代诗歌喜欢描绘这些景象。这些景象折射着现实人生的某种阴影。

不过相比较而言，那些富有神秘主义倾向的诗人和诗意较为接近。

与诗意的宗教表达相联系，历史上好多优秀的诗人都是真正的神秘主义者。这指的当然不是指那些装神弄鬼的人物，在真正诗人的诗作里，神秘的朦胧感似乎永远是其重要的面貌之一，诗人自己的内心里也永远有那种神秘的倾向。中国古代把诗人与禅者相提并论并不是偶然的。神秘经验的核心是对更高的精神力量的追求，并产生合一的冲动。所以种种形式的冥想是神秘主义者经常做的。那些冥想者、通灵者和现代色鬼以及酗酒似的诗人相比，无疑更具有诗意色彩，也更能接近"诗"的根基性的真实。

诗意感与神秘意识都与正常意识、习惯意识不同。人们日常生活中的正常意识与习惯意识是诗意的大敌。那种正常的习惯意识被突破才能产生诗意。神秘意识代表着诗人独特的悟性与想象力。诗意的境界里肯定包含着某种神秘性，包含着某种神秘的氛围。中国诗词美学中的最重要的概念"意境"一词本来就源自佛经。佛家认为，心之所游履攀缘者，谓之境，所观之理也谓之境。王国维在《人间词话》里将意境为分为有我之境与无我之境。这里不管是有我之境还是无我之境，都包含着神秘的体验。

诗人的那种神秘经验的获得往往是通过沉思的途径。沉思生活对对于

第六章　诗人与诗意的分离、融合及诗意的种种表达

这种类型的诗意生活很重要。印度、我国及日本之佛教诗人甚多。通常那些杰出的佛教人物也大多为杰出之佛教诗人。禅宗的南宗创始人慧能写那首偈子是著名的,"菩提本无树,明镜亦非台,本来无一物,何处惹尘埃。"这首偈子既是诗作又是一种很高的禅境。佛教之教祖佛陀,其自身即是一位杰出诗人。我们中国唐代诗人王维、白居易等,留传很多的佛教诗。

富有诗意感的诗人通常还是寂静主义者。

追求寂静者肯定带有某种宗教意味。远离尘嚣的"隐逸"诗人比起那些尘世里的蝇营狗苟者有诗意。而诗人远离尘嚣正是为了获得某种心灵上的寂静。"采菊东篱下,悠然见南山"的陶渊明的隐居者的形象已经深入人心。陶渊明是个诗人同时他的身上又拥有浓厚的诗意。美国诗人梭罗等也是如此。他在瓦尔登湖边的那种生活及其其后写成的作品《瓦尔登湖》已经成了诗人的典型的生活姿态之一,并成了某种诗意的符号。和寂静有关的是,诗人通常都是素朴的节欲主义者。

三　诗人与诗意的生活表达

诗人与诗意的分离,体现在他们的生活上就表现为——诗人生活的内在性的日渐减少。当今的诗人的生活过于外显,向内的动力减弱,这种外显的生活很容易割断诗人同更为宽广的生活的联系。当今诗人的生活大体上属于分裂性的生活,而不是那种理想的融合性的生活。而诗意生活恰恰是融合性的生活。我们中国古代诗人就懂得这一点,所以他们喜欢强调"天人合一",天的核心是自然,"天人合一"的核心意思应该是"与自然同在",即与大自然的整体在一起,与大自然的时时刻刻有同在感,与大自然整体的息息相通、心心相印。这种融合性的生活自然也更富于诗意,诗人生活的融合性的另一种形式体现在沉思方面。沉思生活也是诗意的生

活表达形式。陶渊明式的归隐体现的就是一种融合性的生活。卢梭的"生活在大自然的怀抱里"也是诗意生活的重要象征。

诗意的生活表达也体现在诗人对过往的生活的态度之中，尤其体现在对过往的爱情的追忆与惦念里。过往的爱也经常成为生活诗意的源泉与动力之一。诗意的生活表达常常体现在那种包含着追忆与怀旧性质的生活氛围与情景之中。

过往的生活（尤其是过往的爱）似乎更具有意义感、圆满感，更具有诗性价值。许多诗人似乎对往昔的时光、事件、场景有一种特别的情怀，他们似乎总是被一种怀旧情绪所缠绕、笼罩，那些怀旧者似乎总是比那些爱赶新潮者更有诗意。或许正是因为这样，人们习惯性地把"诗人"这个词和伤感、忧郁联系在一起。那些富有诗意的诗人对逝去已久的"过往"似乎总是念念不忘，这里的"过往"既包括旧有的情感、旧有的生命场景，以及逝去了的自然等。那些已经逝去的过往在人们的生活中似乎注定会拥有某种诗意色彩的。旧有的时光经过人们的心灵的美化诗意顿显。人类的深层内心里就有一种情结：让旧有的好时光再现。所以各种生活的诗意表达通常都带有淡淡的伤感色彩。

欧美有首经典老歌叫《昔日重现》，唱出了那种淡淡的怀念与伤感。这首歌被世界各地的成千上万的所喜爱所传唱。其中有几句歌词唱道：

> 回想过去多年的日子，
> 当时我曾享受过的美好时光，让我今天更感悲伤。
> 变化实在太大了！
> 我想把爱之歌唱给他们听，
> 我记得其中的每个歌词，
> 那些老旋律
> 对我来说还是那么美妙，仿佛歌可以将岁月熔去。

第六章　诗人与诗意的分离、融合及诗意的种种表达

我最美好的记忆全都展现在面前，

有些还会让我哭泣。

这就像以前一样，昨日重现。

这就像以前一样，昨日重现。

　　已经逝去的过往，对仍然生活着的人来说似乎具有永久的魅力。过去的岁月充满了一种美好的光轮，诗人有时会成为人类的这种怀念情绪的传达者，诗人通过那种对往昔的回忆、惦念，表达人类的深层的某种美好的精神情愫。人们为什么要怀旧？是因为那个时光好，还是因为在那个时光里，我们还年轻、有活力、有梦幻、有朝气。把这种怀旧情绪扩大，我们就可理解人们为什么经常会有寻根的意识与情愫。

　　诗人诗意生活的秘密更多地体现在他与自然的独特的交流里。

　　与自然交流与沟通是诗人获得内心充实的一个渠道，诗人也是自然的最天然的伙伴。诗人生活的这种自然意味着爱自然，和自然亲近，并经常与自然交流与沟通，诗人生活的那份自然感意味着非人为非世故，意味着心灵的单纯与简洁。诗意是人与自然的某种和声。天人合一式的生活不管对诗人还是普通人总是有更多的诗的韵味。在当今世界，自然在我们的生活中的地位降低了，我们的心灵也不再向自然倾诉。我们不再和自然进行亲密地交流与对谈。我们的生活愈益变得非自然化，离大自然越来越远。所以诗意的感觉就自然降低了。

从你的一个庭院，观看

古老的星星；

从阴影里的长凳，

观看

这些布散的小亮点；

诗人的价值之根

　　我的无知还没学会叫出它们的名字，

　　也不会排成星座；

　　只感到了水的回旋

　　在幽密的水池；

　　只感到茉莉与忍冬的香味，

　　沉睡的鸟儿的宁静，

　　门厅的弯拱、湿气

　　——这些事物，也许，就是诗。

〔阿〕博尔赫斯：《南方》

　　在这首诗里诗人以一种淳朴的孩提般的眼光打量自然，我们从中体会到了浓郁的诗情。从某种意义上来说，诗人的性情之中有很多孩童的成分，正是这种因素促使他始终用那种惊奇的眼光打量世界，那份赤诚与天真反而更能展现诗人的价值，尤其是在这种愈趋务实的时代背景之下，诗人的这一倾向更具有均衡的价值。这里自然的就意味着孩提般的，意味着诗人还拥有那份单纯。

　　诗意的也就意味着自然的，自然的有时也意味着原初的。如果在这么个科学技术至上的大的文化背景下，一个诗人他不能摆脱已经过分的科学技术意识对自己的影响，如果他不能保留他的那份孩提般的天真，不能保留他的那份看待世界时的神奇的眼光，那么他身上的诗意情调又能保留多少呢。从知识的角度来看，科学技术知识是抽象的普遍的规范的知识，这种知识缺乏个性，缺乏具体的吸引力，诗人身上的这种知识多了反而会在某种程度上束缚了诗人的想象力，也会破坏诗人身上的那份个性，那份基于自发性的诗意。

　　下面是英国诗人蓝德的诗句。

第六章 诗人与诗意的分离、融合及诗意的种种表达

> 我和谁都不争，
> 和谁争我都不屑，
> 我爱大自然，
> 其次是艺术；
> 我双手烤着
> 生命之火取暖
> 火萎了，
> 我也准备走了。

诗人或普通人的诗意也体现在那份自然而然的无为里。在当今社会里，人们内心中的竞争意识或心理也在很大程度上削减了诗意。人们经常喜欢说所谓东方的诗意情怀，这其中或许有些道理。的确，在东方的许多思想之中，尤其是在庄禅佛的思想深处，都存有反对竞争的意味，都有一种无为的倡导。竞争是一种市场行为，是一种最典型的"为"之倾向。竞争是残酷的，遵循弱肉强食的法则。竞争缺乏诗意。诗意往往是反对世俗意义上的竞争的。

与此相关的还有占有欲，占有欲是市场心理的体现，这种心理会影响诗意。诗意常常意味着反占有，意味着重存在，并能用一种平静的眼光观赏着周遭的世间。波兰伟大的诗人米沃什写过一首诗叫《礼物》，就极好地表现了这种诗意的心境。

> 如此幸福的一天。
> 雾早就散了，我在花园里干活。
> 蜂鸟停在忍冬花上。
> 这世上没有一样东西我想占有。
> 我知道没有一个值得我羡慕。

诗人的价值之根

任何我曾遭受的不幸,我都已忘记。

想到故我今我同为一个人并不使我难为情。

在我身上没有痛苦。

直起腰来,我望见蓝色的大海和帆影。

西川　译

人们的那种游戏状态也常能展露诗性,或者说那种游戏状态具有很浓的诗意的性质。许多哲学家认为,审美就是一种游戏。有许多类型的诗人也是属于游戏者。他们拒绝繁复驳杂,尽可能地保持自己的单纯的生活信念与心态,沉醉于自己的感觉与想象的世界里,在那片天地里,他们快乐、自由自在、随意。他们的性格像个未经世事的人,他们拒绝将自己弄得很世故。老子说人应该"复归于婴儿"庄子说人应该经常性地"游心于物之初"说的也是这个意思。

四　诗人与诗意的艺术表达

如前所说,广义的诗人也包括各类富有诗意的艺术家。诗意在各种门类的艺术里也都可得到明显的体现。诗意的艺术表达主要和那些艺术家的创造有关,涉及的是那些诗人艺术家。诗人艺术家遍布许多艺术门类。艺术与诗意就像最亲密的姊妹般亲近。在种种艺术的表达形式里,诗意有时更得以尽情地显露。音乐、舞蹈、雕塑、建筑、绘画等艺术形式之中都可蕴涵那种浓浓的诗意情调,尤其是音乐、舞蹈、绘画等更能将诗意直观地表达出来。

我们来看看莎士比亚观察舞蹈时的感觉。他在《冬天的故事》中间接地谈及了他看舞蹈时的感受:

第六章　诗人与诗意的分离、融合及诗意的种种表达

当你跳舞的时候，
我希望你是
海中的一朵浪花，
永远那么波动着
再不做别的事

你从中能够间接地感受到舞蹈之中所表现出来的那种基于美的诗意。这是一种能够唤起人们美之情绪的诗意。不过，相比较而言，传统舞蹈比现代舞蹈更具有诗意的色彩。现代舞蹈的感官色彩太浓，节奏感太强，旋律意味淡化，这就在某种程度上削减了舞蹈的诗意性质。由于现代舞的感官性质强，内在的旋律韵味较少也可以说是诗意较少，因此这类舞蹈家基本上不属于我们所说的"诗人艺术家"。

在音乐领域，诗人似的艺术家更多。诗意的艺术表达也尤其通过音乐形式表达出来，因为音乐和其他艺术形式相比，更能深入人的内在的心灵。有时人们费了心力用文字表达出来的意境，还不如几个音符的组合所能传达的诗意浓厚。好的音乐更能触及人们的渴望诗意的内在心灵，正是在这种意义上，有人把音乐称之为"天使的演说"，也正因为音乐和灵魂相连。有人才说音乐之美是上帝的微笑，音乐是上帝的声音。同舞蹈一样，古典音乐同现代音乐比较起来更具有诗意。现代音乐感官成分多过于躁动，这和诗意所要求的自然、充实、意义、和谐、宁静、神秘等相悖。

英国诗人济慈在《希腊古瓮颂》也谈到了音乐：

听见的乐声虽好，但若听不见
却更美；所以，吹吧，柔情的风笛；
不是奏给耳朵听，那会更动人，
它给灵魂奏出无声的乐曲；

诗人的价值之根

由此可看出，济慈认为深刻的诗意和真正的美都是指向寂静的，都是属于寂静之声，而那种充满韵味的寂静之声恰恰可以通向内在的心灵，通向我们灵魂的深处。这和中国古代的老庄思想是一致的，在《庄子·知北游》中有所谓的"天地有大美而不言"之说，讲的也是无声之中的大美。中国古代的美学也讲究所谓的"象外之象"或"韵外之致"。

不是所有的艺术表达都具有诗意的，只有那些能够感染我们的内在心灵的艺术才有可能拥有诗意。只有那些具有创新感的艺术也才谈得上有诗意，还有那些充满独到的发现的艺术，也能传达出诗的情思。关于诗意的诗的形式表达自然也可表露诗意。诗人用诗歌形式去表达自己的思想、情感以及对奥秘世界的领会，这更是诗意传达的更为集中的领域。关于诗意的艺术表达，我们还想补充两点。

和直白华丽相比较而言，艺术中的诗意更多地来自其含蓄温婉朴素的风格。

从文化的高度来看，一个民族尤其需要那种能够展现深刻诗意的诗人，这对于改造一个民族的精神气质非常重要，但这类诗人通过是很少的。我们中国目前尤其缺乏这类诗人，也包括各类诗人艺术家。诗人艺术家经常喜欢运用含蓄的表达手法，在那种充满含蓄感的艺术表达中，似乎总会蕴藏着一种诗性的东西，而且和一种素朴的风格相对应。不管这种艺术表达属于哪个门类，它的含蓄、温婉而素朴的风格与诗意之间通常存有密切的关联。

在中国的古代文论画论中似乎都特别强调艺术的含蓄。在那种充满含蓄感的曲折悠远中，诗意与美得以尽显；含蓄也更能显示精神的韵味，更能流露深邃的旨趣。宋代姜夔在《白石道人诗说》中就说：

语贵含蓄。

第六章 诗人与诗意的分离、融合及诗意的种种表达

后来的严羽在《沧浪诗话》中也说：

> 盛唐诸人，惟在兴趣，羚羊挂角，无迹可求。故其妙处，透彻玲珑，不可凑泊。如空中之音、相中之色、水中之月、镜中之像，言有尽而意无穷。

严羽所描述的这种情形正是一种空灵玄远的富有诗意的境界。

这种对含蓄的追求表现在艺术表达上就常常演变成留白的艺术。诗意和艺术表现中空白在各种艺术形式中都喜欢运用"空白"来表达一种艺术境界，各类艺术大师往往也都是留白的大师，方寸之地亦显天地之宽。各类艺术中的留白都能显示一种含蓄的精神韵味，并能给读者留下许多感觉、想象与情感感应的空间。在中国传统绘画中，特别喜欢用所谓的"计白当黑，虚实相生"的手法，并常用一些空白或留白手法去表现画面中的水、云雾、风等景象，这种技法比直接用颜色来渲染表达更含蓄内敛，也更能激发观看者的想象力。后来此技法渐渐被用到了其他绘画中，意即我们所说的留白。

空白之感有时和诗意感相通。在音乐中也很注重这种看似空白的精神韵味。莫扎特说：休止符是世界上最美的音乐。在中国传统绘画中就特别强调"留白之美"。所谓此时无声胜有声就是这个意思。

在中国古代的美学视野里，素朴具有很高的美学品位。老子说：

> 见素抱朴。

古希腊哲学家芝诺说：

> 美是淳朴之花。

诗人的价值之根

中西古代的圣哲们都强调"朴素"。素朴对艺术很重要,尤其是对艺术中的诗意很重要。中国后来的美学都强调"淡""远""简约"等。这些都和艺术的境界有关,也是艺术中的诗意的关键。而这种素朴又和我们前面讲过的自然是同体的。各种艺术中的诗意与美就蕴藏在那份自然与素朴里。美国诗人狄金森在《美,不经造作,它自主》中吟唱道:

>美,不经造作,它自主
>刻意追求,便消失
>听任自然,它留存

这种含蓄的艺术所体现的诗意,也是需要人们去细心发现的。艺术不是宣传的形式,艺术是真理的表现。艺术的真理不会直白地表现出来,其往往隐藏得很深,让人们去体察与发现。

艺术中的诗意也有基于创新性倾向的。

创造本身就包含着诗性的基础;诗性的要素之一就是创造性。创造出有新意的东西,自然诗意会更加浓厚一些。有新意也是诗意的要旨之一,陈俗的艺术是不可能拥有诗意的,不管是哪个门类的艺术都是如此。但这类创新通常属于温和性的创新,而不属于那种强有力的创新。那种强有力的创新其独创性的程度太强,反而容易引起人们的排斥情绪,从而影响了诗意的显露。所以诗意的创新不是去刻意追求新奇感,而是一种自然而然的显现,如果你不想破坏诗意就一定不能发展到过于新奇的程度。

严羽在《沧浪诗话》中说:

>学诗先除五俗:一曰俗体,二曰俗意,三曰俗句,四曰俗字,五曰俗韵。

第六章　诗人与诗意的分离、融合及诗意的种种表达

过俗的东西，不管是属于哪一种，都不会带来真正的诗意。但过于追求所谓的标新立异——像当今的一些诗人所做的——也会损害诗意的精髓。我们需要的是真正的能给我们带来奇异感并能激发我们想象力的艺术。

五　诗人与诗意的思想表达

当今的一些诗人太重视感官或感官冲击了（所谓的诗歌"物质性""下半身"也属于此类情形），这一定会在某种程度上将诗人引入歧途。真正的诗人哪怕运用了众多的"意象"，那也是为了"韵外之致"，诗人经常就代表一种精神性韵味，代表基于心灵的奇异的想象力，或代表一种纯粹的情感力量，但"韵外之致"包含的还不仅仅是这些，其中还包含着深邃的思想。诗人也代表着一种独到地看世界的方式，代表着一种独特的思想与智慧，真正的诗作也会启发人们的某种智慧或思想。当今的诗人（尤其是指中国当下的诗人）似乎缺乏那种思想的深度与智慧性。

美国诗人弗罗斯特的《未选择的路》，它既是一首形象的能够唤起我们感情的诗作，同时也代表着一种思考，它就告知了我们一个生命的哲理。它激发了我们的想象力，也给了我们思想智慧方面的启发。

> 黄色的树林里分出两条路，
> 可惜我不能同时涉足，
> 我站在那路口久久伫立，
> 我向着一条路极目望去，
> 直到它消失在丛林深处。
> 但我选择了另一条路，
> 它荒草萋萋，十分幽静，

显得更诱人，更美丽；

虽然在这两条小路上，

却很少留下旅人的足迹。

虽然那天清晨落叶满地，

两条路却未经脚印污染。

啊，留下一条路等改日再见！

但我知道路径延绵无尽头，

恐怕我难以再回返。

也许多年后在某个地方，

我将轻声叹息将往事回顾；

一片树林里分出两条路——

而我选择了人迹更少的一条，

从此决定了我一生的道路。

　　诗人是用形象的语言与场景说出一种思想，一种智慧性的思考，伟大的诗人也可以以形象思想家的形式出现的。反过来看，有些身怀理想、情感与智慧的思想家、理论家或许更有资格被称之为"诗人"。当然这不是指那些只会搬弄理论教条，搬弄僵死的概念辞藻的所谓思想家、理论家，这种类型的思想家理论家和诗人观念相去甚远。我们这里所说的诗人思想家或理论家，是指那些真正关心人的精神世界与心灵的思想家，他们的理论充满了动人的理想，为人类的心灵与灵魂着想，给人类的心灵带来某种方向与希望，他们也以自己的思考给人类的灵魂带来了某种光芒与充实感。

　　这些诗人思想家或理论家们的理论基石不是严密的逻辑与实证科学，不是浩繁僵硬的论据材料，不是冰冷的历史规律。这些都不是诗人思想家或理论家思考的重点，他们的理论基石是一种精神理念，是能给人类生命

第六章 诗人与诗意的分离、融合及诗意的种种表达

带来希望的精神理念，他们建立这些理论的目的与方向是人类生活的价值感，人类内心的意义感，以及人类体验中的美好感等。不仅宗教、哲学理论等可以是富有诗意的，社会学理论的整体也可以是富有诗意的。莫尔因为《乌托邦》一书被推为为空想社会主义的代表。正是在他的那种空想之中，蕴涵着他的关于理想社会的理念，而这种理念使其著作具有了诗意的基础。

古希腊哲学家柏拉图在《斐多篇》中说：

哲学是最高雅的音乐。

印度诗人泰戈尔则说过：

哲学是观察的艺术，是思想。

那些具有浪漫主义倾向的哲人会说诗哲本来就是一体的，哲学和诗是可以接近的，尤其在哲学的那种沉思中蕴涵着诗意。而当今的诗人由于过于迷恋现实的种种要素，过于迷恋诸如"身体性"之类的东西，并染上了过多的喜剧性，因而缺少那种深沉的思想性，缺少那种智慧色彩。

真正的诗人通常都是充满闪光的思想的，也会以自己独有的方式展现自己的思想，并会因为这种展现而显示出某种深刻的智慧色彩。我们这里所说的智慧不是现代世界里的那种学究气十足的理论形态，这种所谓的智慧更偏重于技术性的方面，越来越缺乏符合人类心灵性色彩，诗人的智慧来自那种基于思想的艺术性，而基于智慧的诗意恰恰是思想的韵律之一，也是思想艺术性的一种表达。

我们常说，理论是灰色的，生活之树常青。事实上，生活常常是灰色的，而那些诗人栽种的富有诗意的理论之树才是常青的。我们的现实生活

的灰色常常让我们沮丧,即使有一些诗意的印迹,也很难长久存留,而那些包含着精神理念希望之光的理论,那些包含着人类深层的精神梦幻的充满智慧性的思想,因为其能影响人们的心灵却可永葆常青。诗人的思想恰恰是建立在生活是灰色的感觉基础之上的,尤其是那些诗人哲学家,诗化倾向很浓的宗教哲学家,他们的哲学就是要让人们走出现实生活之外,向着更大的世界眺望,并从那种眺望中找到生命意义的源泉。

不管对哪种类型的诗人而言,那种来自思想的诗意都是和那种沉思式的生活态度有关。

诗意与哲思有着同一源头。那些一流的充满沉思感的理论本身就有音乐般的旋律,尤其是基于沉思的哲学,它关注人的命运,关注人的精神幸福,并满足了人们的精神向往与梦幻,其本身就接近诗歌。这些哲学理论本身就始于对生命的惊奇感,对人类未来的命运怀有一种探索的态度,等等。

六　深刻的诗意及诗人的创作追求

前面我们已经说过,当今诗人的生活、创作和诗意之境有一种分离的趋势,也就是和精神的充实、自然、和谐、意义、宁静的境界有一种分离的趋势。我们这里需要补充的是:许多诗人的实际创作追求和诗意性也常常是相悖的,现代诗人甚至故意淡化诗中的诗意性,尤其是对于当今的诗人而言更是如此。当今的诗人创作诗歌更多地追求新颖性,不会刻意营造使人乐意沉醉其中的意境,以满足人类人性的某些弱点。大多数诗人的创作追求都和艺术个性有关,他们追求的是某种独特的让人惊异的诗歌表达内容或形式。就一般的情形来看,诗意有整体性的特点,通常显露在诗歌意象所造就的整体的氛围里,其形式的个性色彩有时并不是很鲜明。

德国著名哲学家海德格尔在其谈论"诗意地栖居"思想时引用了荷尔

第六章　诗人与诗意的分离、融合及诗意的种种表达

德林的一首诗，名叫《远景》。可能在海德格尔看来这首诗能体现他的关于"诗意"或"澄明状态"的思考吧。在他看来诗意是澄明的，那种"澄明"就如同我们置身于充满阳光的林中小路之中。

> 当人的栖居生活通向远方，
> 在那里，在那遥远的地方，葡萄季节闪闪发光
> 那也是夏日空旷的田野，
> 森林显现，带着幽深的形象，
>
> 自然充满着时光的形象，
> 自然栖留，而时光飞速滑行
> 这一切都来自完美；于是，高空的光芒
> 照耀人类，如同树旁花朵锦绣。

荷尔德林属于德国的狂飙突进时期的浪漫主义诗人。浪漫主义诗人的创作通常追求诗意的境界，我们也经常被浪漫主义诗歌迷人的深邃的气氛所感染。现代主义以及后现代主义的许多诗人就与这种艺术追求有所不同，他们更多追求的是诗歌艺术的个性、新颖性、独创性，并经常打着当代性或真实性的旗号。为了这一点，他们甚至故意反对诗歌写作中的所谓的诗意性，这其中最突出的姿态之一就是反对自然的态度。他们试图消除笼罩在自然之上的魅力与光晕。在实际的创作中他们回避用大自然的意象来表达情思。

弗朗西斯·汤普森，在《天狗》这首诗中就直接描绘了对他自然的幻灭感：

> 自然，可怜的继母，并不能消除

诗人的价值之根

我的干渴，如果她承认我，那么

请放下那遮掩胸部的蓝天的纱巾，露出

她温柔的乳房——

但她却没有一点乳汁滋润我的

焦渴的嘴。

后来到了现代主义诗人以及后现代诗人登场的时候，他们对自然的这种幻灭感更加严重了，因而在他们的实际的创作中，更是有意避开自然及其自然意象，试图抛弃那种让人迷恋的诗意的东西，并刻意地去展现与此不同的世界——赤裸裸的原貌的人类真实生活以及赤裸裸的欲望的真实等，在风格上，他们追求陌生感、疼痛感、恶心感等，这些尽管真实但有点扭曲的感觉自然不能给人带来诗意的想象。当现代主义、后现代主义诗歌创作在某一段时间成为主流的时候，诗歌写作与诗意倾向分离得更加厉害，而且这种趋势似乎也变得越发明显。

诗意之境是人类心灵梦幻的一部分，其能给人带来充实、和谐、圆满、宁静的感受，能给人的心灵与生命带来充实感与意义感，那么为什么后来的许多诗人在自己的实际的诗歌创作中放弃了这种追求，甚至故意反其道而行之呢。我想这其中的原因有二：一是所谓诗意的境界很容易形成模式，从而在精神上变得肤浅，最后可能演变为一种大众化的肤浅的趣味，演变为满足人性廉价幻想的形式。一个诗人自然要避免使自己的创作陷入这种境地。二是诗人追求艺术个性的需要造成的。我们日常生活中的所谓诗意通常是没有多少变化的老面孔，和诗中所表达的具有新颖感诗意不是一回事，甚至截然不同。因此即使就诗意本身来说，我们也可将之分为肤浅的与深刻的两种。从更加长远的历史长河来看，真正优秀的诗人在他们自己的创作中都不会一概地反对诗意，尤其是那些具有古典情怀与浪漫情怀的优秀诗人，他们更不会刻意地回避这些，他们只是追求深刻的诗

第六章 诗人与诗意的分离、融合及诗意的种种表达

意,避免肤浅的那一种。他们不会单纯地为了那种诗意的气氛牺牲诗歌艺术的个性与独创性。

亚诗人以及日常生活中的普通人则有追求肤浅诗意的倾向,这种倾向和真正的诗人所追求的那种诗意甚至有着本质的不同。这个经常会造成人们观念上的混淆:似乎诗人和普通人一样都追求这种肤浅的美,岂不知美跟美不同。所以当一个好诗人也意味着和我们的肤浅的本性作战,当他进入诗人的创作角色之时,那也就意味着要和普通人的一般的心理喜好保持某种距离。一个普通人通常会迷恋那些给他们带来快乐的氛围,尤其是具有自然背景的那种所谓的诗意的氛围,这种倾向深嵌在人们的本性里。要想成为一个好诗人就必须克服我们人性的一些弱点,将独创性的思想与感受带入到诗的创作之中。

但肤浅的诗意也是诗意,如果我们不从艺术的角度严格要求的话,如果我们把着眼点局限在生活范围里,那么这种诗意也能给人的心灵带来某种快乐与意义感。"风花雪月"的趣味也是一种诗意的趣味,还有"花前月下"等都只是一个比喻性的说法,用以说明那种脱离人类的深厚的生存的一种优雅的趣味。所谓的小知识分子的趣味或小资情调说的也是这点。事实上,中产阶级和大资产阶级也是这种情调。无产阶级由于受到生存的挤压,没有心情去玩赏这种优雅的趣味。"优雅"和资产常常联系在一起,随着中国人的生存温饱的问题的解决,这种趣味会越来越受欢迎。粗鲁、粗糙的趣味和无产、穷困有着密切的关系。

那么深刻的诗意与肤浅的诗意的区别在哪里?它们之间的不同具体说来有以下三个方面。

1. 深刻的诗意具有个性色彩

那些优秀的诗人所追求的诗意通常都属于深刻的范畴,平庸的诗人则贩卖廉价的肤浅的诗意。深刻的诗意和新颖性并不冲突,通常还拥有独特性,充满了诗人的独到的发现,能给人以奇异感、惊奇感,并唤起了人们

新鲜的想象力。肤浅的诗意是模式化的,是经久不衰的老套路,用以满足人性的肤浅的幻想与需求。这种老套路通常也都是有"诗情画意"的,通常关乎自然背景,柔和的温情的面纱,等等,并蕴涵着一种淡淡的伤感。深刻的诗意则是充满独特感的,它会打破人们的那种似乎是凝固的习惯化的意识,不会陷入模式化与僵硬的状态,更不会充满克隆与模仿的印迹。即便有"风花雪月"的内容,也会给人以耳目一新之感。优秀的诗人通常会把诗意置于一种特别的生命场景中去展现,并能显示其个性。

2. 深刻的诗意并不有悖于精神真实性

诗人所追求的深刻的诗意和真实性是可以相容的,诗人创造出的诗意之境本来就不是为满足人们的模式化了的幻想,而是为了满足人们的更符合精神真实性的心灵需求,并带给人们以深邃的人生感悟。诗人追求的深刻的诗意和真实性经验并不必然发生冲突,诗人反而要避免那种看起来很美的虚假的廉价的模式化了的经验。真实性原则也是一些诗人遵守并强调的,或者也可以说他们追求立足于精神真实性的美之经验。他们是以精神或心灵真实性的名义反对那种看起来很虚假的诗意。他们追求立足于心灵真实的生活、生命与感受的诗性。

在有些诗人看来,真实性原则也是诗歌写作不能违背的重要原则,这一原则要求诗人去再现我们生活的某种真实复杂的场景。

我们来看一首英国诗人艾略特的早期诗歌《序曲》(节选)。

>冬夜带着牛排味
>凝固在过道里。
>六点钟。
>烟腾腾的白天烧剩的烟蒂。
>而现在阵雨骤然
>把萎黄的落叶那污秽的碎片

第六章　诗人与诗意的分离、融合及诗意的种种表达

> 还有从空地吹来的报纸
> 裹卷在自己脚边。
> 阵雨敲击着
> 破碎的百叶窗和烟囱管，
> 在街道的转弯
> 一匹孤独的马冒着热气刨着蹄，
> 然后路灯一下子亮起。

这首诗用几个普通真实的意象，展现了黄昏时的城市街景，也借此暗示了诗人的内心。立足于精神的真实性原则也是一种混杂的原则：在我们的真实感受里没有那种纯粹性，其大多包含了我们生命的种种对立元素，并将那些对立、矛盾的因素融于一身，我们的生存不会是简单的，而是包含着生命的种种挫折与暗影。深刻的诗意之境——那种充实、和谐、宁静、神秘而又深邃的气氛——不是通过单一元素简单地体现出来的，诗人会把种种混杂的元素融于其中，让那些自然的宁静的和谐的元素和与之对立的深刻的元素相对应，比如，将纯粹的爱与死之阴影，深情之爱与生存的暗影的交织，等等。

3. 深刻的诗意往往蕴涵着独到的思想与智慧

那些伟大的诗人的诗作经常展现出深刻的诗意，那些诗篇通常包含着种种深刻的内容，这份深刻来自作品底部的深藏着的思想与智慧，来自诗人所特有的机智而又深沉的智慧之光。在那份深刻的诗意里蕴涵着对世界奥秘的领会与思考，并包含着某种普遍而持久的生存哲理。深刻而迷人的思想本来就可以拥有深刻的诗意，深刻的思想或智慧和深刻的诗意有时是相通的，具有让人类心灵着迷的共同性。

> 太阳，你是最绚烂的光源，

诗人的价值之根

你的光芒使天体熠熠生辉，

你不知疲倦地驰骋天际，

人间的岁月因你而循环来回。

〔英〕艾·瓦茨：《上帝赞美你们，日月星辰》

当代波兰诗人米沃什的诗很喜欢做这种思想的探索。他写过《希望》《符咒》《信念》《爱情》等短诗，探索人生中的让人困惑的许多侧面。

信念

信念这个词意味着，有人看见

一滴露水或一片飘浮的叶，便知道

它们存在，因为它们必须存在。

即使你做梦，或者闭上眼睛

希望世界依然是原来的样子，

叶子依然会被河水流去。

它意味着，有人的脚被一块

尖岩石碰伤了，他也知道岩石

就在那里，所以能碰伤我们的脚。

看啊，看高树投下的长影子；

花和人也在地上投下了影子：

没有影子的东西，没有力量活下去。

这类以思想或智慧见长的诗人爱对世界进行深入的思考，其中包含有诗人对神、自然、社会、人生的沉思，包含着他对世界的独到的领悟。这种诗意不仅给人们带来美好的感受，也扩大了人们的认识视野，并开启了

第六章　诗人与诗意的分离、融合及诗意的种种表达

人们的悟性。在某种意义上我们可以说，真正伟大的诗人都是哲学家，他们以诗的方式阐明对世界与人生的理解，并展现他们特有的哲学态度，反过来也一样，真正伟大的哲学家也都具有诗人色彩，他们以哲学的方式阐述自己对世界与人生的自由憧憬与想象，只不过诗人是以意象、情感与观念组成其特有的哲学的学说，而哲学家则以概念判断等理性形式组成其动人的诗篇。

第七章

诗人生活的内在性及其创造生机

　　尽管不同诗人常常有着不同的生活与创作倾向，诗人的生活也是丰富多彩的，但总体上来看，诗人的生命与精神状态不属于向外的类型，其生活方式也很少能被客体化——诗人不会把生活的物质性放在首位，也不会把社会化的社交这类放在生命的中心位置，诗人的生命与精神明显的有向内走的，并退守于内心的特点。在这个基础上，诗人的想象力才显得尤为奇异，其情感才更加纯粹，其感觉才更加丰富，又因为这些特性，他的经验常常不同于常人，他们对种种美尤为敏感，他们的爱通常带上更多的想象的意味，他们的精神很孤独，甚至演变为最终的死亡。

一　诗人生活的内在性

　　诗人也是人，在一般的生活状态中，他们同样要与种种物质、种种现实照面，这就难免使其带上人间烟火的味道。但同样不可否认的是，诗人的生命的根本点不在这些方面，总体而言，诗人最特别的地方是在内在性方向上，那种特别性具体体现在他们生活的想象性、情感性、感觉性等。

第七章 诗人生活的内在性及其创造生机

这同一般大众的基本上是外在性的生活面貌形成了鲜明的对照。诗人的生活以感觉、想象与情感为核心,尤其是对那些传统类型的诗人而言,内在的心灵性导向在他们的生活中占据着突出的位置。诗人的各方面的生活都更多地依赖自己的感觉、想象与情感的支撑,而较少依赖外在的物质性的种种因素。

前面我们引用过墨西哥诗人帕斯的一首诗《一个诗人的墓志铭》,为了说明诗人的生活内在性,现在我们将其再引述一遍:

> 他要歌唱,
> 为了忘却
> 他真实生活的虚幻
> 为了记住
> 他虚幻生活的真实
>
> 〔墨〕帕斯

这首诗看起来似乎有点玄奥,实际上他说的就是诗人生活的内在性问题。之所以真实的生活在诗人看来是虚幻的,就是因为一般人所说的真实生活都是指现实的外在的物质的生活,而被一般人认为的虚幻生活之所以对诗人来说是真实的,就是因为那种在一般人看来的虚幻性,恰恰是生活内在性的一种流露。

诗人的生活不同于日常大众的生活,似乎总有那么点失常的成分,有时甚至是神秘莫测不可理喻的。诗人生活的失常来自诗人生命的独特性,这种独特性和他们立足于生活的内在性有关,他们的生活取向不是指向外在的物质或社会世界,他们更喜欢从那种内在性中获得精神养料。诗人的内在世界是一片由想象、感觉与情感组成的世界;诗人对那个内在的世界

诗人的价值之根

充满向往与渴慕，或者说，诗人以精神性的生活为其根本点，而这种精神性生活和流行着的种种概念、常识或现实意识太多联系，诗人的精神性生活更多的是由感觉、想象与情感组成的，诗人的快乐与幸福感，诗人的孤独与悲伤等都与此有关。

从绝大多数诗人的历史上来看，那些真正优秀诗人的生活基本上是一种向内转的具有内在感的生活，这同时也就注定了外在的现实生活在他们的生活中不具有根本性的地位。德国诗人席勒甚至说：要在诗歌中永垂不朽，必须在人间灭亡。一个真正的诗人，他的生活的人间性不能太强，如果人间性太强就会影响他内心创作力量的聚集，诗人为了创造出足以影响人们心灵的诗歌，通常他们自己就不能过着那种外在性的生活，外在的人间性生活是那种偏于物性的世俗生活。在中国有一种常见的说法或文学偏见，似乎真正的诗人也应该是现实的，好诗人也是属于现实主义流派的。其所包含的言外之意就是诗人也要以现实生活为其根本，为了能写出反映现实的作品，诗人也要积极地投身于这种现实生活。

这种关于诗人与诗歌的创作观念很容易把诗人引入歧途。这倒不是说诗人不可以接触现实，"入乎其内"是必要的，但更重要的是"出乎其外"，这样诗人才能很有高致地写出真正的富有想象力的作品。其实，对那些优秀的敏感的诗人来说，现实世界通常具有一种异己性与疏远性，现实世界常常只是作为一种"形象"出现在诗人心中的，其在诗人的内心中的位置是非根本的。诗人可以有一般的现实感，但他的主要精神方向与动力却不能扎根于现实世界。

> 实际上我算不了什么诗人，
> 只不过偶然爱上了押韵，
> 更谈不上任何学问，
> 可是，那又有什么打紧！

第七章 诗人生活的内在性及其创造生机

> 只要诗神的秋波一转，
>
> 我就要浅唱低吟。
>
> [英] 彭斯：《致约翰·拉布雷克书》

但为了等待诗神光顾的那一刻，为了能够很好地浅唱低吟，诗人必须在那种内在性的生活形态中积蓄自己的创作心境或创作能量，等待着那个恩惠时刻的到来，为此他们往往在现实的外在的生活之中付出了很大的代价。我们在下面将从诗人与美，诗人与爱，诗人与孤独，诗人与知识，诗人与死亡等方面更加具体地说明诗人生活内在性特征。

二 诗人与美

美与诗人之间有一种天然的深刻的精神关联，美对真正的诗人来说永远是第一重要的。可以说，真正的诗人都是美的最忠实的爱慕者之一，甚至可以反过来说，那些对美有着持久之爱的人都具有诗人的气质。当然这里所说的美主要不是指那种所谓的客观的美，而更多的是意指诗人的想象、梦幻与情感之中的美，诗人对这种美之爱慕甚至已达到信仰的高度，而优秀的诗人通常更多的是用情感来信仰的。诗人的情感信仰对象与其说是神，不如说是美，更准确些说是那种能显露神性的美；美是传统类型诗人心灵渴望的一个核心。也可以说，这类诗人的宗教就是美之宗教，在这些诗人心里美之中包含着神性，而神性正是通过美显露出来的。

诗人内心更为信靠的与其说是那种神性，不如说是依存于自身感觉、情感与想象所产生的美。这种包含着神性的美以及其由这种美激发起来的美的幻影在诗人的精神生活中占据着很重要的位置。在诗人的这种信仰中，美及其美之梦幻具有至高无上的地位，他们对这种美通常都有着深深

诗人的价值之根

的依恋,尤其是那种包含着神秘要素的美,更能牵动他们的灵魂。他们相信基于美的精神或情感生活高于基于物质的世俗生活,相信基于美的内在的精神性情感生活高于基于物质的外在的客体化生活。

> 我记得那美妙的一瞬,
> 我的眼前出现了你,
> 犹如昙花一现的幻影
> 犹如纯洁之美的精灵

[俄] 普希金:《致凯恩》

> 啊,美呀,在爱中找你自己吧,
> 不要到你镜子的谄媚中去找呀,
>
> 少女呀,你的纯朴,如湖水之碧
> 表现出你真理之深邃

[印] 泰戈尔:《飞鸟集》

借助于感觉、想象力与情感的力量,诗人经常产生由美所激发的昙花一现的幻影。诗人尤其是那种虚幻之美的崇拜者与倾倒者;诗人常为那种美之中所蕴涵着的奥秘所苦恼所着迷;诗人通常都有一颗渴望美的灵魂;诗人的浓烈的情感与幸福感通常也是由美带来的,或者说是由美所激发起来的。诗人心中的美不依赖客观对象的物质属性,而是更多地依赖感觉、情感与想象,那些最终生成的美之幻影较少依赖于对象的客观化特质,而更多的是从诗人内心生成的,那种美之意境可能有点虚幻,禁不起理智的

第七章　诗人生活的内在性及其创造生机

推敲，但诗人还是忠实于自己独特的感觉与想象，忠实于那种昙花一现的幻影，忠实于那纯洁之美的精灵。

诗人的许多幸福感正是来自对美的凝视及其所带来的体验。从泰戈尔的上面的几句小诗中，我们看出，诗人心中的美简朴而富有音乐性。诗人的幸福可以很简单：只要能保持那颗神秘而敏感的心灵状态，只要能保持那份活跃的想象力，他就可从世界上哪怕是最简朴最简单的事物之中汲取幸福之源。黄昏的微弱的光线，远方的地平线的轮廓，大海的蔚蓝色，一朵精巧的蒲公英等都可许诺给他充实与幸福，都可成为他的幸福的保证。

> 当杂色的雏菊开遍牧场，
> 蓝的紫罗兰，白的美人杉，
> 还有那杜鹃花吐蕾娇黄，
> 描绘出一片深广的欢欣图景。

〔英〕莎士比亚：《爱的徒劳》

尽管这种美之幻象激起的幸福感短暂而没有持久性，并常常给诗人带来失落感、忧郁与悲伤，但真正的诗人还是忠实于那份主观的美，忠实于那种由感觉与想象创造出来的幸福。这份幸福在别人看来或许极不真实。但这份依靠感觉与想象创造的美与幸福经常不太稳固，而且常常转瞬即逝，这也是诗人的经常性的悲伤之所在。诗人的那种悲伤来自他梦幻之中的美，来自那种梦幻之美的脆弱性，来自美之幻影的突然出现而后突出消失。诗人的伤感和这种远去的美之背影有着密切的联系。

当今的一些诗人或诗歌流派在许多方面试图颠覆传统的诗人观念，这其中包括诗人与美的那种关联，他们试图割断诗人与美的那种天然联系，并生硬地把诗人与丑、扭曲、暗影挂起钩来，他们似乎认为美是不真实的，甚至是肤浅的，他们喜欢打着前卫性、先锋性之类的旗号。其实，他们的前卫或先锋更多地体现在语言的翻新上，但我们认为丑并不比美更真实或更深刻，那种立足于美之意识的前卫与先锋或许更有诗的价值：用更新颖更独特的方式展现美，这同样可以是前卫的或先锋的。诗人在诗歌领域中的先锋与前卫应更多地体现在表达方式上，而不是更换诗歌的基本方向上——诸如不是把美从诗歌领域里驱赶出去。

其实仅立足于丑、扭曲与恶的这类作品或这类诗人不可能具有持久的价值，他们只具有短暂的调节价值——使人们可以短暂地更换调节一下诗歌艺术的口味——就像种种一闪而逝的文化现象一样，大多数此类的所谓的先锋诗人与作品都不会获得长久的精神认同，更不会赢得长久的精神影响力。公正的时间也不会站在立足于丑或恶的先锋作品或先锋诗人一边。相反时间的长河往往是这类诗人及其作品的最自然的冲刷者。

在真正的诗人看来，丑、恶、暗影等如果不与美、善、光明相映照，它就不可能赢得深刻的精神性韵味，更不会具有持久的精神价值；有持久精神价值的只有美或者是与美联系的真与善。甚至可以说这种真、美与善创造了宇宙的和谐的秩序。英国18世纪伟大诗人亚历山大·蒲柏说：

> 所有的自然之物，是人类未解的艺术
> 所有的偶然，都有看不见的方向
> 所有的不和，是和谐未被人领悟
> 所有的小恶，是大善的另一种模样。

这种精神胸怀才是真正诗人的胸怀，这种思想与意境才能展现诗人的真正价值，并使其作品对人们的思想与灵魂产生影响而长久地流传。当今的一些诗人似乎热衷于挖掘"恶"与"丑"的价值。法国诗人波德莱尔的诗集的名称就叫《恶之花》。但事实上，他只是起了个招人耳目的名字，其诗集的大部分内容并非如此。

三 诗人与孤独

真正的精神优秀者似乎总是孤独的。和一般的合群的动物——比如羊——相比，狮子看上去总有点孤独的意味。公元前4世纪，亚里士多德就曾发问道："为什么所有在哲学、诗歌或艺术领域的人都是忧郁的呢？"事实上，在哲学、诗歌或艺术领域的优秀者，常常是既忧郁又充满孤独感的。哲学家与诗人的忧郁和他们的孤独的处境有关。这种忧郁与孤独，除了一些社会的性格上的原因外，大多是出自精神上的优秀与独特，换句话说，真正意义上的诗人的孤独恰恰能显示其精神的独特与优异。

人类的一般本性是喜欢交往的，人就是最喜欢社交的动物物种之一，人们可从这种交往中获得乐趣、安慰、保护与价值肯定。如果我们逆这种倾向或天性而动，就会受到种种的惩罚。但与喜欢社交者与合群者相比，孤独者在精神方面通常具有优势，而那些喜欢社会交往的人，合群的人，他们往往会因为那种交往减少了精神方面的凝聚力与活力。这些人可以去从事商业或政治等社会性较强的工作，但却很难去从事那种纯精神纯心灵性的工作，比如研究哲学、创造音乐、诗歌等活动。

叔本华说：孤独是精神优秀者的命运。他在《人生的智慧》中还做了进一步的解释，他说一个人内在所具备的愈多，求之于他人的愈少——他人能给自己的也愈少。所以人的智慧越高，越不合群。英国科学家赫胥黎也说过类似的话，越伟大、越有独创精神的人越喜欢孤独。

德国哲学家施蒂纳也说：孤独是智慧最好的乳母。

天才诗人似乎都是孤独的，他们通常不善于与人交往，或者说交往得不很成功。可以说，孤独成了诗人的某种标记。诗人常常会和周围的世界格格不入，常常会和周围的人、观念等处在冲突的状态中，这就常使诗人

诗人的价值之根

习惯性地退缩于自我构造的那个精神世界里，那是一片内在的世界，是想象力的王国，是纯粹的情感的王国，在这片精神的王国里，诗人自由而充实。在那片充满孤独感的氛围里，诗人体验到了精神的自在感与完整感，在那片孤独里，诗人借助于想象力尽情地与种种有限世界无限世界沟通，并领受来自无限世界的启示。那些孤独的诗人更能领会种种形象背后的奥秘，诗人的孤独有助于他们与无限、永恒与绝对世界相连接、相沟通。事实上，诗人的那份孤独感正是精神与诗意的推动力之一。诗人那种孤独的处境常常对他的创作产生某种正面的影响。诗人的追求奥秘、奇异感与独创性的精神特性也决定了他的孤独的处境。

细分起来孤独事实上可分为好几种类型，诗人的孤独也是有所不同的。

有的属于所谓的形而下的孤独。为某种现实的具体的利益的纷争所造成的孤独处境。这种孤独不具有很强的精神特性。这种因为现实利益的争战而生的孤独也会使人产生的不合群，但这种孤独通常不会产生精神方面的动力，也很难产生精神方面的果实，倒是有可能产生种种破坏性的行为。

还有一种是所谓的形而上的孤独。这是诗人的真正的富有精神感的孤独。诗人被一种特别的精神所引导所涵盖，或者说为一种特别的精神所照亮，他沉醉在那种被特别精神所照亮的生活境界里，诗人的那种特别的精神向往里包含着某种更高的精神奥秘。这种形而上的孤独很自然地会造成诗人的不合群倾向，毕竟他所追寻的所看重的和别人不一样。这种孤独里甚至有一种超验性色彩：弃世倾向或者说弃世主义，诗人的弃世是为了能够更好地从事心灵的表达，他们弃的是物欲横飞之世，飞往的却是无限世界或包含永恒色彩的国度。这种孤独经常表现在情感与精神感觉方面。

在诗人的这种孤独中，通常伴随着那种寂静的氛围。我们中国的古代

第七章 诗人生活的内在性及其创造生机

诗词中就有许多描写诗人孤独的名句。

众鸟高飞尽,
孤云独去闲。
相看两不厌,
唯有敬亭山。

李白：《独坐敬亭山》

乱山残雪夜,
孤独异乡人。

崔涂：《除夜有怀》

诗人的孤独和其心灵的宁静是相伴而行的，孤独有助于培养宁静的创作心境。那种孤独中的宁静对诗人创造出伟大的诗歌非常重要。中国圣哲老子说：

"致虚极，守静笃"
"归根曰静，静曰复命"

老子也像个诗人哲学家，他这短短的几句话，包含着天才的深刻的思想闪光，包含着对宇宙的深刻的洞察力。老子是深知万事万物的深层之理的，老子本人也像个基于思想的诗人，他是思想诗人，是以思想来写诗的诗人。宁静的内心对于各种诗人的创作都是非常重要的。那是诗人能够创造出天才作品的一个条件。

诗人的价值之根

里尔克在《给青年人的十三封信》中也特别谈到了寂静对写出好的诗歌的重要性。

高尔基也说：人只有在绝对的寂静之中才能更接近自我。

事实上，在孤独的寂静之中，诗人常常能够深入于事物的深处，体察其深处的秘密，在孤独的寂静之中，诗人也能深入于心灵的深处，体察人类心灵的奥妙。

诗人处身于孤独之中时还常常伴随着那种凝神沉思。

孤独可以使诗人更加集中地沉思问题。沉思需要某种气氛，需要孤独中的宁静。在那种孤独之中，诗人所受到的外界干扰较少，因而也就更容易把握思想的方向，思想也更为活跃，也更容易打破常规，显示出某种与众不同的特性。最具有独特性的思想通常都是在孤独之中沉思出来的。在那份孤独之中诗人最容易产生出不同凡俗的思想与意象。

托马斯曼说：

孤独会会促成我们的独创性，促成陌生而令人惊骇的美感，促成诗意。但它也会促成相反的东西：偏执、强横与乖谬。

我们再来看一首诗，诗名就叫《孤独》。

随着岁月的失去，我的内心越来越富足，
和青年时期不同，我再也不用像从前那样，
同每个新认识的朋友，都一见如故，
或者一定要用语言把思想塑成具体形状。

他们来也好，去也好，在我看来是一回事，
只要我能保有自我和坚强的意愿，

第七章 诗人生活的内在性及其创造生机

只要我有力量能在夏日夜晚爬上上去，
看星星成群涌过来，在山的那一边。

让他们相信我爱他们，爱得比实际还要多，
让他们相信我非常在乎，虽然我一个人行走，
假如能让他们得意，对我又有什么关系，
只要我本身完整，像一朵花或一块石头。

[美] 梯斯黛尔：《孤独》

现时代的发展几种趋势都是不利于那种完整性精神真理发现的，一种是越来越明显的物质的技术的方向，这个方向不利于诗性真理的获得或者说智慧性真理的发现。还有我们这个时代的民主与多元化的倾向，也不利于那种精神完整性的获得。在这个所谓的民主与多元化时代，人们更难坚守自己的孤独及精神的独特性，在这个讲究民主的时代人们要保持那种孤独的状态似乎更为很难。现时代的真理是属于大众的真理，大多数人的真理。这个时代就是公公和婆婆都可以诉说真理表达真理的时代。而大众或多数人通常对深邃的精神之理不太感兴趣，也不愿意去真正把握其奥妙。

四 诗人与爱情

爱情在诗人的生活中占据着很重要的地位，可以说，爱是诗人心灵生活的核心之一，也是诗人精神的象征与先导。真正的诗人都会被爱所缠绕，但他们的爱情大多数是非世俗化的，甚至说是非现实化的，其爱的形式更多的是建立在想象、情感与感觉的基础上的。许多诗人的情感经历似乎也证明了这一点：那份非世俗化的非现实化的情感似乎更能给诗人带来

诗人的价值之根

创作的灵感。但丁、彼得拉克、诺瓦里斯等诗人的爱情经历最能说明这一点。这种爱情是建立在诗人的那份梦幻与想象的基础之上的。这些诗人的爱的对象与其说是人间的女人，不如说是天上的天使，他们所爱的女人已被他们的情感与精神所放大，已变成了一个象征，最后这些被爱的女人几乎变成了他的精神宗教，那份爱里也蕴涵了种种宗教般的因素，爱变成了美之宗教。

英国历史学家汤因必在《关于人的命运》一文里曾说过这样一段话：

> 爱和贪欲都是欲望的一种形态，而两者所追求的目的则完全相反。贪欲要使宇宙从属于宇宙中的一个片断，而爱则是要把这一小片从属于宇宙。[①]

可以说历史学家汤因必所讲的这段话更像是诗人的爱的形式。在真正诗人的大多数爱情中都包含了无私的神秘主义成分。诗人的爱情基本上不是以欲爱为基调的，诗人也不可能是欲望的化身，这倒不是说诗人不可以有欲望，但那种欲望只是一座桥梁或过渡，最后还是会通向精神之爱。欲爱是一种基于感官的爱，其中会有感官的欢愉，但通常很难具有浓厚的精神性韵味，也没有那种情感上的神秘性。诗人的爱情通常都会带上一些神秘的心灵性色彩，并充满了梦幻般的激情。

那些带有浓厚的神秘浪漫色彩的诗人之爱通常有两个特点。

1. 诗人的这种爱是提升式的爱——爱变成了心灵与精神提升的运动

古希腊哲学家柏拉图很早就谈到过爱的阶梯性：真正的爱像登阶梯一样朝向精神的方向。诗人之爱似乎是更典型的。在许多诗人的生命中最美的爱情都是失去的爱情，是消失远去的爱情，那种爱很强烈但最终却远去

[①] 《世界名言大辞典》，广西人民出版社1996年版，第166页。

第七章 诗人生活的内在性及其创造生机

了。诗人没有能在现实时空里真正地得到他所爱的人。她们进入了他的包含着忧伤的想象世界，和诗人的思念渴望纠缠在一起。在这种想象、追忆与思念的催发下，他们所爱的人都被升华了，几乎脱离了感官的纠缠而成为理念的化身。

这些诗人的爱的过程成了一种精神不断向上的运动过程，是从感性开始的向着精神的运动，而不是相反的方向——下坠的堕入感性的纠纷与纠缠。所以在这种类型的诗人之爱中，人们常常能够感受到一种单纯的飞向天空的感觉，诗人描写的那种提升式的爱摆脱了感官的羁绊，进入纯心灵性的境界，这种爱能够抗拒时光流逝，进入纯净的理念世界。

> 爱不受时光的播弄，尽管红颜
> 和皓齿难免遭受时光的毒手；
> 爱并不因瞬息的改变而改变，
> 它巍然耸立直到末日的尽头。
>
> 〔英〕莎士比亚：《十四行诗——一一六》

有些诗人的爱情包含着浓重的神秘因素，那种爱似乎就是一种情感不断提升的运动的过程，就是逐渐摆脱其感性的因素的羁绊，向着更高的观念提升的运动，最后染上无限与永恒的色彩。在这个过程中爱就日渐摆脱了感性的因素的干扰，感性因素渐渐淡化，这种爱触及了普遍存在的核心。这样爱的过程就变成了一种精神净化的过程，最后这种爱几乎变成了一种象征，暗示某种包含着永恒感的神秘的精神。

2. 诗人的这种爱是扩展式的爱——爱变成了心灵与精神的向外扩展的运动

在诗人的爱情之中，情感是不断地向外扩展的——爱之情感从一个点

诗人的价值之根

不断地扩张,向着周围扩散,弥漫于周遭的事物,整个大自然似乎都被爱之情感所浸染。那份情感似乎可以"动太阳而移群星",诗人从其生存于其中的更为广阔的事物里看到爱之征象或痕迹,并从中领悟了宇宙的奥秘,走向更为普遍更为深邃的事物,指向无限,这种神秘的爱之中似乎蕴藏着宇宙韵律。

爱之对象唤起了诗人无限性的情感感受。在诗人的这种爱之感受中,大自然的因素是非常重要的。

> 我爱你,我爱的只有你,
> 我的爱永不熄灭
> 直到太阳冷却,
> 星星老去,
> 天谴书被打开。

〔美〕B. 泰勒:《贝都因之歌》

真正诗人的爱情似乎总是有点不同寻常,并充满了种种神秘主义色彩,诗人的那份神秘的感情常常引导诗人进入更为广阔的世界,甚至通向无限的远方,并指向普遍的存在核心。诗人对爱之中的神秘情愫的抒发与描绘正是人类的完美梦幻的体现,也可以说是精神的体现。或许人类的深层的心灵就需要诗人的那份神秘之爱,需要神秘之爱中所包含着的灵魂意识。一旦将人类情感中的这种神秘性倾向从人的心中彻底驱除,那么人心还剩下什么?几个由肉组成的机器零件的跳动?如果人类不知反省或许就真的会发生这种"异化",其后各种负面性的精神性影响都将会显现出来。

第七章 诗人生活的内在性及其创造生机

五 诗人与知识

当下的中国诗歌界有所谓的立场之争,即"知识分子写作立场"和"民间写作立场"论争。其争论的焦点之一就是:知识对诗歌写作有什么作用的问题,丰富渊博的知识对诗人写出好作品究竟有无贡献?其实,这个问题并不算新鲜,在历史上思想家、诗评家对此就是见仁见智的。通常那些灵感型的诗人与具有诗人气质的思想家倾向于否定知识的重要性。

早在古希腊,哲学家柏拉图就把诗歌创作和"回忆"联系在一起。在他的眼里诗歌创作和诗人所拥有的知识无太大关系,如果说有这种知识的话,那也属于先天就具有的可以回忆的知识。他的这些思想影响了西方后来者的创作观念,其后似乎也就形成了一个关于诗歌创作与知识无甚关系的认识传统。在中国,许多深受道家与佛家影响的诗观中,这种倾向也很明显:诗人的创作更多地来自"观道"、"悟"等,而和诗人所积累或掌握知识的多寡联系不大。

当代美国作家门肯也在《偏见集》中说:

> 诗歌和知识毫无关系;事实上,它与知识是不可调和的对头。它的目的不是确认事实,而是规避并且否认事实。[①]

把诗歌与知识彻底对立起来的观点或许有些太激烈了,毕竟诗歌是离不开诗人的各种各样的知识的支撑的,但他们的将诗歌创作与知识对立起来的思路依然给了我们某种启发。

---

① 支顺福等编:《外国名句辞典》,上海辞书出版社1993年版,第789页。

诗人的价值之根

够了，科学和艺术；

合上那不育的本本；

走出书斋，只带一颗

体察敏悟的心。

〔英〕华兹华斯：《情势已变》

　　强调知识是人类近代以来最流行最时髦的风尚，尤其是在当今世界，知识已成了某种偶像，成了力量与权力的象征。尽管如此，我们还是部分同意那种认为诗歌与知识无太大关系的观点：诗人起码应和当今的主流的知识形态保持某种距离。真正诗人的生活立足于内在性，基本上属于内省型的心灵生活，而不是那种知识性的生活。在一般的情况下诗歌创作成败的确和知识之树无太多关联，诗人的创作与生活常常和诗人的内在的生命之树一同生长，而和种种知识性的生活保持一定的区隔。这并不是说诗人不需要种种知识，但诗人所应掌握的知识和当今的人们爱谈论的那种知识有很多不同。当今社会是一个崇尚知识的社会，所谓"知识就是力量"的格言就很能说明当今人对知识的崇拜态度：这是一种近于奴隶式的态度。但这里所说的知识主要是指科学的理性知识，是指精确的规范性的知识，是类化的知识，是外在性的知识。这种类型的知识对诗人的写作几乎没有作用，也就是说当今人们爱谈论的知识，对诗人而言并不会成为创作力量的源泉活动力。

　　只有那种内在性的知识才是诗人应该着力去掌握的。诗人也是需要知识的，但诗人需要的知识与当今人们所崇尚的知识不同。诗人所应掌握的知识就如同诗人的个性一样，应是一种非常态的知识，是一种特殊的个性化的知识，是生动的独特的知识，这种知识通常和活生生的独特思想、同活生生的生命经验相联系在一起。在这一点上，诗人和学究有着本质的不

第七章 诗人生活的内在性及其创造生机

同。在某种意义上可以说，诗人的知识之路和学究的知识之路是相反的。优秀的学者通常还能进行特殊的知识探寻，并从那种探寻中获得知识的果实，为人类作出知识方面的贡献，而那些学究整天埋首于无个性的学问，皓首穷经，浪得博学的虚名，在当今社会更是演变为拼凑资料的能力。

诗人更需要的是有个性的具体的生动的特殊的充满情感性的知识，这种独特的知识看上去属于稀有类的知识，而不是那种书本上的类化知识。书本上的知识是人所共知的知识，缺乏个性与独特性，而缺乏个性与独特性的知识不会对诗人的创作产生真正的价值。"知识以稀为贵"，这在其他领域或许表现得不太明显，但体现在艺术创造、诗歌创造等方面，这一判断就表现出很强的真理性。换句话说，诗人更需要独特的富有个性感的感性知识来丰富启发自己的创造，对于那种以规范的类化的形式出现的知识，诗人并不是很需要。那些活的知识和诗人的内在生命内在生活交织在一起，和具体的生存体验，生活经历交织在一起。

那么对诗人来说，哪些属于富有个性的独特的稀有的知识呢？这大体上包含以下几类。

一是指具体的生活知识。具体的生活知识通常属于具有丰富性生动性与独特性的特点。在这一类知识之中，哪些又更为生动独特呢？当然同更为具体生动富有个性的生活类型相联系。比如，那些富有个性的处于生存或体验边缘化的生活知识比之一般的生活知识，就更能启发诗人的写作感觉。再比如关于人际交流的知识，关于爱与死亡的知识，等等。

二是独特的行业知识——这里尤其指古老的职业知识。这类知识由于更加贴近自然，贴近古老的生活形态，因而也更能启发诗人的创作精神。包括诸如农民种地的知识，海盗与妓女行业的知识，巫师通灵的知识，角斗士角斗的知识，等等。

三是生动的体验知识。这类知识包括那些看上去很神秘性的似乎是非科学的知识等。与自然沟通的知识,与冥界对谈的知识。和一棵树进行交流,和动物亲密相处的知识,等等。还有包括人的喜怒哀乐的知识七情六欲的知识,尤其是关于强烈的爱与恨的体验方面的知识,心灵宁静与空灵的知识等。

四是深邃的智慧性知识。这里主要是指关于精神觉悟方面的智慧性的知识,这类知识对诗人尤为重要,甚至我们都不能把这类知识叫做知识,这是一种内在心灵与精神方面的智慧性,需要诗人的特别领悟力,宗教、哲学等门类的知识可以帮助人们觉悟或开悟。比如,关于禅的知识等,关于佛的顿悟,对自然,社会与人生的深层道理的思考,等等。

六 诗人与死亡

死亡对于任何人都是一件重要的事件,而诗人之死似乎给人更加深刻的印象。在几千年之前,中国古代诗人屈原之死以及古希腊的诗人萨福之死都给世人以震撼性的印象,那似乎代表着中西早期诗人的面对死亡的态度,也就此暗示出"诗人"与"死亡"的某种潜在的联系,在以后的各个历史时期,世界各地的许多诗人似乎和死亡就有了更多的缘分,尤其是在西方世界这种现象体现得更加明显。"诗人之死"似乎成了一种重要的心理与文化现象。那么究竟为什么会有那么多的诗人选择死亡?他们那么义无反顾地赴死究竟代表着什么?现在有许多人从实证的角度研究这一问题,他们在研究创造性与精神不稳定间的关系。诗人正是属于创造力强而精神相对不稳定的一群人。肯塔基大学退休教授阿诺德·M.路德维希,他是这一研究领域的大师级人物。他在1995年所著的《伟大之代价:解析关于创造力与疯狂的争议》中说:大约20%的杰出诗人曾试图自杀,他所研究的所有职业的平均自杀率是4%,而一般人群的整体自杀率仅在1%左右。美国1975年出版了一份对420位重要作家的研究报告,表明诗人平均

第七章 诗人生活的内在性及其创造生机

比其他类型的作家少活 6 年。而这一结论无论是在古代还是现代、东方还是西方,都是一样的。

就部分诗人的死亡的精神动机来看,其可能含有一种现实的或政治的反抗意味,也含有理想未能实现后的归去心理,但综合而言,更多诗人的死亡包含着一种美学的色彩。对这些诗人而言,死亡并不令人恐怖,而是充满了美之意味——死之王国具有无限神秘的色彩,那代表着一个消失了的世界,或许还代表了诗人的某种隐秘渴望的最后实现。据说,中国当代诗人海子早就具有潜在的自杀愿望。这种死亡本能存在于他的深层的内心里,并经常性在他的诗中流露出来,他的死似乎最后满足了他在诗歌作品中一度表达的隐秘的愿望。

其实在大多数诗人看来,死亡既代表着肉体的终结,也代表着灵魂最后获得了某种基于美的宁静。那是一个无人回来过的王国,虽然也是一个让人战栗的王国。正因为如此,就人的一般本性来说,人是惧怕死亡的,对死亡通常都有一种莫名的恐惧,而那些喜欢沉思的哲人与具有丰富想象力的诗人却常常能借助这种沉思与想象的穿透力,把死亡的面目转换——将其看成为某种解脱,甚至把其当做一种美来理解。

斯蒂文斯说:

死是美之母。

对于一般人来说,这似乎有些难以理解:死亡能成为美的背景、来源与母体吗?美为什么会出自那种死寂?死亡的气息里为什么会含有那么多的诗意?而诗人却说:

死亡,你别得意,虽然有人称你,
伟大而可怕,你却并非如此。

诗人的价值之根

你以为已经摧毁的人
并未死去,你也害不死我。
你不过是安息与长眠
这样的快乐愿你多多恩赐。

[英]多恩:《圣十四行诗》

我多次想到死亡,
他可以给人安宁

[英]济慈:《夜莺颂》

多好的酬劳啊!经过一番深思
终得以放眼远眺神明的宁静!

[法]瓦莱里:《海滨墓园》

使生如夏花之绚烂
死如秋叶之静美

[印]泰戈尔:《飞鸟集》

死亡里或许包含着某些恐怖的元素,但那些诗人却克服了自己的畏惧心理沉醉于其中,对于现实的摆脱愿望与对死之美的憧憬终究战胜了畏惧的心理。那么究竟为什么有那么多的诗人迷恋死亡?死亡的迷人的一面究竟体现在哪里呢?或者说,对于诗人来说,死亡之美或死亡的魅力究竟来

第七章　诗人生活的内在性及其创造生机

自哪里？

根据上面诗人的诗句，我们可以看出，对诗人而言，死亡的魅力或死亡之美来自以下三个方面。

1. 死亡给人以安慰

人生在世，充满了种种劳碌与紧张，这些劳碌与紧张常常使人烦恼不堪，尤其是诗人更不堪其扰。黎巴嫩诗人纪伯伦写过一首诗叫《死之美》，其中就有一句：请让我长眠！我的灵魂已经尝够了岁月的辛酸。在经历了尘世的种种辛劳之后，诗人有时渴望摆脱世间的种种磨难，获得一种解脱，这时死亡成了安息之母，成了长久的睡眠或最后的觉醒。

2. 诗人认为死亡使灵魂获得了最终的宁静，并得以和更高真实相连接

在那种寂静的长眠之中，他与自然合为一体，与无限相连接，并获得了一种永恒感。如果他是个有宗教信仰的人，他也会认为死使人脱离躁动的罪恶的尘世，使他进入了神之国度，在那个国度里他享受着神的种种阳光的沐浴与荣光，因而死是美的。

3. 还有许多诗人把死亡和爱联系了起来

他们认为死可以成全爱。诗人里尔克就曾说过，只有死才能使人达到在无限中去爱一个人。只有理解了死，只有从死的角度，才有可能更加透彻地判断爱。这时死亡代表着无限，或者说通向无限。在那种死的宁静之中，诗人终于实现了与无限的沟通与连接。在那种永恒的宁静里，他更可感受到爱的无限性。

一些后现代主义诗歌在描写死时，和具有浪漫主义倾向的诗人的感觉有所不同。他们不对死亡做那种美妙的想象，而是着眼于探索其中的真实。

死

死是一门艺术，一切全都如此。

我做得尤为出色

我做了，所以它犹如地狱。

我做了，所以感觉它真实。

我想你们尽可说我在响应一种呼吁。

[美] 西尔维亚·普拉斯

附 部分诗人的墓志铭

1. 爱尔兰诗人叶芝的墓志铭是诗人晚年作品《班磅磗山麓下》的最后一句："投出冷眼，看生，看死。骑士，策马向前！"

2. 美国女诗人狄金森墓碑上只刻着的两个字："回话"。

3. 英国诗人济慈的墓志铭："这里躺着一个人，他的名字写在水上。"

4. 奥地利诗人里尔克的墓志铭："在如此众多的眼睑下，独自超然地安眠，也是一种喜悦"。

5. 中国诗人骆一禾的墓碑上，刻着自己的诗句："我的心是朴素的，我的心不占用土地。"

6. 黎巴嫩诗人纪伯伦自己写下的墓志铭："我就站在你的身边像你一样地活着。把眼睛闭上，目视你的内心，然后转过脸，我的身体与你同在。"

7. 法国浪漫主义诗人缪塞的墓志铭："等我死去，亲爱的朋友，请在我的墓前栽一株杨柳。我爱它那一簇簇涕泣的绿，它那淡淡的颜色使我感到温暖亲切。在我将要永眠的土地上，杨柳的绿荫啊，将显得那样轻盈、凉爽。"

8. 美国诗人佛洛斯特的墓志铭只有一行："我和世界有过情人的争执"。

9. 英国诗人雪莱的墓志铭是莎士比亚的诗句："他没有消失什么，不

第七章　诗人生活的内在性及其创造生机

过感受了一次海水的变幻,他成了富丽珍奇的瑰宝。"

10. 俄国诗人普希金的墓志铭:"这里安葬着普希金和他年轻的缪斯,还有爱情和懒惰,共同度过愉快的一生;没做过什么好事,可就心情来说,却实实在在是个好人。"

11. 古希腊悲剧诗人欧里庇得斯墓碑上是雅典人的讣词:"全希腊是欧里庇得斯的纪念碑,诗人的骸骨在客死之地马其顿,诗人的故乡是雅典。"

12. 英国诗人莎士比亚的墓志铭:"看在耶稣的份儿上,好朋友,切莫挖掘这黄土下的灵柩;让我安息者将得到上帝祝福,迁我尸骨者将受亡灵诅咒。"

第八章

诗人的创造力与诗的可分享性

　　真正优秀的诗人似乎都充满了谜一样的创造力，他们身上似乎都深藏着那种通向深邃与宽阔境界的无限性，似乎他们的那颗敏感之心接通了无尽的创造的源泉。诗人常常属于有限的世界，他们的创作经常受到种种束缚，以致无法展开自己的想象力与才情，但他们身上似乎又蕴涵着一种很神秘的无限性色彩，这种无限性色彩通常是在诗人的自发性状态中流露出来的。在生活与创作之中，诗人都有着强烈的自发性，在看似自然而然情境中，在看似随意无序的形式中，那种能够打动我们心灵的诗情就被展露出来。这种情形似乎有些矛盾乖谬，然而创造力就蕴涵在这种矛盾之中。

　　为了弄清诗人的创造力的本质，我们就要先搞清楚自发性、独创性与创造力之间的关联。自发性、独创性与创造力之间在精神的深层有相通的地方。自发性、独创性和创造力在其深层是一种互通体的关系，也是一种递进的价值形式，它们彼此互补、缺一不可。创造力是独创性精神基础，而自发性则似乎是一种与生俱来的禀赋与气质。

第八章　诗人的创造力与诗的可分享性

一　诗人的自发性倾向

诗人身上通常都具有一种自发性，这是诗人独创性与创造力的基础，没有这种来自心灵深处的不受外力干涉的自发性的创作愿望或创作冲动，任何独创性与创造力都无从谈起。

我国明代剧作家汤显祖在《玉茗堂文之五·序丘毛伯稿》中说：

> 天下文章所以有生气者，全在奇士。士奇则心灵，心灵则能飞动，能飞动则上下天地，来去古今，可以屈伸长短生灭如意，如意者则可以无所不知。

正是诗人身上的自发性冲动造成了诗人的那种狂放不羁的形象；他们内心中的那份混乱常常是他们自己无法抑制的，就像一片原始森林中的向着四处随意生长的枝杈，或者像一片随意流淌着的沼泽。但这份带着原始生命强度的自发性的混乱似乎又是必需的，在混乱中建造起来的和谐与秩序更能体现创造的意义。在优秀诗人的身上似乎都有这种充满野性的原始意味很强的生命冲动。这种冲动表现在创作上就是心思"飞动"。诗人需要这种不受约束的自在与自由，需要这种带有任意色彩的随意性，而真正优秀诗人的身上都蕴藏着丰富宽阔的自发性力量。

那些天才式诗人身上的这种力量会表现得更加突出与神奇，这种自发性力量是一种不假借外力的自主性的力量，其自我发动，其推动者是诗人的内心，并来自诗人的内心深处，诗歌作品正是从诗人内心深处自然而然地涌现出来的。对于那些天才诗人而言，似乎他们的内心里就有一座永不枯竭的不断喷涌着的源泉。说得更玄一点，我们可以说，诗人的那些自发性的念头是来自诗人内心深处的无限性，那种深藏在诗人内心的无限性似

诗人的价值之根

乎就是一个浩瀚神秘的精神海洋。

当代美国心理学家瓦诺·阿瑞提在《创造的秘密》一书中说：

> 人的自发性和独创性是通过意象、情感和观念的流露来体现它自己的。在这里，"自发性"意味着一个人的心灵所具有的一系列直感的可能性，它决定于这个人的内在品质以及过去与当前的经验。……如果一个平常人不怎么利用或者就不去利用这种自由的意念或观念——如果他仅仅是体验它们，或者哪怕是不加改动或很少改动就想把它们表达出来——那么他就不能被认为是有创造力的。[①]

一个诗人生命或心灵的这种自发性越强，就越有创造的潜力与冲劲，也就越有可能形成独创性。关于诗人身上所拥有的自发性，我们可以从几个不同的层面上来理解。

1. 自发性是一种富于创造性的直觉能力

诗人的自发性主要是指诗人身上那种近于本能式的直觉能力，以及在此基础之上形成的创造性想象或直接洞察事物本质的生命倾向。

诗人身上的自发性力量对创作的贡献是明显的；诗人似乎经常被一种莫名的力引导着。这种自发性力量是一种前意识的、前逻辑的力量，也可以说诗人的生活与创作更多地被古老的深厚的力量所支配，经常表现出种非理性的特点。诗人身上的自发性感觉具体包括直觉、幻想、联想、比喻、象征、冲动、激情与悠然自得等，此外还有只有诗人才拥有的那些特别敏感的能力——比如通感能力——也属于这种自发性。诗人的这种自发性的直觉常常能越过种种理性形式的束缚。

诗人似乎只是按一种无意识的集体表象本能地作出各种反应，很多冲

[①] S. 阿瑞提：《创造的秘密》，钱岗南译，辽宁人民出版社1987年版，第7—8页。

第八章　诗人的创造力与诗的可分享性

动出自于诗人内心中的深厚古老的力量。也可以说，诗人身上的自发性就是出自诗人对自己深层的本然力量的遵从。古代人或偏远的现代土著人比现代文明人更少受到外力的理性的约束，常常更具有一种自发性的特征，他们尊重自己的深邃的天性。在儿童和成人的对比中也很明显。这种自发性恰恰是现代文明渗透下的文化及其经验所欠缺的。现代人逐渐丧失了那份本然纯真的天性，丧失了其和古老的文化背景的相互融合的关系，人与其深邃的本然性相互疏离。

和其他种类的艺术家相比，诗人往往属于更加内省与主观化的类型，他们的自发性常常表现为和种种理性形式对立与冲突，或者说表现为对理性钳制的摆脱意向。优秀的诗人几乎都有某种反理性倾向或者说对理性的叛逆倾向。这些理性形式包括科学理性——分析、判断、推理、注释、逻辑等。诗人的创造性力量是一种近于本能的力量，需要摆脱科学理性的牵制。诗人需要摆脱的理性形式还有所谓的道德理性——道德观念、道德条规，道德戒律等。此外还有市场理性——交易、占有、价格、利润、赚与赔等的束缚。

诗人的自发性也常常表现为和种种社会性形式的对立。这种社会性形式体现为习惯、习俗以及群体意识、常规性、重复性、掩饰性等外显的特点。这种习惯与习俗往往会侵吞那种自发性的独特的感觉与意识。诗人的创造性力量代表的是一种自发自然力量，要避免被陈规陋习所浸染，避免被雷同化、社会化，那么诗人就要找到那种来自内心深处的独有的力量与感觉，就要敢于打破习惯意识对自己的束缚——尤其是我们日常经验的习惯不利于写出好的诗歌作品。诗歌的写作往往意味着突破自己内心的某种无意识的禁锢。一旦一个诗人丧失了这种自发性，那么独创性和创造力通常也就会跟着消失。

2. 诗人的自发性是通过意象、情感和观念流露出来的

不同于其他的拥有自发性状态的普通人（比如，原始人与儿童等），

诗人的价值之根

也不同于其他类型的艺术家（比如，小说家等），诗人的自发性意向及能力是通过意象，情感和观念等流露出来的。在那种不受约束的状态之下，诗的意象在感情的驱动下纷至沓来，进入诗人的心灵之中，诗人则自由地选取涌现在内心里的意象来表达自己的内在的情思或观念，诗人的这种写作过程虽然不可能排斥思想或理性的参与，但却不受明确理性目的的制约，或者说思想与理性的参与是在诗人浑然不觉之中进行的。只有这样诗人创作出的作品才具有一种独特性的面貌。

诗人的这种自发性倾向与能力——具体地到创作的实践之中——正是通过意象，情感和观念来实现的，正是通过意象，情感和观念流露出来的。根据我们的分析与综合，这种自发性倾向与能力具体体现在以下几个主要方面：

诗人的自发性体现在他的那种冲动与激情里。

这是诗歌创作的动力因素。诗人的自发性与创作冲动或创作激情相连，在充满强烈的创作热望的时刻诗人似乎被他们心中的意象、情感与观念彻底支配了，这里既包括他们对生活的超常的热情，也包括他们的灵感来临时的创造状态。在这份充满自发性的状态中，诗人被一种创造的冲动席卷而去，似乎创作是一种不由自主的行为。正因为如此，所以人们对诗人形成了一种较为固定的印象：诗人的情绪常常不够稳定。诗人之死，除了与他们对死之美的理解有关外，也和诗人的这种易冲动易被激情支配的因素有关。

诗人的自发性体现在他们的创作中就表现为心理的自由状态，包括创作过程中的自由的想象、联想与幻想等。可能所有艺术家在创作之时都需要这种自由自发的状态，但对诗人（包括诗人艺术家等）来说，这一特点表现得异常明显。自由的想象、联想与幻想等是诗人写出优秀作品的心理保证，这也诗人的精神生命核心之一。莎士比亚在《仲夏夜之梦》中借人物之口说：

第八章　诗人的创造力与诗的可分享性

> 诗人的眼睛在神奇狂放的一转中
> 便能从天上看到地下，从地下看到天上。
> 想象会把不知名的事物用一种形式呈现出来
> 诗人的笔再使它们具有如实的形象，
> 空幻的无物也会有了名字与居处。

诗人的这种自发性也体现在创作手法的自由运用上。诗人通常能自由地运用象征、比喻、隐喻、委婉及暗示等创作手法，并用来表现自己的创作意图。古希腊哲学家亚里士多德在《诗学》中说：

> 尤其重要的是善于使用隐喻字。唯独此中奥秘无法向别人领教。善于使用隐喻字表示有天才，因为要想出一个好的隐喻字，须能于不大相似的事物中看出它们的相似之点。[①]

3. 自由的、创造性的组合能力是诗人自发性的集中体现

诗人的自发性更为集中地体现在意象、情感与观念的自由组合上，意象、情感与观念的自由跳跃与组合更能展现诗人的自由的创作状态。在那种看似混乱的自由组合之中实际上包含着某种潜在的精神秩序。诗人创作中的那种自由跳跃，以及将意象、情感与观念以富有新颖性的形式组合起来的能力，就是诗人生命与精神自发性的最直接流露。诗人在诗歌创作中通常不会刻意地依照现实的时空次序来组合意象，而更倾向于用他们特有的意象、情感与观念的新奇组合去突破现实时空的限制，具体包括以下几点：

[①] S. 阿瑞提：《创造的秘密》，钱岗南译，辽宁人民出版社 1987 年版，第 175—176 页。

诗人的价值之根

a 诗歌意象、情感与观念在时间中的自由组合

诗人的这种自由的组合力打破了物理时间的种种秩序与限制。时间可以任意地被诗人的心灵穿插，诗中的时间是诗人心灵中的时间。希腊诗人埃利蒂斯在《断章》中说：

时间是飞鸟掠过的影子。

这句话或许应该改为：时间是诗人心灵飞动的影子。诗歌中的时间随着诗人的心自由地飞动。

b 诗歌意象、情感与观念空间型转换

空间也是如此，也是随着诗人的那颗自发性的心自由地转换。我们来看一首瑞典诗人托马斯·特朗斯特罗默《对一封信的回答》：

在底层抽屉我发现一封 26 年前收到的信。
一封惊慌中写成的信，
它再次出现仍在喘息。

一所房子有五扇窗户：
日光在其中四扇闪耀，清澈而宁静。
第五扇面对黑暗天空、雷电和暴风雨。
我站在第五扇窗户前。
那封信。

c 还有在创作之中，诗人自由地使外在的意象与内心的情感、观念发生交织，以表达某种特殊的情绪或意图

我们来看一首普希金的《夜》：

第八章　诗人的创造力与诗的可分享性

我的声音，对于你又颓唐，又欢喜，
搅扰了黑夜的沉寂。
一支孤烛悲哀地在我旁边燃烧；
我的诗流动，消隐，音响如潮。
这些爱的溪流如此拥着你流，
在黑暗中，你的眼睛幻异地向我引诱，
它们向我微笑，我又听到你神圣的声音，
"朋友……温柔的朋友……我爱……我属于您
……属于您"

戴望舒　译

前面我们曾谈到过诗人的忧郁与孤独。事实上，在那份看似单一孤独之境中，诗人恰恰可保持一种自发性，以及在那种自发性之中的自由的、创造性的组合意向，也可避免被陈规陋习所浸染，避免了被雷同化、社会化。一旦一个诗人丧失了自发性，那么独创性和创造力就会跟着消失，尤其是对那些天才般的诗人更是如此，他们在创作中的自发性一旦丧失，其诗歌作品的独特性就会受到影响。和诗人的自由的创造性的组合形成对照的就是那种刻意而为的雕琢类的行为。诗人的自发性是自由的自然的流露与倾泻，是自由的、创造性的组合，这和那种源自精神贫乏的刻意雕琢不可同日而语。

二　诗人的独创性追求

使诗歌作品具有独创性的面貌，这也是大多数诗人着力追求的，这种独创性的面貌也是诗人诗歌成就的标志之一。在中国古代诗人那里就有

诗人的价值之根

"语不惊人死不休"之说，独创性是建立在诗人的自发性倾向基础之上的，是自发性的一种递进的价值形式与尺度。当今的诗人在追求新鲜性、新颖性与独创性方面的动力还是蛮强大的，追求新鲜性、新颖性与独创性的意识也是有的。或许是因为这种意识太过强烈，太刻意，最后反而落入了自我编织的陷阱，对于许多诗人而言，这种倾向甚至已经有些过头了。

那些喜欢打着先锋或前卫旗帜的诗人，他们的生活通常具有自发性的色彩，他们追求那种无拘无束的生活方式，但乖谬的是，最后似乎并没有产生人们所希望看到那种独到的诗歌艺术，他们的自发性几乎演变为自发性的堕落。不错，他们是在一定程度上摆脱了种种理性以及种种社会性的约束与羁绊，也在某种程度上恢复了人的天然的自在性、自由性，他们似乎可以自由自在地为所欲为，当然也包括创作过程中的自由联想等，按一般的常理这种情形的确有助于诗歌艺术独创性的产生。但当那种叛逆或扭曲演变为一种习惯的时候，或当自甘堕落与颓废演变为一种模仿时，其自发性的力量与价值就被削弱了。

他们似乎认为这样自发性地感觉、思想、生活就可导致具有独创性的诗歌作品产生。这是一种艺术上的误解。他们似乎没有意识到，他们的基于叛逆、反抗与堕落的生活与创作早已不算新鲜，体现在诗歌艺术上跟风的色彩也很浓，"模仿颓废或堕落"不会产生独特的诗歌艺术面貌。只有那种原创地勇敢地独特地自发性地堕落或颓废才具有浓厚的艺术潜在价值，第二次，就没有多少意义了，无数次之后，这种基于叛逆、扭曲与堕落的诗歌艺术行为就可能成为最无聊的主题或方向了。

事实上，来自诗人心灵深处的自发性不可能是模仿的，所有的基于模仿的所谓自发性都不可能导致真正独创性的作品产生，独创性是非模仿的。诗歌艺术中的独创性不可能来自任何一种基于模仿的自发性。

关于诗歌作品的独创性，仔细揣摩起来又可分为几个不同的层次。

第一个层次是新鲜性。这是感觉上的一种"新"或"新鲜"，并和满

第八章 诗人的创造力与诗的可分享性

足人们的好奇心相关。有些诗人追求新鲜的创作风尚，赶风头的倾向比较明显，这在所谓的先锋诗人那里也是一样。这既包括内容方面的也包括形式方面的。它的反面是陈旧，是千篇一律：诗中的一切都是似曾相识的，意象旧，意象的组合旧，贯穿其中的情感也似曾相识。

第二个层次是新颖性，这个比新鲜性进了一步。它涉及了人们对诗歌艺术的期待，并能激发其人们的新的想象力。诗人追求新颖的表现形式，追求新颖的内容，并有了较强的个性意识。它的反面是平板与俗套。

第三个层次是独创性。这是在新颖性的基础上，又进了一步。这种独创性的作品通常是那些天才诗人创作出来的，它能激发起人们的持久的想象力，优秀的诗人追求独特独有的表现风格，追求和他人创作面貌不同的东西，这里自然也包括语言等形式方面的独特独创性，独创性的反面是相似性，是雷同性。

第四个层次是奇异性。这其实还是独创性，是另一种唤起人们惊叹感的独创性。这是追求个性艺术的顶点，富有独特独创而又唤起了人们的惊叹感，惊异感。它的反面是平庸，平庸的东西自然不能给人以惊奇感。

诗人身上的自发性和"求新""求变""非模仿的"的因素相连，只有那种发自诗人心灵深处的自发性才有助于艺术独创性的产生。这就意味着其作品在某种程度上是自足的，不会雷同于他人甚至和他人没有更多的相似点，独特的语言风格与面貌也是独创性的一个重要指标，但更重要的还是诗人在作品中展现内在心灵的独特的想象或感觉方式。那种基于独特意识的自发性才有利于独创性的产生。

诗人创作出的作品的独创性有时会被一些人描述为"陌生化"特性。事实上，陌生化只能给人带来新鲜与新颖感，避免陈旧、平板与俗套。光陌生化是不能自动地带来独创性的，虽然独创性和陌生化有关，所有的独创性作品起初都会给人以陌生的感觉，但并不是所有的陌生化了的作品都可被称为独创。事实上，诗歌中的陌生化理论也有重大的思想与理论缺陷，单凭陌生化并不能为诗歌带来真正的价值。现代诗人常常误把"陌生性"当作独创性，这就在很大程度上降低了独创性的品级。

我们来看一首美国黑山派的灵魂人物，黑山学院的院长查尔斯·奥尔森的所谓"投射体诗"：

翠鸟

我想起了石头上的 E 形字，和毛的讲话
曙光
但是翠鸟
就在
但是翠鸟向西飞
前头！
他胸脯上的色彩
染上了热烈的夕阳！

此诗自然有所谓的"陌生化"阅读效果，但还不能说有真正的独创性。

一个诗人光有那种营造陌生性的倾向还是远远不够的，光有那种对自己自发性力量的尊重也是不够的，这种陌生化或自发性只是诗歌独创性追求的一个基础，它们不能必然地导致作品的独创性。有时可能还会因为这种所谓的陌生化或自发性而失去独创性。诗人的创作的独创性并不仅仅意味着形式上的翻新，其更多的涉及内容方面，撇开内容仅从形式方面来判断诗歌的独创性，那必然会发生方向性的错误。

三 诗人的创造力

诗人之所以经常和"天才"之类的形容词挂钩，就是因为真正的诗人

第八章 诗人的创造力与诗的可分享性

都具有非同一般的奇异的创造力。创造力，似乎也是每个诗人孜孜以求的，但创造力经常像一个顽皮的精灵诡异得很，它似乎时时刻刻在刻意地躲避诗人，最终能获得其青睐的少之又少。因而有人指出，当今中国的诗人写的诗有千人一面的倾向，缺少真正意义上的创造力。其实创造力也并不必然地蕴藏于千人千面之中，即便诗人写的作品千人千面也说明不了什么，那都是表面的形式问题。我们国家一直在倡导文艺的百花齐放，但最终似乎没有几朵花绽放得无比鲜艳。我倒是认为当今的诗人反而有追求千人千面的心理动机，尽管到最后还是走入了模仿与雕琢的死胡同。这里的关键不是新颖性问题，甚至不是独创性问题，而是创造力的问题。诗歌作品的新颖性与独创性只是证明诗人拥有创造力的一个征象，或者说是一个基础。

非同寻常的创造力才是诗人应该追求的，或者说诗歌作品中显露出伟大的艺术创造力，这才是诗人值得骄傲的东西，正是这种创造力的附身与光顾，诗人才最终写出了迷人而又深刻的作品，没有真正创造力的诗人，几乎不能够被称为优秀诗人，顶多赋予他们"亚诗人"的称谓。独创性虽然常常能体现创造力，但也并不等于创造力。当今的诗人大多缺乏丰富饱满的内在精神，这反而让他们有了一种创作倾向：喜欢标新立异，喜欢追求所谓的新颖性，似乎那么挖空心思地标榜新颖了，也就有独创性了，似乎有了这份独创性之后，他就可以证明自己拥有诗歌艺术方面的独特的创造力，似乎这样之后他也就能显示出他在诗歌创作方面的才华。

并不是所有的独创性或独特性都可代表创造力的，而那些有创造力的作品也并不全是特别新颖的或拥有独创性的，虽然创造力经常和独创性相连。那么能真正地体现创造力的独特性或独创性是什么呢。或者说那些在新颖性与独创性方面表现得不很突出而又有创造力的作品又是怎么回事呢？关于这一点在诗歌艺术领域表现得更加明显。

在许多个点上诗歌都逼近音乐。真正的诗歌和音乐等门类的艺术，对

诗人的价值之根

形式创新的要求不像绘画等门类的艺术那么强烈。诗歌或音乐艺术的创新大体上属于温和的创新，过于强有力的创新反而会破坏诗歌（或音乐）的价值基础，因而我们认为追求新奇新颖等个性形式甚至不应该成为诗人的最主要目标。陌生化等也不是诗歌艺术的最重要的价值指标，陌生而又可以让你一见钟情的形式或许更接近诗歌的真理。只有那种能够唤起人类深层思想与情感共鸣的独创性的作品才可以被称作是有创造力的。如果你只有新奇性或新颖性，如果你只是具有形式方面的独创性，那还不足以说明作品的优异。

诗人的自发性的创作行为以及独创性问题都不单是诗人的个人行为，虽然它看上去似乎只是一种个体行动。实际上，它和人类的古老深厚的力量相连，和人类的长期积累起来的集体表象、集体的无意识有关。诗人的创造行为——哪怕只是其中的一个象征符号——都和这种集体无意识紧密联系，都和人类的这种深层精神相连，诗人创作的诗歌作品，其动人的力量也来自这里。自发性行为摆脱的是一般的意识的束缚——科技理性、道德理性、社会性等的束缚——却和这种古老深厚的力量联系得更加紧密。诗人的创造力归根结底也是来自他对这片深厚深层的集体精神世界的独特展现。

独创性如果只是个体意义上的，没有能展现这种深厚的普遍性力量，没有以这种深厚的力量为根基，那么那种所谓的独创性就没有多大的意义。因此，我们可以说，诗人的创造力来自一种完美的结合，个性、独特性、独创性、新颖性等为一个方面，另一个方面就是我们前面所说的人类集体无意识，无限性，永恒意识，普遍性的精神力量等。有人就是从宗教普遍性的角度理解人类集体无意识的。你可以说诗人身上的无限性就蕴藏在这种集体无意识里。诗人作品中的永恒意识也来自人类的那种集体无意识的深层渴望。

诗人伟大的创造力就体现于这种无意之中所展现出的结合里，尤其是

第八章　诗人的创造力与诗的可分享性

伟大诗人作品中所展现的创造力更是如此，缺少其中的一个方面，其创造力的价值都会受损，或者说那种创造都缺乏真正的意义。我们看一看伟大的天才诗人的天才作品，就会明白这一点，像但丁的《神曲》，歌德的《浮士德》等伟大的诗作莫不如此。其中不管是形式还是内容方面，都具有新颖性与独创性，同时在作品的最深处蕴藏着人类心灵中的那些永恒的部分，通向无限的部分，蕴涵着人类的集体无意识。正是这些内容持久地感染着人们的心灵。一个伟大的诗人正是运用独创的诗歌形式秘密地展露了这些永恒要素或无限密码。

在诗歌创作的领域，一般的平庸的创造力反而不是特指诗歌形式方面的新颖性独创性缺陷，在这个方向上，现代诗人似乎意识都很强，也就是说他们都有意追求一种新奇陌生的表达形式，并传达一种富有时代新鲜感的意识内容。现代主义或后现代主义诗歌在形式表上常常是新颖的，甚至也充满了独创性，但他们的诗歌作品依旧给人以没有伟大的创造力的印象，他们的创造力也只能停留在一般的水平上。我们这里之所以认为他们只有一般的创造力，那是因为他们的创造力是属于包含着断裂与分离的创造力。

何谓包含着断裂与分离的创造力？根据我们上面所述，诗人的伟大的创造力来自两个方面的完美融合。但在现代诗人的作品中——不管是不是他们有意为之——个性、独特性、独创性、新颖性等和人类集体无意识，无限性，永恒意识，普遍性的精神力量等却有了明显的分离，或者简短地说是个体性与永恒性的断裂与分离。这种断裂与分离不仅使诗作缺乏深厚的精神价值，也使其文学价值大打折扣，同时也导致了诗歌作品中诗意的匮乏，而那些拥有伟大的创造力的诗人，除了创造出了新颖独特作品形式外，还给我们展现了人类的深层的精神世界，而且就是因为这种完美的展现，其作品之中通常充满了浓郁的诗意，这份诗意充满了打动人类心灵的神秘的力量。

诗人的价值之根

　　真正具有创造力的诗人在自然之中追求一种极富于个性的表达，然而在那种看似随意独特的表达之中却蕴涵着人类精神深层的普遍性内容，或者说人类的集体无意识方面的深刻内容，也可以说说蕴涵着一种无限性、永恒意识。这些名词乍一听起来，似乎玄之又玄，事实上，对于人们的心灵而言他是很实在的，甚至可以说，没有比这更实在的事情了。那种无限性与永恒意识就潜存在我们每个人的内心里，潜存在我们的灵魂的深处，潜存在我们的哪怕是最平常的渴望里。也正是因为有了这方面的蕴涵，人们才可分享诗人的那种看似很独特而又晦涩的秘密，并被诗人的诗歌表达所感染所震撼。

　　我让你来节选一段被公认的伟大诗人威廉·华兹华斯的诗：《丁登寺旁》，从中我们就可理解真正的诗人的创造力意味着什么。

　　　……
　　　我感到
　　　有物令我惊起，它带来了
　　　崇高思想的欢乐，一种超脱之感，
　　　像是有高度融合的东西
　　　来自落日的余晖，
　　　来自大洋和清新的空气，
　　　来自蓝天和人的心灵，
　　　一种动力，一种精神，推动
　　　一切有思想的东西，一切思想的对象，
　　　穿过一切东西而运行。所以我仍然
　　　热爱草原，树林，山峰，
　　　一切从这绿色大地能见到的东西，
　　　一切凭眼和耳所能感觉到的，

第八章　诗人的创造力与诗的可分享性

也像想象创造的。我高兴地发现：
在大自然和感觉的语言里，
我找到了最纯洁的思想的支撑，心灵的保姆，
引导、保护者，我整个道德生命的
灵魂。

王佐良　译

此诗中有明显的个性化的方面，尤其是我们把诗作放在那个时代背景之下，这一点就更为明显，但在这首诗作里那种普遍性的宇宙意识却更突出，此诗将两者完美地结合起来了，并体现出了诗人身上的那种伟大的创造力。伟大的创造力体现在那些能将自己的个性化的艺术追求与普遍的诗意融合起来的伟大的诗人身上。和一些现代诗人或后现代诗人不同，拥有伟大的创造力的诗人不会使自己的诗歌创作追求和深度或深刻的诗意相分离，而是在无意之中使之完美地融合在一起。

美国心理学家瓦诺·阿瑞提在《创造的秘密》一书中也把创造力分为普通的创造力和伟大的创造力。虽然他是在泛泛的意义上作出这种区分的。

> 然而，当我们强调比独创性先进一两步的普通的创造力的重要性时，并不应当忽略对伟大的创造力的研究，它们是有联系的。……当前不愿意研究天才和伟大的创造力的情况是一种暂时的社会现象。这种情况是建立在假平等主义的基础上。[①]

我们可以说，大多数诗人都具有普通的创造力，这种普通的创造力对

[①] S. 阿瑞提：《创造的秘密》，钱岗南译，辽宁人民出版社1987年版，第12页。

于诗人个人或许是有意义的，对于某个小圈子的虚荣也有作用，但对整个民族的精神发展没有多大意义。对整个民族的精神发展有意义的恰恰是那些天才式的拥有伟大的创造力的人物。最有价值的诗人通常就是那些天才诗人，而天才诗人是整个民族精神丰厚、活跃与深刻的一个象征与体现。这些天才式的诗人的作品甚至不太可能是那种一眼看去就具有个性化新颖感的类型，天才式的诗人也不会脱离深厚的民族的甚至全人类精神的伟大土壤去刻意追求形式方面的花样，在他们个性化的艺术表达（或个性意识）里就同时蕴藏着普遍的人类意识与或永恒意识，他们的个性化的艺术表达只是一个表象，表象底下却深藏着无限广阔的精神世界。

法国哲学家、美学家、文学家狄德罗在《天才》一书中说：

> 精神的浩瀚，想象的活跃，心灵的勤奋，这就是天才。……有天才的人的心灵更为浩瀚，对万物的存在全有感受，对自然里的一切全有兴趣，他不接受一个观念，除非它唤起了一种情感……

从某一个角度看，狄德罗的这段话似乎就是谈论诗人的。

诗人的自发性体现在"对万物的存在全有感受"，这是一般人根本做不到的，诗人秉性的敏感使得他拥有异常宽阔的感受力。同时他又不接受常规习俗，不接受陈词滥调，因为那些东西不能唤起他的自发性的感情，不能让他情动于中。但诗人之所以是诗人，是因为他有宽阔的感受力，他不能将自己的眼光与感受限制在某一狭隘的领域，尤其不能受限于自身感官之内。

四 诗歌的价值及其可分享性

现代诗歌的写作也呈多样化发展趋势，这些趋势甚至是截然相反的，

第八章 诗人的创造力与诗的可分享性

其中最重要的写作趋势之一就是：诗人的写作越来越抽象越来越晦涩，似乎只有他们自己才了解其中的意义，甚至他们自己也无法说清其中的意味。诗的写作竟成了无法与别人交流的最隐私的事情。有些诗作成了"皇帝的新装"：每个人都说好，但每个人又没有真正地看出或感受到什么。这种情形在一些有点名气的诗人诗作里体现得更为明显。社会趋同性在诗的领域也表现得异常明显，可以说在诗歌领域也充满了别样的谎言。这种情况延续得越久，诗人与诗歌的被边缘化的情况就会更甚。关于这种边缘化现在也成了人们经常谈论的社会现象，然而除了因为社会务实的变迁造成了诗人与诗歌的边缘化的原因之外，就没有诗人自身的原因了吗？有责任感的诗人应静下心来思考过这一问题。

诗歌作品的可分享性是很重要的，这是诗歌的重要的价值基础之一，我们也可换一个名词：可参与性。现在似乎很少有人再强调这一简明朴素的真理了。有些诗人被种种迷乱的诗歌现象与运动弄乱的视线，有不少诗人也有着明显的因本末倒置而形成的混乱。没有可分享性或可参与性的诗歌作品（包括音乐作品等）不可能是真正伟大的作品，这种可分享性或可参与性并不局限于同代人或相同地域的人们，优秀的诗歌作品是可以跨越时空并被整个人类的精神或情感所分享。

前面我们谈到了一般的创造力和伟大的创造力的那种区别。因为伟大的创造力能将个性、独特性、独创性、新颖性等和人类的集体无意识，无限性，永恒意识，普遍性的精神力量等结合起来。那种独特性新颖性不能封闭在自身之中，其必须蕴涵着人类的普遍共通的东西，诗歌的个性与独创性之中潜存着宇宙意识或上帝的元素。这也是诗歌可以分享的重要原因之一，而那些甚至连专业人士读起来也艰涩难懂的诗作，其代表的正是难以为人们所参与与分享的情形，这种参与与分享上的过分障碍，绝对不是诗人诗歌创作上的优点，反而是一种缺陷。究其深层原因恰恰在于诗人身上的那种个体性、短暂性与人类性、永恒性的断裂与分离造成的。这种断

诗人的价值之根

裂与分离造成了诗作的难以分享。

所以在诗歌领域，伟大的创造力能够造就了诗歌的可分享性，而不是相反，像有些人所说的，伟大的诗歌作品都是艰涩难懂的。倒是那些拥有一般的创造力的诗人，他们身上因为如上所说的那种分裂，形成了诗歌作品的难以分享。现代主义类型的诗人所写的许多诗歌作品在这一点上的缺陷是明显的。在某些流派的作品之中，诗歌创作变成了某种无人能懂的呓语或独语，外人无法参与其中，更不用说分享诗人的内在的思想感情了。

我们以中国现代诗人北岛为例。北岛一开始表现出了一幅沉思者的样貌，他的诗风凝重，目光犀利，充满着许多警句式的诗行，他的《回答》被誉为代表了一代人的心声。他的早期诗作《一切》《迷途》《宣告》等都是既独特的又是可以让人分享与参与的。虽然局限于时代的因素，其中的一些诗作口号的意味甚浓，并因此损害了其中的诗味。后来的诗作，像《古寺》《触电》《走吧》等就很难让人参与与分享，虽然有许多解说者说得头头是道。

古寺

消失的钟声
结成蛛网，在裂缝的柱子里
扩散成一圈圈年轮
没有记忆，石头
空蒙的山谷里传播回声的
石头，没有记忆
当小路绕开这里的时候
龙和怪鸟也飞走了
从房檐上带走喑哑的铃铛
荒草一年一度

第八章　诗人的创造力与诗的可分享性

生长，那么漠然

不在乎它们屈从的主人

是僧侣的布鞋，还是风

石碑残缺，上面的文字已经磨损

仿佛只有在一场大火之中

才能辨认，也许

会随着一道生者的目光

乌龟在泥土中复活

驮着沉重的秘密，爬出门槛

人们记住北岛是因为《回答》而不是因为《古寺》之类的似乎更高深更晦涩的那些作品。如果没有《回答》一类的作品，北岛就不可能成为后来的北岛。

或许现代诗人也意识到了这一点——毕竟诗歌是需要人们参与和分享的——当今的诗歌发展中又产生了另一种趋势：诗的语言明白晓畅了许多，有的甚至越来越接近接近大白话，因此也就产生了一些自白式的诗人。安妮·塞克斯顿（Anne Sexton, 1928—1974）是一位美国的自白派诗人人，她认为诗"应该震动感觉。它甚至应该是一种刺痛"。也就是说，她想以诗歌的形式道出自己生活中最熟悉、最痛苦的细节。在一定程度上，每一位诗人似乎也都在这么做，然而没有任人像她那样坦率与大胆。自白派的最大特点是对痛苦、欲望、性的露骨描写。后期的自白派诗人抛弃了现代派的象征传统，放弃了那种多义与含混性，对人的扭曲的心理状态不加掩饰地加以再现。

老爸

你不中用了，不中用了

诗人的价值之根

你不再中用，黑色的鞋子
我犹如一只脚在里面活了
三十年，苍白而可怜，
几乎不敢出声呼吸或打个喷嚏。

老爸，我不得不杀掉你。
你死亡时我还没有时机——
大理石似的沉重，满腹上帝的皮囊，
可怖的雕像长着一只灰白的脚趾
大得像一只旧金山海豹

一颗脑袋深藏于变幻莫测的大西洋，
在其中它倾洒着青豆的黛绿，
覆盖了美丽的瑙塞特港外那片水域的蔚蓝。
我曾经常祈祷以便重新把你找到。
哦，把你找到。

〔美〕西尔维亚·普拉斯（1932—1963）

　　从总体的人类文化的发展史以及更宏观的哲学的视角来看，这种基于丑、恶与人性扭曲的诗歌也不能说没价值，但更多的是一种形式价值，或者说是一种基于新颖性的一种价值，虽然有价值但精神品级不高，因为它们没有真正价值所必备的持久性特点，也就是说它们不能够持久地唤起人们心灵的兴趣。它们只是短暂地满足了人们的求变心理而已，人们不可能长久地重复性地心甘情愿地投入其中，去分享它们的那种扭曲、病态与赤裸，这种情绪归根结底未必有利于人类的更富于想象力地存活，但偶尔地参与与分享却会给人们带来新鲜感，也就是说，这种基于丑、恶与人性扭

第八章 诗人的创造力与诗的可分享性

曲的诗歌从总体上来看未必有利于对人类的精神的丰富与发展，这种"解构""颠覆"的写作姿态所产生的价值只具有短暂性的意义，或者说只具有短暂性的价值，这类诗人因为不能给人类的精神世界带来真正的支持力量，因而几乎不可能成为伟大的诗人，而那些能被称为伟大诗人的人通常是建设型的诗人，他们的诗作给人类的精神带来了真正的生机，并让人们获得了持久的充实与意义感。

不管时代发生了怎样的变化，不管在诗歌领域风潮是怎么的反复折腾，有一个基本点通常是不会有大的变化的：真正优秀诗人的诗作通常会让参与者的心灵获得一种生机，并从中感受到某种更为深刻的精神性韵味，从中感受到生命中的精神真相或意义，感受到某种基于想象力所带来的充实感。可分享性的真正意义也在于此。真正的分享与参与意味着心灵的某种收获——获得某种支持力量。这种收获的具体体现就是人们能心甘情愿地持久地参与其中，并从中感受到生命的悲伤或快乐，感受到那份梦幻给我们的心灵带来的希望、忧郁或痛苦。不过就一般的情形来看，真正地能让人们去分享的大多是美好的精神状态，而不是那些一看上去就让人觉出扭曲的精神状态，参与与分享诗歌中的那种扭曲式的精神状态实质上不能算是一种精神分享。

诗歌的可分享性毕竟不同于日常经验的可分享的性质，毕竟诗歌作品还有独创性独特性的特点，还要表达某种思考或独到的感受，并给人们带来精神上的启示。我们可从诗歌的种种意象的独特组合中感觉出诗人所要表达的含义。我想举一首我自己的过去的作品为例，诗名叫《蒙娜丽莎》，以前有一段时间我也曾暗自以先锋自居，试图写作另一种带有颠覆风格的诗作，用以表达对虚假诗意的不满，以及对某种真实性的渴望，但现在看来，这类诗作的建设性的意义或者说可被分享的精神意义却相对缺乏。

诗人的价值之根

蒙娜丽莎

蒙娜丽莎，憨憨的蒙娜丽莎

这个星球不同角落的人们都在谈论

你的安恬与美丽，你成了古典美的代表

神秘的精神密码，单纯的符号

似乎你可以抗击时空的变幻与侵袭

其实你更像个被包装的傻妞。

我很想在你的嘴上加上四撇胡须

我很想在你的胸脯上加上一个放荡的标记

或者让你爆乳，让你变成一个性感的时装模特、女明星

我想让你从人们漫长的虚无之梦中走出来

踩在潮湿、温润的土地上

这片土地或许黑暗混乱但也充满欢欣

你的微笑据说是最优雅的

但微笑背后的暗语，有几人关心

那里深藏着很多，我知道——

那里有难挨的静静流逝的时光

有干枯了的岁月之河

这条河里埋葬了多少鱼鳞式的梦境

时装、蹦迪、牛排与旅行和你是无缘的

还有，还有……种种高级美容液。

蒙娜丽莎，觉醒的蒙娜丽莎

听从内心的声音走出画框吧

第八章　诗人的创造力与诗的可分享性

　　把优雅的面纱交给沙尘暴

　　像中国的天女一样

　　飞往躁动的城市一角，或去粗野的乡下

　　静坐在一家吵吵闹闹的酒吧或餐馆

　　让小二摆上好酒、……与烧鹅

　　狂醉一次吧，对你实在很难得

　　然后去体会醉后的睡眠

　　最好叫上几个阳刚的壮男人，

　　午夜精力恢复之际——尽兴地干吧。

五　诗歌的可分享性与现代传播

　　诗歌作品日渐被边缘化，这似乎已是不争的事实。这种文化现实对诗人来说是相当残酷的。诗人如果还想发挥自己的精神影响力，要想使自己的作品进入人们的生活，除了在写作本身上下工夫力求写出更有价值的诗作外，也要注意与外界的交流与沟通。为了做到这一点，当今的诗人就更应该重视诗歌作品的被阅读或被传播，诗歌的可分享性与诗歌作品的传播也有许多的关联，尤其是在现代科技对文化渐渐渗透的大背景之下，诗的传播的好坏直接影响诗作的分享。诗人要想使自己的诗作被传播并影响他人，他就必须重视以下两个方面。

　　一是要重视现代媒体对诗歌传播的作用。

　　客观地说，在这种瞬息万变的所谓的信息时代，传统媒体在诗歌的传播中的作用似乎越来越小了，这包括出版社出版的诗集、报纸杂志上发表的诗作等，在互联网时代，诗歌作品的传播渠道也变得更为畅通与多样化，现在诗歌作品不用经过传统的专业编辑之手就可发布，

诗人的价值之根

而且发布速度快捷。照目前的情况来看，大体上有这么几种发布诗作的渠道：

    a 各种类型的门户网站的文化版
    b 专业的文学网站及诗歌论坛
    c 各种博客（包括微博，QQ 空间等）
    d 电子版诗集

  不管这种现代媒介有多少缺陷，诗人都应重视它，并以此提高自己诗作的被阅读率、被分享的机会与影响力，完全不被分享的诗作就失去了作品的意义，尤其是在现代先进的传播条件下，这一问题更值得重视与探讨。诗歌的可分享性的问题在诗歌日渐边缘化以及日渐先进的技术条件下，似乎变得更为突出了。

  网络的发达为诗歌的传播提供了技术上的条件，使其可方便快捷地进入到每个读者的视线里，尤其是伴随着手机的普及以及其与巨大网络的联通，诗歌作品的传播从技术上讲会变得更加容易。但技术所能解决的只是一些外在的问题，要想使诗歌的真正内涵被读者分享，诗人就必须重视诗作本身的精神品质，以及被大众分享的种种可能性。

  这倒并不是说诗人要以种种方式迎合读者，那不是一个真正的诗人该做的事情。诗人也要注意的是诗作的可分享性，这种被分享性也同时意味着作品能在某种程度上扣动人们的心弦，将人们的想象力充分调动起来。这是诗作的想象性价值的实现过程之一。

  二是要将读者的接受问题纳入自己的视野。

  在诗歌作品越来越被边缘化的时代背景之中，诗人要想使自己的精神果实获得传播，那就必须要考虑读者的接受问题，包括诗人在创造新颖的形式时，也要顾及读者的承受能力以及分享的可能性。但另一方面，

第八章　诗人的创造力与诗的可分享性

顾及读者的承受并不意味着要投合读者的心思,也并不意味着诗歌语言就可变得更加随意了,日渐随意的诗歌语言会在更大程度上破坏诗歌艺术的生存基础。毕竟诗歌也是语言的艺术,是用新颖、形象、生动的语言调动起读者的想象力、情感以及思想热望,并最终作用于人们的内心世界。

第九章

诗人、诗歌言语与诗性语言

对于狭义的诗人来说,语言文字无疑是重要的,在某种意义上可以说,诗歌的魅力正是来自语言的魔方。语言是诗人心灵的折射与反映,是他的思想、情感、意绪、观念的图像与镜子。一个诗人如果没有高超的驾驭语言的能力,没有高妙的语言表达,那么他几乎不能算做诗人(尤其是指那些狭义的诗人),而且真正的诗人的语言不能封闭于自身,最后演变成为一种言语的杂耍与花样,演变成为单纯的言语游戏,它应能穿过种种阻碍抵达人的内心深处,并唤起人们的想象力。真正诗人语言的魅力也尽在于此。

一 诗歌言语的传染性

不可否认,在当今社会人们的日常交流中,诗人式的言语被运用得越来越少,在人们的生活之中人们很少再用诗式的言语去传达思想甚至感情,这类语言似乎也不再受到一般大众的重视,或许就是因为饱受了这份文化上的冷落,让许多诗人失去了一份心理上的平衡,因此他们似乎更想

第九章 诗人、诗歌言语与诗性语言

通过标新立异,来唤起人们的注意,来唤起人们的某种热情。纵观当下的一些诗人,他们似乎在言语上翻花样的欲望越来越强烈,这类诗人的人数也越来越多,那种"立异性"体现在他们生活、写作的方方面面,尤其体现在他们的万花筒式的"诗歌言语"上。这些"诗歌言语"缺少诗歌语言本应有的纯净性、精微性,读起来芜杂、晦涩或随意,这些言语通常来自这些诗人想当然式的冲动或即兴的意绪,或来自这些诗人刻意营造的种种"言语试验",这些言语通常也没有多少生命力,触及不了人们的那颗渴望之心,也根本不可能经得起时间的洗刷。

但言语的传播有时也超出人们的理解力,就像在当下社会上一些流行语的传播常超出人们的理解力一样。在诗人的小圈子里这些看起来过于随意的言语,却常常具有顽强的生命力,而且一旦被某家权威媒体或权威评论家肯定,那些言语就像流行语一样会被传播,这其中也包括诗行别出心裁的排列。诗歌的言语同其他的日常的言语一样,有时会在一定的范围之内形成很强的传染性,尤其是诗人的种种"立异性"的诗歌言语,经常会引来一些"粉丝"的模仿,还可在一定的范围内被克隆或复制,出现了很多细胞复制式的效应。这种复制现象经常把诗歌语言弄得更加芜杂与混乱。

我之所以把其称之为传染式的效应,那是因为这些诗人的"立异性"的言语,过于随意而缺乏精微感与纯净性,还不能将它称之为"诗歌语言",这些随意性的言语同诗性语言的那种朦胧与多义不是一回事。这种过于芜杂的随意的言语常常是以破坏性方式被传播,就像一些网络用语被随意传播一样,不同的是网络言语只是在人们的日常交流中被使用,而这些"诗歌言语"却俨然以艺术语言的"范本"形式出现在正式的书籍里,或进入那些诗歌热爱者的阅读之中。

如果人们习惯于把这些亚诗人的"诗歌言语"当做诗歌语言,那么久而久之,它也会渐渐地侵害汉语本应有的纯洁性与高贵性。按照历史上的

诗人的价值之根

情形来看，那些优秀诗人的诗歌语言通常是一个民族的语言的重要来源之一。由此，我想到一个问题：我们可以让一些并不入流的小说作家的作品出名并流行，但真的不能轻易地让一些不入流诗人出名并因此让他们的言语被传播，因为人们从小说中得到的主要是娱乐，不会将其上升到语言"范本"的高度，而一旦一个并非优秀的诗人的"诗歌言语"流行，那么他将会对语言的产生一系列的影响，也会产生一系列的传染式的后果，被广泛传播的诗人最好是一流的，尤其是他的语言应是诗歌语言甚至诗性语言而非"诗歌言语"。否则就有可能引起种种语言上的连锁反应。

语言对于诗人来说永远是重要的，但真正的诗人的语言既是富于个性的独到的，也常常是充满诗性的，他们不会一味地去叛逆语言传统，为了所谓的"个性化"，把语言破坏得七零八落，也不会一味地去标新立异，让诗歌语言变得过于随意或杂芜不堪，那样的话就只能产生和随意相配的"诗歌言语"。和一般的日常语言相比，诗歌语言的确有自己的特殊性，诗人应有净化语言捍卫语言纯洁性的意识，这似乎也应该成为诗人的职责之一。屠格涅夫说：诗是上帝的语言。由此可见，真正诗人的语言不是那些随意的即兴的言语，而是那些包含着纯粹性、精微性与精神光芒的言语，达到或接近这种理想的言语才可被称为"诗歌语言"，那种粗糙粗俗的言语很难和诗的语言挂起钩来，当下的一些诗人的言语实在不能让人满意。

由此看来，并不是每一个诗人的言语都够得上诗歌语言的品级。究竟什么样的言语才可算得上真正的具有诗性的语言，这个问题同其他问题一样，也是见仁见智的，尤其是现代主义类型的诗人和过去的诗人语言差别很大，他们和一般的大众语言倒是有了贴近感。但从更为严格的意义上说，他们的诗歌言语又是缺乏深刻丰富的诗性的，诗歌言语不同于诗性语言。究竟什么样的语言才具有诗性，才能称得上诗性语言，这一问题没有也不会有确切的答案，但我们可以大概地描述一下诗性语言的基质及其一般的特点。

第九章 诗人、诗歌言语与诗性语言

二 诗人、诗歌言语与诗性语言

就像我们在前面说过的，当下的诗人与诗意有一种分离的趋势。这种断裂也具体体现在诗人与语言的关系之中。当今的诗人的语言越来越缺乏诗意，越来越缺乏拨动人心弦的力量，他们似乎更习惯于用用信手拈来的"口语"去表达自己的感触，因而更多地呈现出"言语"的色彩。他们不再像传统诗人那样艰难地炼意炼句炼词，他们似乎也不愿意花心思去创造那种富有诗性感的语言。他们甚至刻意地解构那些富有诗性感的语言，还有人把那种精妙的诗性化的语言称之为"虚假的语言"。

当今社会的种种客观的主观的因素就造成了诗歌言语与诗性语言的分离。

当然，并不是所有的所谓的诗性语言都值得诗人追求。诗性语言其实也可分为肤浅的虚假的诗性语言与深刻的富有个性的诗性语言。真正的诗人当然要摒弃那种不自然的违反生命与精神真实的虚假的肤浅的所谓的诗意语言，但同样无疑的是，真正的诗人一定会追求那种具有深刻感的建立在内心真实性与深刻思想基础之上的诗性语言。那么肤浅的诗性语言与深刻的诗性语言的差别在哪里呢？我们前面已经谈过的肤浅的诗意与深刻的诗意的区别，这里我们循着同样的思路来思考肤浅的诗性语言和深刻的诗性语言的差别，它们之间的区别有三个方面。

1. 深刻的诗性语言具有个性色彩

真正优秀诗人的诗歌言语经常就是诗性化的语言。这种诗性化的语言通常具有生动形象、音乐性、纯粹与精微的特点，这种精微性和个性并不处在冲突之中，而是融合于一身。深刻的诗性语言并不缺少诗人的个性色彩，而是建立在诗人的独具特色的个性化语言的基础之上的。而那些肤浅的所谓的诗性语言却没有这种个性色彩，在那些诗人的语言中经常出现一些老旧的诗歌意象，以及没有多大变化的词语、句式等，从遣词、造句、修辞等不同方面都没有自己独特的标志，炼意，营造意境方面也缺乏新颖性。虽然其所描绘的对象能给人带来愉快的感受，并满足了一般人的风花雪月式的情调，但却不能给人真正的思想与精神方面的启发，而那些优秀诗人的深刻的诗性语言却能做到这一点。

我们来看一首里尔克的诗《秋日》：

主啊！是时候了。夏日曾经很盛大。
把你的阴影落在日规上，
让秋风刮过田野。

让最后的果实长得丰满，
再给它们两天南方的气候，
迫使它们成熟，
把最后的甘甜酿入浓酒。

谁这时没有房屋，就不必建筑，
谁这时孤独，就永远孤独，
就醒着，读着，写着长信，
在林荫道上来回
不安地游荡，当着落叶纷飞。

冯至　译

2. 深刻的诗性语言揭示人类的深层精神

真正深刻的诗性语言明显地不同于一般的诗歌言语，也不同于那些肤

第九章 诗人、诗歌言语与诗性语言

浅的诗性语言，其区别就在于深刻的诗性语言表达并揭示了人类的深层的精神渴望，个性化的语言之中蕴涵着人类普遍的精神的境遇，即揭示了我们前面曾提到过的人类的集体精神或集体无意识潜在的意向，流露出人类精神的深层向往。马拉美与泰戈尔都说诗的语言像舞蹈。这种说法的意思是：诗的语言看上去简单而又精练，但却能表现某种深刻的精神性的韵律或韵味，并显现人类的某种精神处境。

我们来看一首中国古典诗词，陈子昂的《登幽州台歌》：

前不见古人，
后不见来者。
念天地之悠悠，
独怆然而涕下。

3. 深刻的诗性语言里包含着新颖的思想或智慧

深刻的诗性语言和独到的观察世界的眼光有关。在诗人的这种独到的眼光里常常蕴涵着新颖的思想与智慧。那种别致的思想，那种闪光的智慧和深刻的诗性语言是不可分离的。这种思想与智慧尤其体现在那些喜爱沉思的诗人身上。可以说，获得独到的思想与智慧是诗人的生命重点之一，也是诗人的重要的生命方向，同时还是诗作获得生命力的重要保证。在那些优秀诗人的深刻的诗性语言里，我们似乎总能发现别致的思想与独到的智慧之光，尽管诗人的思想与智慧和其奇异的想象力有着更多的关联。

我的日子是懒散的，疯狂的。
我向乞丐乞求面包，
我对富人施舍硬币，
用光线我穿过绣花针眼，

诗人的价值之根

> 我把大门钥匙留给窃贼,
> 以白色我搭饰脸色的苍白。
> 乞丐拒绝了我的请求,
> 富人鄙弃了我的给予,
> 光线将不可能穿越针眼,
> 窃贼进门不需要钥匙,
> 傻女人泪流三行,
> 度过了荒唐,不体面的一日。
>
> 〔俄〕茨维塔耶娃:《我的日子》

总之,真正的诗人有责任为这个世界创造出更多的深刻的诗性语言,尤其是这种语言面临着种种危机的情形下,诗人更是肩负着特别的责任。在当今的文化背景之下,诗性语言似乎已成为一种日渐稀少的语言,成为亟须保护的语言。社会越是现实、理性,诗性语言似乎也就愈益稀少。我们当今的文化取向更多的是基于实用性工具性的考量,在语言问题上也是如此。当今文化更加重视基于科技与市场的理性语言,有意无意地排斥种种诗性语言。我们的社会发展倡导理性语言的倾向愈益严重,这种理性语言强调语言的精确性与实用性,重视语言的精确表达与交往交流的功能,但这种走向也导致我们的语言日渐缺少生动性、丰富性与精微性。在某种意义上讲,诗性语言可以弥补其不足,从而达到语言词汇的一种均衡,因为诗性语言恰恰是反精确反实用的,和一般的语言形式相比,诗性语言有几个基本的基质,这几个基本基质显示出了诗性语言的特点。我们也可以说诗性语言是一种带有原始色彩的语言形式,是一种日渐稀少的自然式的语言表达品种之一。诗性语言是值得人们日渐珍贵的语言。

第九章　诗人、诗歌言语与诗性语言

三　深刻的诗性语言的本质

前面我们谈到了诗歌言语与诗性语言的区别，认为一般的诗歌言语达不到诗性语言的高度，那么诗性语言究竟有哪些根本性的特质，它的本质是什么？这个问题事实上挺难解答的，在这里我们先用一句简单的语句对之概括：深刻的诗性语言是一种融合性的生动语言，而不是那种局限于片面功能的实用性的语言形式，真正具有诗性价值的语言体现的是人的完整的丰富的内心，代表着人的和谐全面发展的潜力与需要，诗性语言是感觉语言、理性语言与信仰式的语言和谐交融的产物，并主要通过那些具有创造力的诗人展现出来。

和一般的规范的理性语言相比，诗性语言更加接近感性语言或者说感觉语言，这种感觉语言也是最为古老最为原始的语言形式，也可以说是充满原始意味的语言形式。从中西方的诗歌的历史来看，诗性语言和本能的、感觉的、观察性的、描绘性的语言的确联系很紧密，尤其是我们中国的诗歌语言更加注重诗性语言的可感性。这也形成我们中国古代诗歌重"意象"的诗歌传统。从诗经、汉乐府、唐诗宋词到元曲等，中国的诗歌传统有一个鲜明的特点：在诗歌中，重视感觉语言（尤其是视觉语言），具体的观察性的语言或描绘性的语言，这种特性具体综合地体现在重视意象的运用上。中国诗歌传统的这一特点后来也影响了西方诗歌的创作。元代马致远的《天净沙·秋思》似乎最能体现中国这一诗歌传统的特点。

枯藤老树昏鸦，

小桥流水人家，

古道西风瘦马。

夕阳西下，

诗人的价值之根

断肠人在天涯。

感性语言或感觉语言是形象化的语言，通常具有具象性特征，并和世界的某一具体形象或表象相联系。英国诗人斯蒂芬·斯彭德在《言语》的诗中也形象地说：

言语像一条鱼那样上钩了
我是否把它放回大海去，
在那里，思想会摇动尾羽？

感觉语言和我们的自然性需求有关，和我们的种种本能欲望有关，和表达交流情感的需要有关，这种感觉语言是一种活生生的生动的语言类型，有人将之描述为"充满野性的语言"，感觉语言丰富而又形象，生动而具体，并连接着我们活泼生动的生活与欲望、情感世界等。感觉语言主要是一种基于我们的生命本能与五官感觉经验的语言，并常常和我们的五官感触联系在一起，从中我们似乎能看到人类的视听嗅味触等感觉功能，这是属于可感性的语言世界，感觉语言也和我们的本能欲望、情感世界连成一体，感觉语言中有许多属于基于生命本能的欲望性情感性的情绪化了的语言，这包括以饮食性爱为核心的语言、攻击性语言、逃避性语言以及恐惧语言等。这种最为古老原始的语言形式同我们日渐发达的理性语言有很大的不同。

和种种现代的规范的理性的语言形式不同，诗性语言还是一种心灵性的语言，或者说"信仰式的语言"，屠格涅夫说诗是上帝的语言，桑塔亚那说"诗的顶点就是说出众神的话语"等，说的就是这层意思。这种语言往往充满了不确定性，多义性或者说暗示性的特点，我们经常用其表达我们内在的隐秘世界，显露我们内在的情思与灵魂。人类的这种充满神秘感

第九章 诗人、诗歌言语与诗性语言

的内在的精神奥秘，用理性语言或一般的感觉语言是没法表达的。诗性语言中的这类语言成分让我们能和外在的与内在的奥秘世界沟通交流，并充满种种不确定的神秘色彩。象征性语言，暗示性语言，隐喻等是这类语言的最鲜明的体现。其可帮助我们传达人类的那份隐秘的精神情愫，表达我们经常领会但却难以精确把握的那个神秘世界。那个世界和我们人类的心灵世界有一种神秘的感应关系，并对我们的心灵充满了吸引力，那个世界的魅力是理性语言无法抵达的。似乎只能用那种近于神秘的语言暗示出来。

    我希望说出的词，已经被我遗忘。
    失明的燕子将返回到影子的宫殿，
    扑闪剪子的翅膀，与透明的影子嬉戏。
    一支夜歌在失忆的状态中响起。
    ……

          [俄]曼杰什坦姆：《我希望说出的词》

  在诗性语言中不仅包括感性的、感觉的成分，不仅内含那种神秘的灵性的成分，诗性语言也包含着思想，包含着理性判断与思考，并借助这种理性语言去把握世界背后一般的普遍的根基，当然这种我们这里所说的"理性"和当今文化中所说的那种理性不是一回事。诗性语言中的"理性"不是干枯的概念与判断形式，其和诗性没有脱离，经常以冥想、默想或沉思的形式蕴涵在诗的语言里，尤其是在西方的诗歌传统中，诗性语言经常以沉思的冥想的面貌出现。

  最典型的或许就是古罗马时代的几位大诗人的诗作，它们既是诗歌作品又是哲学著作，比如，鲁克莱修的被称之为教谕诗的《物性论》，贺拉

诗人的价值之根

斯的《诗艺》等。我们来看《物性论》中的一段,其对自然世界的永恒现象进行了富有诗意的思考。

> 苍茫大地兮,为何春花夏穗?
> 秋高气爽兮,为何葡萄累累?
> 若无种子,万物何以季会?
> 若无创新,何沉光中而醉?
> 厚壤载而孕育兮,吐青春于光辉。
> 若无中而生有,何不骤然而降临?
> 若无原初之籽,何不择辰而出生?
> 若生命源于无,何待时而长成?
> 则婴忽生而行,地忽立其森。
> 焉闻此谬见兮,自然贵有律。

郑中 译

就像单纯的感觉与情绪不能使人成为诗人一样,一般来说,单纯的感觉语言与信仰式的语言还不能算是好的诗性语言,好的诗性语言通常是那种融合性的,能将诗人的丰富的感觉、理性思考、种种神秘的领悟与冲动完美地融于一体。可以说,诗性语言是诗人精神的总体面貌的展现,而那些真正优秀诗人,他们的内在精神世界通常也是均衡发展的,其中包括感觉的、理性的、信仰的诸方面,这几个方面在诗人的内心里融于一体,不会过于偏重于某一个侧面,否则语言的质地就会受到影响。诗性语言事实上也是诗人整体气质与性情的折射与反映。

就一首诗的整体来看,通常最有价值的诗性语言显露在那种融合性的没有过分断裂诗作里。感觉语言是诗性语言的支撑,是诗意的外在的真实与可感方面,但这种语言通常只有和那种表达了我们存在的奥秘与深度的语言结合起来,那种外在的可感性才会转化为诗性意象,那种语言才会变得更加具有诗性,也才能增加语言的更加丰富更加微妙的表达力。那种感性的欲望式的语言必须渗透那种信仰性:那种对无限的渴望与向往会使有点滞重的欲望与情绪变得透明与轻灵,诗性语言之中的理性思考成分也能增添语言的穿透力,但这种理性通常不是以精确化的方式显露出来,而是属于基于直觉的理性形式,是一种基于直觉的理性思索,代表着诗人对自然、社会与人生的一种基于直觉的洞察或洞见。

当今的诗人的语言似乎过于个性化随意化,这种个性化随意化的语言很难获得所谓诗性。诗人要想在语言上作出真正的贡献,就必须抑制种种过于自我标榜的冲动,认真地遣词造句炼意,与丰富的内容相结合,承担起纯洁语言的责任,并以更为宏大的视野理解诗性语言的要旨,不断地丰富完善自己的精神世界,这样才有可能创造出具有融合性有机性的诗性语言。这种语言也才是这个愈趋理性与现实的社会文化所需要的——用其均衡实用语言理性语言过度膨胀发展的势头。

四 诗性语言的几个特点

和一般的规范的语言形式或人们的日常语言相比,诗性语言有以下几个特点。

诗性语言的首要特点是新颖的可感性或可视性。这和种种理性语言有了本质的不同,和上面所说的感觉语言相对应,也和人们通常所说的形象性或具象性密切相关。这一特点在中国古代诗词里表现得更加明显。诗性语言之中通常要有可让人体会或咀嚼的"象"或"意象"。诗意的种种更为深层的方面也是通过这种"象"来展现的。20世纪初叶,受中国诗歌的影响,英美曾掀起了意象派诗歌运动或意象主义,后来在美国又兴起了深层意象派诗歌。这些诗歌流派都强调诗歌的可感性，当然体现在语言方面就是强调语言的可感性、透明性或叙事性。我们来看一下美国深层意象派的创作宗旨。

所谓的深层意象派（Deep Image Group）就是发生在美国20世纪六七十年代的一场诗歌运动，也是由罗伯特·布莱和詹姆斯·赖特等人兴起的一个诗歌流派。他们号召打破欧洲的一些传统文化对美国诗歌精神的束缚，强调新的感觉与"新的想象力"，认为诗歌不应龟缩于狭隘的天地，诗歌应对着更为广大世界开放，并指向内在的心灵与灵魂深处，他们重新重视大自然，并试图探索大自然背后的纯真生命世界。同意象派诗人一样，他们也重视中国的一些传统，研究了中国的老庄哲学的哲学精髓，喜欢中国古典田园诗的意境，最后他们以清新、自然而又深邃诗风影响了整个美国诗坛。

我们来看一首罗伯特·布莱的诗《午后雪降》：

一

青草被雪半掩着。
一场午后很晚才下的雪，
现在矮小的草房里逐渐变黑。

二

如果我的手伸向地面，
我就能抓起一把黑暗！
而黑暗始终存在着，我们却从来没有留意。

三

雪越下越大，麦秆远遁了，

第九章 诗人、诗歌言语与诗性语言

只有一座谷仓向房子靠拢。

它独自移动，于渐强的风暴中。

四

那谷仓装满了小麦，现在向我们逼近，

像一只破船在海上被风吹来；

甲板上所有的水手已经盲目多年了。

可感性是诗性语言的最突出的特点。这一特性在绝大多数诗歌流派的诗歌作品中都得到了明显体现。

可感性的另一个具体体现形式就是色彩感。有些诗人认为诗人和画家一样，有着共同的眼睛，用同样的眼睛去观察色彩斑斓的世界。有些诗人的诗作色彩感很浓；这可能也是众多诗人喜欢描写黄昏的原因。那些喜欢描写黄昏的诗人可能对色彩的层次与丰富性更为敏感，中国唐代诗人李商隐的《乐游原》的黄昏背景具有冲击人们视角的强烈的色彩感。

向晚意不适，

驱车登古原；

夕阳无限好，

只是近黄昏。

法国诗人魏尔伦的诗作《夕阳》中似乎也描写了同样色彩感很强的意境。

无力的黎明

把夕阳的忧郁

倾洒在

诗人的价值之根

田野上面。

这忧郁

用温柔的歌

抚慰我的心，心

在夕阳中遗忘。

奇异的梦境

仿佛就像

沙滩上的夕阳。

红色的幽灵

不停地前行

前行，就好像

那沙滩上面

巨大的夕阳。

小跃 译

  有些诗人为了突出诗歌意象的可视性，或为了唤醒人们的新的想象力，他们把小说或戏剧的一些叙事原则，把建筑与雕塑的立体法则等都移用了过来，进行了"跨文体"或"混合性"写作。他们要让自己的诗的意象组合显示出更多戏剧性的效果，或使自己的诗歌意象组合具有那种浮雕般的质地，从而避免那种平面的单一性，并要让其具有雕塑与建筑的一样的立体感，凹凸感。诗人里尔克曾满怀敬意地跟着雕塑家罗丹工作过一段时间，或许他就是为了从中领悟雕塑的秘密，并改进自己的语言吧。此外有些诗人喜欢用那种通感的手法表现世界，他们让人类的五官感觉相互移借。并打通它们之间的藩篱，让各种感觉之间自由地通行。法国诗人波德莱尔还写了一首名为《通感》的诗作显明感觉相通的原理。

第九章 诗人、诗歌言语与诗性语言

诗性语言还有一个重要的特点就是意味的不确定性或者说多义性。诗性语言和理性语言不同，理性语言要求的是语言的精确性、单义性，不能含混与模糊，如果语义摇摆那就不是理性语言了。诗人追求的诗性语言则与此相反，他们追求意味的朦胧性或不确定性，诗性语言不能太过精确与单义，甚至不能过分精练与清晰，果真这样，那么这种语言就没有诗味了，诗人追求的能够唤起人们想象力的精神性韵味，追求意味的某种不确定性。关于这一点我们中国古代文论家们说得较早。所谓的语言"隐""重旨"等，说的都是这个意思。英国美学家克乃夫·贝尔在《艺术》一书中提出了"有意味的形式"的命题，说的其实也是这个意思，虽然他不是专门针对诗性语言的多义性说的。

诗人为了唤醒人们的想象力，为了营造那种朦胧多义的效果，经常采用一些独特的创作手法。这些手法包括象征，隐喻、暗示、比喻、双关等。在中国古代诗人中普遍使用的"比""兴"的手法也属于这一类型。象征性语言是后来的诗人经常使用的语言，尤其是在现代主义诗歌中，象征性语言用得较多。它包含两个部分，即符号与意义，象征就是要在符号与意义之间建立起联系，当然在更多的情况下，这种联系是隐秘的，不是那么确切。甚至有的诗人说，诗歌语言的魅力就在于它的象征性。

下面是俄罗斯白银时期象征主义的主要代表者之一安德烈·别雷（1880—1934）的诗作《太阳》，让我体会一下，象征主义语言的魅力。

太阳

答《我们将像太阳》的作者

太阳温暖人心。

太阳企求永恒的运动。

太阳是永恒的窗口

诗人的价值之根

通向金色的无穷。

玫瑰顶着金色的发丛。
玫瑰在温柔地颤动。
一道金色的光线刺进花心
红色的暖流溢满全身。

贫乏的心中只会恶念丛生
一切都被烧光砸扁、一个不剩。
我们的心灵是一面镜
它只反映赤色的黄金。

1903 年

张冰 译

象征性语言的魅力既在于它的意味的朦胧性与不确定性，也在于它所传达的思想性，以及这种思想显现出来的神秘性，它是诗人存在深度与心灵奥秘的曲折显现。这种象征性的语言在现代主义流派的各种诗歌运动中被广泛地使用。这也是现代主义诗歌运动的语言成就之一。但诗人也要注意，不要没有节制地使用象征性语言或意象，否则就会造成所谓的象征性的意象的"爆炸"，这种不懂节制的意象爆炸倾向并不足以显露诗人的才华，反而是一个诗人真正的创作力匮乏的表现，这种滥用象征意象造成爆炸的结果是：人们不知道诗人语言的真正的韵味在哪里。

还有，跳跃性也是诗性语言的重要的特点之一。在当代，有些诗人似乎很强调诗歌言语的随意性与口语化，因此语言中的空灵意味消退了许多。其实，诗性语言的跳跃性正是显示了诗人的思维不同于常人之处，其

第九章 诗人、诗歌言语与诗性语言

语言跳跃的逻辑有时很像是一个疯子的呓语。这也是和通常的语言形式不同的地方。理性语言或日常语言是讲究连贯的，正是在这种连贯中显示出语言的逻辑性、可交流性等，而诗性语言追求基于跳跃所造就的想象力，追求非连贯性中的空灵，追求语言的空白点所营造的陌生化。总之追求一种富于美感的跳跃，从而能给读者留下巨大的想象空间。

诗性语言的跳跃性很丰富很复杂，常见的大致有以下几种：

1. 时间性质的跳跃

这种类型的跳跃是和暗含着时间性线索诗歌类型相对应的。这种时间的间隔通常都是很隐秘的，营造出不符合现实时间次序的时间感觉。

> 男人的开端来自女人，
> 在酒醉中延续生命，
> 最后在绳子上结束，
> 生命中最灿烂的一页——
> 是有着蓝色眼睛的酒瓶。

〔俄〕伊·布尔金

2. 空间性质的跳跃

这种类型的诗歌语言更常见，尤其在当代诗歌之中更是多见，这在这种类型的语言跳跃中，诗歌意象之间的空间跳跃跨度非常不符合一般的逻辑习惯，常常感觉像是一个疯子或精神患者的思维。

> 我只能演悲剧角色。
>
> 雷电和玫瑰

诗人的价值之根

从来没有为我而互相问安。

我没有创造过世界，
没有造过时钟与波浪
也没有期望麦子上有我的肖像

既然在从未到过的地方也失去那么多，
我唯有绝迹于驻足之外
而留住意之所钟
只让一座金山
溶入一杯冬水
……

[美] 查尔斯·赖特：《告诉》

3. 双重跳跃

就是把空间与时间的跳跃融合在一起。在现代诗歌中这种语言双重跳跃被经常性地运用，增添了诗歌语言的阅读魅力。

她来自比道路更遥远的地方
她触摸草原、花朵的赭石色
凭借这只用烟书写的手，
她通过寂静战胜时间。

今夜有更多的光
因为雪。
好像有树叶在门前燃烧，

第九章　诗人、诗歌言语与诗性语言

而抱回的柴禾里有水珠滴落。

[法] 博纳富瓦

最后，诗性语言讲究音乐性。当代诗歌的趋势之一就是有意拉近诗歌语言与日常语言的距离，并尽力避免语言的形式上的拘谨，这其中也包括有意回避语言的音乐性。其实，诗性语言的音乐性未必就是指向那种外在的形式，比如合辙押韵之类，它可以是指那种更为内在的音乐感。就现代诗的整体情形来看，诗歌中语言的音乐性更多地体现在诗句之间的整体搭配所造成的乐感上，这和古典诗词的情形有所不同。传统诗词讲究合辙押韵，让人们读起来朗朗上口，据说早期的诗词都是可以吟唱的。现代诗歌对押韵的重视远不如古代诗词，但它的音乐感并没有减少，其音乐性主要体现在诗句之间整体搭配所形成的内在的节奏与旋律上，即通过诗作整体的语句与情绪的起伏来创造符合人心的音乐旋律与气氛。

五　诗歌语言的危机与诗人的基本责任

前面我们已经提到，在当今的文化背景下，诗歌语言面临着种种危机。当下的许多诗人的诗歌言语太随意也太过口语化，说这些语言是诗歌语言还有点勉强，他们过于看重自己的所谓的试验言语。这也难怪有人会说："只要能敲回车键就可当诗人！"这种说法虽然有点夸张，但也部分道出中国当今诗歌界诗人的写作状况，道出了当今诗歌言语的随意性情形。基于此，在许多人看来，"诗人"似乎是最容易当的，并成了最为便捷最为廉价的一个和艺术有关的头衔。

或许，随意化的言语最适合展现的场所是网络，那里有许多私人性的空间，其语言用不着考究，用不着精微，那是属于人们的日常生活的交

诗人的价值之根

流，反映的是人们日常的生存状况，也适宜于宣泄当今人的那种躁动不安的情绪，但这种随意性的言语不应成为于诗人表现情绪的方式，也不会更加有利于诗人展现当下人们的内在的精神生活。总体而言，我觉得如果照着目前的情况不加约束地发展下去，那么诗歌语言必将迎来更大的危机。

我们当今的这种务实的文化大趋势本来就不利于诗歌语言的发展与丰富，这种世俗化的文化氛围会使诗歌语言日渐变成为稀少的边缘化的语言。社会越是现实、理性，诗性语言也就愈益稀少。我们当今的文化基于其实用性工具性的考量，发展倡导理性语言的倾向愈益严重，这种理性语言强调语言的精确性与实用性，重视语言的精确表达与交往交流的功能，但这种实用化精确化的走向也导致我们的语言日渐缺少生动性与丰富性。在某种意义上我们可以说，诗歌语言在当下的语言现实中，可以充当一种反向的力量，弥补整体语言的日渐贫乏、分裂与语言的灵性不足的问题，从而达到语言词汇的一种整体的均衡。在这种保持语言均衡的文化努力中，诗人应可扮演十分重要的角色，并努力地承担起净化语言、改造语言甚至拯救濒危语言的责任。

这就很自然地会对诗人的语言提出了更高的要求，真正优秀的诗人应意识到自己的这一文化使命。

俄罗斯哲学家别尔嘉耶夫在一篇名为《社会生活中的词语与现实》中说过这样一句话：

在不自由的氛围里，空洞的词语正在兴盛。[①]

实际上，在当今的基于现实的所谓的多元化的文化氛围里，这句话做

[①] 别尔嘉耶夫：《俄罗斯的命运》，汪剑钊译，云南人民出版社1999年版，第188页。

第九章　诗人、诗歌言语与诗性语言

如下的改动更为准确：

>　　在这种过于自由化的氛围里，空洞的词语正在兴盛。

　　这种空洞化的词语在诗歌创作方面表现得更为明显。当今的诗人的诗歌作品的语言失去了它的内在的精神性，也失去了真正的现实感与深邃的思想内容。很多诗人的诗歌言语变成了一种完全个人化的梦呓，诗性元素也变得越来越缺乏，有些标新立异类的言语一看上去就觉得既不顺畅也不自然，矫情味很浓。过于新奇的语言或许也能体现诗人的探索欲望或求变心理，但要想赢得语言文化上的意义，那诗人就必须更加努力，从而使自己的语言更为充实更具有内容。

　　诗人在语言方面的最基本的责任究竟是什么呢？用一句话来概括就是：

>　　尽力避免诗歌语言或语词的空洞，尽力恢复语言或语词的内在的精神性或深层的现实指向性。

　　恢复了语言的内在的精神性，或者恢复了语言、语词与深层的现实生活情境的关联之后，语言自然就不会空洞，再进一步也就有了真正的诗性。

第十章

中国诗人与西方诗人

中国现代诗人与中国古代诗人在写作观念上已经有了很大的不同，虽然从更加宏观更加广义的角度来看他们大体上都属于从事"汉语写作"的人，甚至仅从"汉语写作"的纯语言的角度来看，中国现代诗人与古代诗人之间也存在着很多的不连贯与断裂。中国现代诗人诗人与西方现代诗人之间，就像现代中国人与现代西方人的概念一样也包含着基于大的文化差异所带来的差别。总体来看，中国现代诗在写作理念、写作形式及其流派更迭上更多地受到西方现代诗的影响，并有着明显的模仿与跟风的痕迹，相对而言，中国现代诗似乎受到同属于"汉诗"的中国古代诗歌的影响反而较小。

一 中国古代的诗人与现代诗人

中国的源远流长的诗歌发展史一直是中国人的值得骄傲的方面，从古至今已有几千年的历史，以 20 世纪的新文学运动为界限，中国的诗歌现可分为古代的诗歌与现代的诗歌，由此出发，诗人也就被分为中国古代诗人

第十章 中国诗人与西方诗人

与中国现代诗人，由于所处的时代条件的不同，由于文化背景，文明发展水平的差异，由于经济、政治、技术等诸因素的影响，也由于诗人的个人人生际遇的种种因素，中国古代诗人与中国现代诗人之间形成了鲜明的区别，虽然他们大体上都同属于所谓的"汉诗诗人"。

在中国古代的浩繁博大的诗歌作品中，诗歌种类与诗歌风格都很庞杂，但大体上有两条线索清晰的传统，即"诗言志"和"诗缘情"的传统或诗学观念。但纵观中国整个的诗歌历史，我们就能发现："载道""诗言志"的诗学观念占据了最重要的位置。古诗以"思无邪"的诗歌风格表达那种温柔敦厚、哀而不怨的情怀意绪。从整个古代的诗歌历史来看，这个"道"或"志"不仅仅是指指政治、社会或道德教化等观念，还包含着浓重的关于自然的宇宙意识或宗教观念，这个"道"不仅仅是儒家的道，也包括道家意义上的"道"的含义，甚至包含了许多佛家的宗教观念。

从诗歌艺术方面的独特性来看，有许多学者已经指出，中国古代诗歌的特殊性在"意象"这个关键词上。中国古代诗歌艺术方面的这一特殊性在近代也影响了西方世界，中国古代诗词借助于西方的意象派运动而得以彰显其魅力，在这种运动中中国古代诗人声名鹊起。他们甚至把我们的古代诗词宝库比作另一个希腊。不管他们是基于什么眼光来看中国古代诗词的，这个事实是明显的：中国古代的诗人为我们赢得了文化上的声誉。中国古代诗人是在古代中华文化的背景下诞生的。他们的诗风与形象和古代或现代西方诗人相比有其独特的个性。

中国古代诗人的形象是由中国古代的一些著名的诗人建立起来的。

屈原的形象是中国古代诗人形象的重要代表之一，他似乎也能体现中国古代的某种诗歌精神。他的诗歌创作中奇崛浪漫的想象，他的生命中的那种宗教式的献身精神，都很完美地诠释中国古代诗人的风貌与生命倾向。他的这一诗人形象感染着后来的中国古代诗人。后来的唐宋代的诗人

诗人的价值之根

所创造的唐宋诗词无疑把中国古代诗歌的成就推向了高峰。现代的西方译者翻译最多的中国古代诗人也是唐宋诗人的作品,其中有李白、杜甫、白居易、李商隐、王维、李贺的诗以及柳永、李清照、李煜等词人的作品。

中国现代诗人与中国古代诗人由于置身于其中的文化处境有所不同,他们的经验方式与经验类型也发生了许多细微的变化。这种文化处境与文化经验的差异必然会影响诗人的创作风貌,但未必能决定诗人的诗歌成就。那么究竟为什么中国古代诗人取得了令人瞩目的成就,以致影响了世界,而中国现代诗人的创作却只停留在很一般的水平上呢?与此相关的问题还有:为什么当今中国的诗人的创作缺乏深刻的独特性,他们跟随西方的诗歌观念与诗风波动的味道很浓,缺乏自己独有的精神与艺术面貌。和中国古代的诗人相比,中国现代诗人好像没能取得自己的独特的诗歌成就。

仔细想来,这和我们上面谈到的诗人与人类经验的问题有关。古代诗人之所以取得令人瞩目的成就,既是历史文化诸多因素合力的结果,也和诗人的个人因素分不开,还有一点我们必须强调:古代的诗人在无意识之中找准了他们在整个人类经验中的位置,并发挥了作为一个诗人的真正的功能,或者说,他们的情感与情思以及作为这种情思表达的诗歌作品,在无意识之中对人类的经验世界作出了独到的贡献,而这种经验正是当时的社会以及人心所需要的,也是人类的整体的经验所需要的。现代诗人的诗作总体水平不高,这也是历史、文化传统诸多因素合力形成的结果,当然也和诗人个人的诸多因素有关。除此之外,也和中国现代诗人整体意识的缺乏有关,和他们对人类整体的经验缺乏敏锐的洞察或真正的理解有关。因为这种理解的缺乏,导致他们没能找准自己在整体的人类文化经验中的最合适的位置,他们盲目地跟随西方社会的种种诗歌文化的风潮起舞,他们创造的诗歌作品、经验世界的方式和西方人没有本质的区别,结果导致整体的中国现代诗人群体缺乏中国古代诗人所具有

第十章　中国诗人与西方诗人

的独特的样貌。

由于所处的时代条件已发生了重大变化，中国现代诗人的主流更多地受西方的世风和诗风的影响，比之古代诗人，大多数中国的现代诗人们——20世纪中叶之前的诗人，以及80年代之后的诗人——大多在思想上倾向于个人主义、自由主义等，也可以说他们更多的是受现代西方现代思潮的影响，追求"自我"的痕迹太浓，这就有可能在更大程度上失去自己。具体体现在作品上也是如此，大多数中国"现代诗"都受西方的以个人主义思想为基础的诗歌影响，这种影响在五四时期现代白话诗刚刚开始的时候或许还有许多积极元素，但到了当今，这种以自我为表现中心的倾向对诗歌创作变得越来越不利，甚至可以说越来越具有精神破坏力。当下的诗人身上越来越缺少使诗歌具有永久魅力的那两种根本性的元素：自然诸元素与宗教诸元素。

身处古代社会的诗人，他们的身上有许多自然元素，这些元素在很大程度上能帮助诗人写出优秀的诗作。这些自然元素具体体现在如下几个方面：

1. 自然意识——包括热爱自然之心等方面
2. 自然的生活状态——朴实而淡远的生活情境，受技术、商业等因素困扰较小
3. 写作过程的自然性等——情动于中之后自然创作等

美学家朱光潜先生在《中西诗在情趣上的比较》一文中指出：

> 诗人对于自然的爱好可分三种。最粗浅的是"感官主义"，爱微风以其凉爽，爱花以其气香色美，爱鸟声泉水声以其对于听官感受，爱青天碧水以其对于视官愉快。这是健全人所本有的倾向，凡是诗人都不免带有几分"感官主义"。近代西方有一派诗人，叫做"颓废派"的，专重这种感官主义，在诗中尽量铺陈声色臭味。这种嗜好往往出

诗人的价值之根

于个人的怪癖，不能算诗的上乘。诗人对于自然爱好的第二种起于情趣的默契忻合。"相看两不厌，惟有敬亭山"，"平畴交远风，良苗亦怀新"，"万物静观皆自得，四时佳兴与人同"诸诗所表现的态度都属于这一类。这是多数中国诗人对于自然的态度。第三种是泛神主义，把大自然全体看作神灵的表现，在其中看出不可思议的妙谛，觉得超于人而时时在支配人的力量。自然的崇拜于是成为一种宗教，它含有极原始的迷信和极神秘的哲学。这是多数西方诗人对于自然的态度，中国诗人很少有达到这种境界的。陶潜和华兹华斯都是著名的自然诗人，他们的诗有许多相类似。我们拿他们两人来比较，就可以见出中西诗人对于自然的态度大有分别。……这种彻悟和这种神秘主义和中国诗人于自然默契相安的态度显然不同。中国诗人在自然中只能听见自然，西方诗人在自然中能够往往能见出一种神秘的巨大的力量。[①]

他的看法和我们前面论述的思想有不少相同的地方。

但我不同意他所说的中国古代诗人对自然没有宗教意识的说法，古代诗人之所以取得那么大的诗歌成就是和他们身上潜在的宗教元素有关，哪怕那些诗人不承认这种元素，哪怕他们没有明确的宗教信仰，哪怕他们对世界持着唯物主义立场，但气象万千的自然景象也依然会从各个侧面对诗人发出神奇之光，那时的自然万物在诗人眼里或心灵之中自然而然地闪动着某种无解的神秘。这种感觉足以引发诗人某种潜在的宗教情绪，足以引发诗人的情感与想象力。诗人只要自然地写出那份本然的冲动、想象与情感即可，虽然他们的诗作侧重点不在这里，虽然和西方诗人相比，宗教元素不太突出。中国现代诗人身处的文化背景与古代诗人不同。现代中国诗

[①] 《中西诗在情趣上的比较》，《朱光潜全集》第3卷，安徽教育出版社1987年版，第3、4页。

第十章 中国诗人与西方诗人

人哪怕他宣称是有信仰的，他身上的那种无限感、宁静感或神秘感都很难自然地被表现出来，各种事物或事件依然会以它强力的物质面貌呈现给他，让他无法展开自己真正的想象。我的结论是在中国古代社会一个中国的真正的诗人，他可以没有那种形式上的宗教信仰，但依旧自然而然地拥有那含蓄的宗教情怀，那份宗教情怀有助于他写出优秀的诗歌作品，而在当代的愈趋务实的文化背景之下，哪怕一个诗人宣称信仰某种宗教，他也很难拥有那份宗教气质或宗教情怀，那种物质的、欲望的、市场的与理性的因素可能会制约他写出真正优秀的诗作。

朱光潜在《中西诗在情趣上的比较》中还指出："西方诗人要在恋爱中实现人生，中国诗人往往只求在恋爱诗中消遣人生。中国诗人脚踏实地，爱情只是爱情；西方诗人比较能高瞻远瞩，爱情之中都有几分人生哲学和宗教情操。"[①] 窥一斑而见全豹，西方诗歌哪怕在爱情诗歌里都充满了很浓的宗教色彩，阅读西方诗歌（包括爱情的诗歌），我们都能感受到其中蕴涵着的宗教元素。

二 中国现当代诗人与西方现当代诗人水平上的差距

这里我们只是粗略地谈一下中国现当代诗人和西方现当代诗人（近代以后的诗人）的水平差别背后的种种文化原因。客观地说，中国现当代诗人的整体表现不能让人满意，不管这些人找了多少条理由为自己辩护。有点让人奇怪的是：尽管人们常说，这是个"诗歌无读者，诗人无阵地"的时代，但还是有那么多的所谓"诗人"喜欢打着诗人的旗号在这个领域里闹腾：经常高举种种他们自认为新颖的大旗，掀起种种有时看来是莫名其

[①] 《中西诗在情趣上的比较》，《朱光潜全集》第 3 卷，安徽教育出版社 1987 年版，第 3、4 页。

诗人的价值之根

妙的争议。这种看起来有些花哨的折腾的结果几乎不用猜测：诗歌作为一种艺术形式，其所受到的关注程度会越来越低，诗人也会在更大程度上丧失影响人们心灵的能力。归根结底，这和当今的整体诗人队伍素质日渐驳杂日渐低下有关。

中国当代诗坛的一些事常常把人弄得眼花缭乱，有些小剧场也成了专门主演闹剧的最重要舞台之一。我在前面就已经说过，中国当今的诗人最缺少的就是那种深刻的诗意感与智慧感，大多数人似乎并不关心诗人的天然的使命是什么，拉山头树派别的事也时有出现，但这些诗人似乎都缺乏基本的大方向，这些派别的宗旨似乎也缺乏诗的内在根据——有所谓的"莽汉派""非非派""下半身写作派""垃圾派""流氓派"等。真还搞不清这些"派"的创作的基本价值倾向在哪里，他们似乎只理解身体及身体粗野的重要性（或真实性），而对心灵的微妙深刻的方面却故意避而不谈。当今的诗歌形式本身似乎也发生了让人侧目的变化，诗歌形式的演变也经常让人感叹不已。最近一段时间就我所知，就有几种诗体出现，什么"梨花体"、"羊羔体"、"凡客体"、"咆哮体"等，虽然这些体式大多不是诗人自封的，而是读者以调侃的语调加给他们的。

诗歌一直被誉最高类型的艺术形式之一，但在当今的中国它竟被一些人弄得如此不堪，这让人不知该说些什么。屠格涅夫说诗是所有艺术的大姐姐，也是大多数艺术的母亲。从更高的一个角度看，诗歌可以说是一个民族的精神旨趣的集中体现，也是一个民族内在灵魂的最直接的流露，它可以从内在的精神层面折射一个民族的精神的优点或缺陷，或者说折射一个民族文化经验的优点或缺陷，它比其他的精神形式更能展现时代的文化或精神状况。诗歌既是诗人个体经验的流露，也展现人类经验的普遍的方面，也就是说，诗歌也表达人类经验中的共通的东西。古希腊哲学家亚里士多德在《诗学》第九章中说过一段著名的格言：

第十章 中国诗人与西方诗人

诗比历史更美好，更富有哲理，因为诗表达普遍存在的事物，而历史只表达某一特定时期的。

不管诗人自己同不同意这一点，不管你自己怎样的宣称只写"个体化的边缘经历"。总有些普遍共通的东西蕴涵其中。差别只在于，这两个方面结合的是高妙而深刻，还是粗糙与肤浅。从诗歌艺术成就来看，我们中国的现当代诗人明显地落后于西方的现当代诗人，就像中国的现当代其他艺术形式明显地落后于西方的现当代的艺术形式一样。那么为什么中国的现当代诗人的诗歌成就和西方现当代诗人有那么大的差距？形成这种差距的原因何在呢？为什么西方近代以来在诗人方面群星灿烂，而我们中国的现代诗人比较起来却相形见绌呢？按照一般的道理，近代以来发生在精神文化领域里的种种不利的影响也同样发生在西方现代诗人的身上。中西方现代诗人及其诗歌成就究竟为什么会有这么大的不同？

上面我们在论述中国古代诗人与现代诗人的不同时就已经涉及这个问题，现在我们再做进一步地补充分析。对于中西方现代诗人水平上的差别，我们依旧坚持如上的思路来进行分析。可以说，中西方现代诗人的文化背景的不同直接影响了诗歌的整体水平的高与低，虽然中西方现代诗歌各自都有着自己独特的文化背景。这种文化背景的不同具体体现在如下几个方面：

首先，宗教背景的不同。

西方有着一两千年的宗教文化背景，这种深厚的宗教背景赋予他们的诗歌以特殊的魅力。同样是表现个人主义、感官主义或自由主义的诗歌主题的作品由于有了这种背景差异，其诗歌的意义就有很大的不同。我们拿最容易被现当代中国诗界误解的"垮掉派"为例。其实这一诗歌流派并非人们简单想象中的含义。其实，在具有宗教背景下的精神与感官的放纵更具有震撼力，同时也更具有精神的意义。中国的翻译界对此也有很多不同的看法。

根据翻译家李文俊先生的回忆，当时还有人把 Beat Generation 这个词译成"被击垮的一代"，而台湾翻译界则把它译为"敲打的一代"。据台湾著名学者单德兴先生说，"敲打的一代"未能充分表达原意，近来反而采用大陆的译文"垮掉的一代"。不过，他本人还是把它译为"颓废的一代"。而《简明不列颠百科全书》中文版却把"Beat"译成"避世"，"垮掉派运动"（Beat Movement）便被译成"避世运动"了！李文俊先生说，董乐山先生生前曾提议把 Beat 译为"疲脱"。我们以为，这虽然比不上把"Utopia"译为"乌托邦"这一集音、义乃至色彩为一体的天才译文，但它比使人产生误解的"垮掉"译文好多了！"疲脱"与"Beat"音相近，而且"脱"所含有的"洒脱"、"超脱"，更接近 Beatitude 的宗教含义。而"疲"也传达了原来所指的由于失意、困顿的生活处境而造成的精神沉重的状态，但没有颓废的意思。颓废是后来人们对他们其中一些人出格的生活方式产生的印象，尤其在中国的文化环境下，很容易产生误解。垮掉派作家给人们造成颓废的印象主要表现在他们吸毒、酗酒、同性恋或双性恋上。在一般人的心目中，垮掉派诗人似乎是一群生活糜烂的堕落分子，他们的生活"垮掉"，精神也"垮掉"了。中文翻译只取用了该词的一种词义："垮掉"，而"垮掉"往往又与"颓废"联系在一起。当然他们也有无法回避的短处。

又根据一些学者的研究与记载，这一流派的几个代表人物都痴迷于宗教，并都具有浓厚的宗教精神。金斯堡信奉一种美国化的藏传佛教。1970年，他认识了在美国传教的噶举派曲羊达垅巴仁波切之后便皈依了他，对他行三皈依礼，取法号"达摩之狮"。所以，在这些学者看来，"Beat"一词，首先在美国诗人，尤其是垮掉派和后垮掉派诗人的心目中，在美国文化的背景里，不是我们常人尤其中国人所联想的"颓废"，而是具有超凡脱俗的宗教意味。这里虽然从形式上看，他们在追寻东方的宗教，实际

第十章　中国诗人与西方诗人

上,他们追寻的依然是各种宗教共有的那个精神基础,这是摆脱了种种宗教条规后的自由的宗教精神。

而中国当代诗歌中的所谓的莽汉派、垃圾派、下半身派诗歌和美国垮掉派诗歌等,看上去似乎有很多的相似点,其精神意义根本不可同日而语,因此他们所取得的诗歌成就也根本就不在一个层面上。这种成就上的差别自然是很多因素造成的,但和宗教精神的大背景也有着很大的关系,看上去似乎都只是一些简单的叛逆与放纵,似乎只具有个体化的意义,但因为背景的差异,其透过诗歌的种种形式符号所显露出的精神意义就有很大的不同。在宗教禁欲的背景之下的感性追求(更典型的如西方文艺复兴时期),和在感官放纵已越演越烈的背景之下的感官崇拜,其精神和文化意义怎么可能一样呢。

其次就是人文背景的不同。

近代以来西方世界"人文"倾向比较明显,几乎所有和精神性有关的领域都被浓厚的人文精神所环绕,诗歌创作领域自然也不例外,这一精神倾向对诗歌的繁荣与发展也很重要,常常也因此决定了诗歌创作的价值及其成就:毕竟诗歌不可能游离于这一总体的精神倾向。可以说,这也是西方现当代诗歌优越于中国现当代诗歌的重要的文化因素。在西方的近代以后总体的文化经验中,甚至自文艺复兴之后,人的价值、地位与尊严就一直为他们所关注:人既不是神也不是动物,但人介于人与神之间,是两者的混合或融合,这就决定了人的种种精神特性。人不同于神,因为人有着种种感性的方面与需求,有着具体的喜怒哀乐,人也不同于动物,不同于纯自然物,人有其独有的超越性的方面,有着种种近于神的精神面貌。在此核心思想的基础之上,其后形成了西方的深厚的人文背景。

他们也有尊重人的种种天生的权利的传统,由此,他们重视人的地位、价值与尊严,重视人的肉体与灵魂的自由,从文艺复兴、经过法国大

诗人的价值之根

革命等,自由、平等、博爱等人文思想就已深入于西方文化的精神深处。在他们的诗歌传统里,这一人文精神更是得到淋漓尽致的表现,并因为这种表达提高了诗歌创作的思想价值。这些人文精神在诗人的诗歌中常和以下几个诗歌主题有关。

1. 自由——包括身体的、灵魂的自由,反对种种形式的奴役等
2. 平等——对专制的抗议,对弱势群体的同情与关爱等
3. 爱——对自然、社会、人、上帝等的爱,尤其体现在男女之爱上

我们下面只以自由为例。

对自由的梦想是人文精神的一个集中体现,对自由的向往与渴望的主题,也在现代的诗歌里不断地被提起,被重现。法国著名诗人艾吕雅属于所谓的超现实主义流派,也应该归属于现代主义诗歌,但他所表达的精神却和传统诗人更为接近。他早期所写的《自由》一诗就很有代表性。

> ……
> 在并非自愿的别离中,
> 在赤裸裸的寂寞中,
> 在死亡的阶梯上,
> 我写你的名字;
>
> 在重新恢复的健康上,
> 在已经消除的危险上,
> 在没有记忆的希望上,
> 我写你的名字;
>
> 由于一个字的力量,
> 我重新开始生活,

第十章 中国诗人与西方诗人

我活在世上是为了认识你，

为了叫你的名字：

自由。

罗大冈 译

从现代性的视角与眼光来看，传统诗人身上"人文精神"更加浓厚，普希金也属于此类，他被称之为歌颂自由的帝王，他有一系列的歌颂自由的诗作，《致恰达耶夫》《致大海》《纪念碑》等，都是以歌颂自由反对专制为主题的，他所写的《自由颂》是比较典型的一首：

唉，无论我向哪里望去——
到处是皮鞭，到处是铁掌，
对于法理的致命的侮辱，
奴隶软弱的泪水汪洋；
到处都是不义的权力
在偏见的浓密的幽暗中
登了位——靠奴役的天才，
和对光荣的害人的热情。
……
专制的暴君和魔王！
我带着残忍的高兴看着
你的覆灭，你子孙的死亡。
人人会在你的额上
读到人民的诅咒的印记，
你是世上对神的责备，

诗人的价值之根

自然的耻辱，人间的瘟疫。
我憎恨你和你的皇座，
……

渴望自由似乎也是一个诗人的天性，而对自由主题的歌颂能使诗作散发出一种特别的精神光辉。自由意识会让诗人对种种形式的奴役——权势、专制与暴政等——深恶痛绝，在反对专制、权势与暴政等人文思想的基础之上，诗人通常又建立起了诸如同情弱者倾向以及对于人民的关注，或者说对于劳苦大众的关注。这些充满精神光辉的人文思想也使诗人的诗作获得了一种价值根基，没有这种精神价值根基的诗歌作品很难具有持久的影响力。

相对来说，中国现代文化中的这些倾向并不很明显，在整体的文化大背景中，人文精神相对薄弱。尽管近代以来尤其是五四以后，受到了西方的这种人文思潮的冲击，我们的文学也经常有这类主题的出现，但这种精神的根并没有能够在包括诗歌在内的文学之中真正地扎下来，因而失去了诗歌的一个价值支撑点。在我们的现代诗中，再现这类主题的诗作写得也不是很深刻，和西方的现当代诗人的诗作相比，明显地要低了一个档次。

中国现当代的诗人由于受这种文化背景与氛围的浸染不深，因而从总体上来看，他们的潜意识里的渴望并不很强烈，这种倾向更没有成为他们的一种精神本能，又由于有这种文化背景影响的欠缺，中国现当代的诗人的作品从总体上来看，人文精神的根基较为薄弱，这也是中国现当代诗人作品价值不高的原因之一。

此外还有哲学的、艺术的等背景不同造成的创作成就的差异。关于这一点我们将在下面的一节里详加论述。

第十章　中国诗人与西方诗人

三　中国现代诗人的水平究竟怎么衡量

关于诗人或诗歌的真正价值及水平问题，我们在上面事实上已经做了一些分析。下面我们将从另一个角度谈论这个问题。我们究竟怎么去衡量诗人或诗作的水平？这个问题总是很容易引起争议。因为"公公"和"婆婆"们往往依据的标准不同，得出的结论可能截然相反。我在这里不想做更为细致的实证的具体的比较研究，那种研究对鉴定水平或价值或许是必要的，但如果陷得太深而跳不出来，就会影响了人们的视野。毕竟我们现在谈论的是一个大国诗人群体的总体水平问题，在这里我们需要剔除某种不必要的虚荣，力求做到客观而又开阔，而不要陷入那种无知的自恋之中。在此处，我只是从一般的大的文化哲学角度来阐述我的看法。

德国的汉学家顾彬认为："中国诗人和世界的诗歌水平差别不大了"。

他的这个结论似乎有点不够慎重，不知是凭着什么依据下的，也不知对他的外国同行而言有多少说服力。就我个人而言，我觉得这个结论下得太过仓促，以致让我听了之后并没有产生一种文化上的自豪感，在那个瞬间甚至感觉他是在某种动机的支配下才这样说的。平心而论，中国现代诗的总体水平还不能和西方的现代诗人的水平相比，两者之间在原创性与精神深度方面等差距甚大。

我说这些话的依据是什么呢？我们上面已经谈了文化背景的方面原因，下面我将继续说我其他方面的理由与依据。

和其他艺术形式相比，诗歌是最具有心灵性或精神性的门类之一，它的最终的真正的价值肯定不是来自形式方面的因素，尽管形式因素也很重要。诗，作为一种较高门类的艺术，它的表达形式事实上也是很难掌握的，至少不像现在的一些诗人想象得那样容易。诗，作为一种表达精神性情感的艺术，它的内容方面的价值阶梯更是难以攀登，没有真正的心灵性

诗人的价值之根

的渗透，诗歌不可能有更高的价值。总体而言，诗歌的发展、进步与成熟都不是孤立进行的，更别谈什么诗歌创作的高峰了，不管是从内容还是从形式方面来说，中国现代诗的整体水平都略显逊色，严格地说来，也没出现过真正的创作高峰。

诗歌的整体水平或高峰的出现不是凭空而来的，它是精神文化诸种因素的综合性的结果。从深层处去看，它甚至和某一个诗人的艰苦努力无太大的关系，其整体水平也不是靠某几个人的天赋与努力就能成就的，诗歌的成就与水平是一个民族的整个文化及其体验的果实之一。诗歌如同音乐一样，是一个民族的总体的精神力量的直接的展现，如果我说的再进一层，我更想说是，诗歌和音乐一样是一个民族内在灵魂的流露与显现，如果一个民族在文化经验总体上过于务实，精神方面贫乏干瘪，如果一个民族在总体的精神方面缺乏超越性与灵魂感，那么很难想象其诗歌会有极大的发展，更难想象生活于其中的某几个成员会掀起一个诗歌创作的高峰。

说到人类精神的重要体现之一——哲学——我们一般都会承认，至少近几百年来我们这个民族的哲学意识相对薄弱，尤其是那种和"形而上"方向有关的哲学意识薄弱。这种哲学意识的缺乏显现在人们的经验层面上，就是人们过于和物质的感官的方面的事情纠缠，花太多精力倾注于其上，精神体验的快乐或幸福与否也很依赖这些，而对事物的精神性韵味却缺乏情趣或兴味。再就诗人本身来看，你看欧美的那些早期大诗人，他们几乎也同时是思想家。雪莱的《为诗一辩》，歌德的《歌德谈话录》，席勒的《审美教育书简》，海涅的《论浪漫派》等，没有这种哲学与思想的支撑，诗人很难把自己推向一个高度，诗歌也很难具有持久的价值。一个民族总体的哲学意识淡薄，诗歌艺术却能单独地繁荣发展，甚至出现高峰，这是很难让人想象的。

人类精神的另一个重要体现形式是音乐。说到我们中国的现代音乐的总体水平，一般中国人都不得不承认，近现代以来，我们在音乐方面的总

第十章　中国诗人与西方诗人

体成就有限，总体水平不高，几乎就没有创造出多少有价值的足以影响世界的音乐作品。从许多个角度看，诗歌与音乐之间都存在着正面的相关性，它们在根底里是相通的，也都是一个民族的精神的总体水平的显现。一般来说，一个民族的音乐水准高，其诗歌水平通常也相对较高，相反，一个民族的音乐方面的水平较低，其诗歌的成就也好不到哪里去。我们的文化经验缺乏音乐的旋律与音乐精神，这也会最终制约诗歌的发展。

再从历史的总体面貌来看，我们中华文化是较为现实的文化，这种文化气氛不利于真正精神性作品的诞生。在大部分的历史之中，人们都被偏务实的儒家思想牵制得很厉害，那些历史上的诗歌辉煌时期，恰恰是儒家思想相对薄弱的时期。我们现代的文化经验状况，对于创造精神性的作品更是不容乐观。当今文化的各个领域，精神性韵味差不多都是越来越淡薄，整体的文化经验空洞化趋势明显，在这么一种总体的文化氛围之中，像音乐、诗歌之类很难单独突破，就像一棵树很难在不适合的气氛中完美地生长一样。我们的现代诗和西方的现代诗，在大的文化背景上有所不同，精神土壤不同，他们有那种深厚的心灵信仰与精神背景，有很好的精神文化土壤，又有其他艺术门类的相互映照相互促进，所以他们的诗歌发展似乎得天独厚。而我们的现代诗从诞生之日起就缺少诸多有利的因素，在没有精神大背景和合适的精神土壤，其他精神形式也相对弱小的情况下，想让诗歌孤立地出现创作的高峰，那实在有点异想天开。

再从诗歌作品本身来看，中国的现代诗不管是从内容、文体还是从流派的角度看，都是从模仿西方现代诗开始的。从现代文学史上那几个著名诗人开始——比如郭沫若——我们一直经历着这么一个或明或暗的模仿历程，我们从许多诗人的身上都能看到模仿外国某诗人或流派的印迹。甚至诗歌主题或创作的姿态都有许多相近的地方。这种情形在当代诗歌的创作中表现得也许更加明显——比如诗歌的口语化倾向，也是从人家开始的。按基本常理，诗歌创作活动的准模仿者，他的价值与意义永远也不能也不

诗人的价值之根

应该和那些具有原创精神者相提并论。在科学技术、法律制度等政治领域跟风，多少还不减其跟风者的价值与意义，在诗歌、哲学、音乐或艺术等精神领域里的跟风者，不管其表面上看去多么有个性，在骨子里他们所创造的产品都是没有太大的价值的，或者说其价值等级应该大大地降低。中国的现代诗歌从原创性的角度来看，价值品级就不太高，我们尤其缺少那种能把新颖的艺术形式与深刻的精神内容融合起来的大作品。

诗歌作品如果缺少那种来自内容的深刻性与形式方面的独创性，其价值还有多少呢。

与上面所说的问题有关，我说中国现代诗远不如西方现代诗的另一个根据是：中国现当代诗歌史上还没出现过真正的天才式的诗人。我们中国现当代诗歌史是出现过一些才华横溢的诗人，其作品的影响力也有一些，但和欧美的那些天才式的大诗人相比，他们在许多方面明显地不在一个等级，作品的气象也明显地小器多了。

那么我为什么说中国现代诗歌史上没有出现天才式诗人呢？

按一般的历史常规，天才诗人的作品会从时间与地域两个方面影响人们，从时间上来看，天才式诗人经常影响了一个时代，并对那个时代的人们的内心世界——思想、情感及其想象力——产生深远的影响。从其地域影响来看，天才式诗人的诗歌影响力远超出国界，并突破了意识形态的种种限制，没有一个天才诗人的影响力只限于几个时髦的批评家，也没有一个天才诗人的诗作和民众是绝对隔膜的。和民众隔膜的伟大诗作，这种说法本身就很奇怪，就充满了可笑的自相矛盾，而且天才诗人的诗作的影响力是基于内容与形式两个方面的创造性，这和那种粗浅的畅销之作有很大的区别，他们的作品也能赢得那些真正深刻的批评家们的赞赏，大多数评论家与大多数大众都发自内心的喜欢天才诗人的诗作。从西方现代诗歌的历史来看，天才诗人的作品最后能赢得了民众与深刻批评家们的发自内心的崇敬。

第十章　中国诗人与西方诗人

就这点来看，中国的哪怕是最优秀的现代诗人的影响力和中国古代的天才式诗人也很难相提并论，和欧美的那些天才式的现代诗人也很难相比，他们之间肯定不是山峰与山峰的关系。天才诗人的诗作里通常蕴涵着一种奇异独特的精神力量，并因为这种精神上的创造性，使他们超越了种种时空的限制，最终能够深入于世界各地的民众心灵，并影响他们的内心世界，甚至改变了他们的思想、情感与想象方式。整个中国现当代诗歌史就缺少这样的诗人，这也最后影响力中国现代诗的整体水平。

四　中国当代诗人应如何选择

中国现代诗的整体水平目前无法和欧美近现代诗歌的水平相比，两者之间还有很大差距。这种状况短期内可能也无法改变，尽管从内心里我们每个中国人都想来个蹦极式的大发展大跨越。但诗歌艺术的发展和总体的文化经验的状况是密切联系着的，在中国的总体的文化经验得以改观之前，诗歌艺术很难有真正的质的飞跃。我们不能通过种种自恋的方式试图证明我们已经"大跃进"了，那从精神上讲更可笑——一种由于缺乏自知之明而产生的可笑。接下来我们要问的是：在这种非常残酷的文化事实面前，在中国目前的这种现实的诗歌现状面前，我们中国的当代诗人该怎么办？

面对人家已经树立起来的一座一座的诗歌山峰，我们该如何突破？心灰意冷垂头丧气地放弃诗歌创作肯定不是办法，就像我们在音乐的领域里明知不如人家还要继续创作一样。另一种自恋式的态度与方式或许更不可行，这种态度伴随着中国的国际地位的提高，似乎也越来越有市场，现在有些人甚至狂妄自大地宣称：中国当代诗人的整体水平已经超出国外诗人，并想尽办法从方方面面力图证明这一点。

对中国诗人来说，正确的态度是什么？

诗人的价值之根

我们中国当代诗人必须学会接受这一冷酷的文化事实。首先学会接受一个文化大背景中的事实：当今诗歌的情景已和过去有所不同，它似乎已经无可挽回地丧失了它曾经有过的迷人的力量，诗人似乎也必然地丧失曾经有过的神似的那种地位。诗人与诗歌大概都会愈益边缘化。另外我们还要接受一个和诗歌本身有关的事实：我们中国现代诗的整体的水平还不太行，我们中国的现代诗人的整体素质也许会一代不如一代。

在此基础之上，我们再来客观地、谦虚地为自己定位，并在此基础之上，确立一个相对宏观的大方向，以争取创造出高水平的作品。伴随着中国其他方面的发展在不远的将来，在我们文化复兴的大背景之下，没准也会产生汉诗现代诗的文化高峰。虽然诗人与诗歌的现状令人沮丧，但还是应该满怀着希望，希望之光似乎正在前方闪烁。我们在前边已说过：诗人与诗歌所代表的是想象性价值、梦幻与梦想的力量等，这些方面在人类的内心里有着根深蒂固的基础，在人类的整体的文化经验中占据着不可或缺的位置，其对人类的存在来说，也是非常重要的，对完美的文化经验来说，更是不可缺少。目前的状况可能只是人类历史的一幕罢了，但这种情况究竟会延续多久，下一幕历史情景会怎么样？或许在下一幕历史剧里，诗人又重新获得了重要的精神地位，我们有理由抱着模糊的希望等待。

但在目前的现实面前，诗人面临着种种压力，尤其是未来文化的发展趋势也会压迫诗人，并逼迫诗人重新定位自己。

前面我们已经提到过关于未来文化发展与诗人的关系问题。

关于未来社会整个文化的发展图景，我们目前似乎也不够清晰，不过我们可从当今的一些最新潮流中看出点端倪。这些最新的趋势有可能帮助诗人重新获得创作的激情，并使他们重新定位后找到其在人类经验中的位置。

人与自然的关系是未来文化要处理的重要课题，现在人与自然有了重新获得和解的可能性，自然的价值与魅力有可能重新深入人心。人似乎也

第十章 中国诗人与西方诗人

重新意识到了完全陷入自我之中的危害。生命的意义与精神的真正价值都不在自我之中,尤其不在那个张扬种种感官的自我之中,人们必须走出自我编制的藩篱,积极地与更高价值的精神力量沟通、交流,所谓灵魂意识就蕴藏在这种寻找里,没有这种寻找欲的生活已被证明是不能给人带来真正快乐的生活,也是没有多少价值感的生活。根据当今文化发展的一些迹象,我们看到未来文化中的如下两种倾向或两种元素或许是最重要的。其一是自然倾向或元素;其二是宗教倾向或元素。

这两种倾向或元素恰恰被当今的一些中国诗人丢弃了,但其恰恰是诗歌精神的两个最重要的翅翼或动力。人们在经历了极端理智与极端现实的生活之后,发现了心灵的空虚、压抑与郁闷,发现即使是在人们的现实生活之中也不可缺少那种叫做梦想的生命原动力,而梦想与梦幻这东西,却恰恰是一些现代主义类型的诗人竭力摧毁的对象。一百多年的文化历史证明,比之之前的那些伟大的诗人,在现代主义与后现代主义诗歌运动中涌现出来的人物,其诗歌影响力还是差得很远,其诗歌成就也稍显逊色,其中的一些诗人与诗歌流派试图斩断其与传统诗歌的种种联系,以此标榜他们的所谓的创新。

那些以"先锋"自居的现代主义类型诗人,他们的种种"前卫"式的探索或许对诗歌艺术形式本身来说是有意义的,但把它们放在更大的文化范围里来考察,或放在整体的人类经验的视野里来看,他们所做的事情的意义就不是那么明显了。那些时髦的诗歌运动中诞生来的许多诗歌没能让事实世界变得更具有想象性价值,也没能让想象世界变得更加神奇或更加富有魅力。许多诗歌作品在"还原"的口号下,把生活世界弄得七零八落,这在很大程度上削减了生活的想象世界价值。最终,这些诗人给人们提供了什么真正有益的帮助?他们没有能够为人类的文化经验的完善作出有特色的贡献,没能为人类的内在心灵的丰富与充实出力,说得再具体点,因为在大方向上似乎出了点问题:这些诗歌潮流没有能够真正激发人

诗人的价值之根

类心灵的生机、也未能使人们更多地感受到生命的充实感、意义感。

归根结底，诗人属于情感世界、想象世界，并借助他的这片独到的世界影响人们的心灵。你的价值就根植于这个世界。好在当今文化世界又重新意识到了"浪漫之魂"的重要性，在当今的文化中，这个"魂"似乎又有复活的趋势。这应该让已经被边缘化了的诗人重新看到了希望的曙光，因为诗人的真正优势却恰恰体现在这种被称之为"浪漫"的精神创造里。这种被称之为浪漫的精神是人作为人真正不可缺少的一个精神方向。不过毕竟时代发展了，毕竟时代发生了很大的变化，建立在旧有的传统浪漫精神基础上的诗歌形式已不完全适合当今的或未来的诗人。我们的时代需要一种新型的浪漫精神，我们的时代也需要建立在新型浪漫精神之上的新的丰富多变的诗歌表达形式。我觉得中国当代诗人与其把主要精力放在"还原"或"解构"上，还不如回归诗歌的最初之根，并从中汲取有益的营养，重新解放心灵的内在感觉、重新解放想象力，让情感力量、想象力重新大放异彩。

真正的诗人不可能长久地萎缩在自己营造的藩篱里，他必须要有一种宏大的哲学的眼光，将自己置身于人类文化经验的总体图景之中，并从这种图景之中找到自己的最适合的位置，当今的中国诗人要想不被未来的文化发展所淘汰，那么他们就必须具有这种宽阔的视野，并及时地调整自己。他必须适度地节制自己自我个性张扬的倾向，把自己融入更大的生活范围里去，让自己投身于更具有精神价值的生存之中。

在未来的世界里，中国诗人或诗歌还有没有什么可为之处呢？

可以肯定地说有。但诗人应该思考：如何在未来人类文化的经验世界里找到自己最适合的位置，为了做到这一点，他就必须弄清楚诗人的真正的独特性在哪里？怎么才能更好地发挥诗人的这种独有的特点？如果继续以自我为中心耍弄种种形式上的语言游戏，并以现在这种缺乏方向感的面目继续下去的话，那就很难改变目前的诗人与诗歌的处境，诗人要想改变

第十章　中国诗人与西方诗人

这种日渐被边缘化的现状，并展现自己影响他人的力量，那他自己首先就得改变，在这种改变的大前提下重新定位自己，然后重新确立自己的诗歌创作的大的方向。我认为当代诗人必须重新回归于人类幽深的心灵，并重视文化传统中被称之为"浪漫的"那些元素——比如种种自然性，种种宗的因素等——并在当代的现实条件之下，将这些元素融入自己的诗歌创作中，把那种和幽深的心灵性相关的新型浪漫精神还给诗歌，让诗歌和感觉、想象力、情感、诗意、灵性、无限性重新挂起钩来，并用这种新型的诗歌努力地唤醒人们的内心，以此激发起人们的生活与感情方面的热望。

五　中国当下的文化经验与诗人的价值之根

归根结底，诗人和人们的内在的经验有关，诗人的价值也以能否触动人们的内在经验来衡量。一个诗人很难通过叛逆、颓废与堕落的方式获得人们长久的精神认可，中国当下的许多诗人似乎对人类的微妙心灵还缺乏深刻的理解，对中国目前的文化经验的状况也缺乏深刻的直觉——他们似乎不清楚中国目前或未来究竟更需要什么样精神性氛围或元素。总体来看，中国目前的文化经验与精神风貌不够舒展并略显滞重，因此，各类优秀诗人的精神性向往、梦幻与希望显得尤为重要，它能够给我们的民族精神带来一种生机与活力。在当今中国的复杂的文化背景之下①，中国的诗人应该思考的是：诗歌的真正根基在哪儿？或者说诗歌的发展方向究竟在哪儿？

影响诗人创作、诗歌发展的因素很多，但诗人首先应该思考大的方向问题，只有找到了这种根基或方向，诗人其后的种种努力才会有真正的着

---

① 参见丁来先《文化经验的审美改造》，中国社会科学出版社2010年版。

诗人的价值之根

力点,才不会被种种混乱的流行因素弄得团团转最终迷失稳定的创作方向。我们认为,在当下的文化背景之下,诗歌需要来一次真正的寻根之旅,诗人也需要在这样的背景中来一次寻根的运动,其目的就是要找到诗歌的真正的精神根基。有了这种"根之意识",诗人才有可能不被种种假象所迷惑:当代诗歌中或当代诗人中那种以假乱真的现象太突出了,那种拉大旗作虎皮、拿着鸡毛当令箭的现象到处横行。一个诗人,不管他怎么追求个性表达,但他至少应该明白对诗歌艺术有着真正影响的价值之根在哪儿。

我们也可换个问法:诗人应把诗歌的价值建筑在什么样的基础之上?诗歌的最重要的价值能建立在纯形式方面吗?抑或建筑在精神性情感或思想方面?诗歌的价值自然脱离不了语言的因素,一个优秀的诗人必须有非常完美地驾驭语言的能力,但诗歌的主要价值仅仅是语言自身的问题吗?熟练地掌握了汉语的写作技巧就能成为优秀的诗人吗?还有,我们能否把诗歌之根扎在种种世俗化的生活意向之上?诗人是否应该放弃种种精神性的信念,以当下性为说辞注目于种种感官元素——比如下半身之类——并在此基础之上从事写作。诗人是否应该放弃更具有精神性韵味的现实,刻意注目那些现实之下的现实——病态的扭曲的现实等——并在此基础之上写作。

我们认为诗歌归根结底是一门精神性的艺术,不是一种世俗化的玩物,要玩物质玩情欲玩科技犯不着去玩诗,有比诗更合适的门类玩这些。诗歌不管怎么变,它脱离不了心灵性的大方向,诗人也应以赋予事物以精神性韵味,把诗歌的根须深深地向精神的土壤底层插入,并从中获得丰富稳固的精神养料。如果我们刻意强调诗歌的当下性,把它与现代社会中的种种世俗化的元素相连接,那么诗歌就真有可能变成人们世俗生活的一个组成部分或一种玩具,没准还会成为人们的享乐的一种工具呢。

那么诗人或诗歌的价值之根究竟在哪里?

第十章 中国诗人与西方诗人

在本书的开头,我们就把诗人的价值放置于人类的总体经验的坐标里去考察,其后我们在各个章节也以诗人的精神价值之根作为贯穿的线索。我们认为诗人的经验能对时代的经验的起到一种平衡与校正作用,诗人是给世界带来更多的想象性价值,并增添世界想象性魅力之人。诗人的价值之根恰恰就扎在我们人类的种种深层的心灵之梦里,恰恰就扎在我们人类的种种精神性幻想之中,尤其是在当下的愈趋物化愈趋务实的文化背景之下,诗人的那种深刻的精神性梦幻更能显示出意义,人类的心灵之梦通过优秀诗人的种种想象力得以展开。如果我们还相信人类需要精神梦想,如果我们把诗歌和人们的精神梦想或精神梦幻相连接,那么诗歌艺术就会成为人们精神希望的一个源泉,就会成为人们心灵的隐蔽的翅膀——借此飞向人们憧憬着的生活世界,也因此使人类的心灵避免陷入干枯贫乏的境地,并使人类的内心获得了一种基于想象的生机。

诗人只有把握住了这个精神性之根,才能避免诗歌被边缘化的命运,也才能使诗歌获得终极动力,诗歌的真正的核心因素或价值之根肯定不在其现实性或真实性的展现上,更不会在种种感官欲望呈列与暴露之中。在当今的中国文化经验里,这种追逐现实性、物性、寻求欲望满足等倾向已经远远超出了正常合理的水平线,在此情形之下,难道还用得着诗人在这方面的提醒与激励吗?还需要诗人用他的文字来推波助澜吗?如果把文化的大背景换成西方的中世纪,或许诗人的这种努力还有些意义。可惜的是,这是 21 世纪,是物质、欲望、理性与科技全面渗透并几乎吞并人的心灵的 21 世纪,其文化的总体图景是——人们越来越务实。这是一个物欲横流的时代,其世俗倾向越来越明显,这个现实正在以其偏于物性、商业、欲望与技术的面貌无情地摧残诗歌赖以存活的精神基础。如果说诗人需要客观地展现这个现实里的种种意象的话,那目的也是为了用想象的纯净梦幻的光芒去刺穿这个现实的虚假性。

一个当下的中国诗人,如果他还有一些基本的使命感,如果他还想在

诗人的价值之根

诗歌领域做出像样的成绩，那么他或许应该屏息沉默一段时间去认真地思考——当下的中国诗人更需要静默深思——不要急于大量地写诗，更不要挖空心思地去玩什么前卫先锋之类的新花样，从更大的视角来看，这些行为的意义都不会太明显。中国的诗人应该学会表现精神的悠远、明净与质朴，为了做到这一点，诗人或许应该从源头做起，从诗歌精神的根基入手，重新面对并细细地领会深邃的心灵与精神的秘密，并慢慢地培养、塑造自己独有的心灵世界，虽然这听起来有点玄虚，但这么一种独特的心灵世界对诗人来说却很重要，因为诗就是从这个世界流露出来的。在当下的充满种种物欲诱惑的时代氛围里，中国的诗人尤其需要养成自己基本的精神品格——以生活的精神性韵味为自己的生命导向，让某种独有的想象性光源照亮自己的生命旅程，并让自己的生活、生命与创作被那种独特的富有原创感的精神性想象所覆盖所浸染。

主要参考文献

1. ［瑞］埃米尔·施塔格尔：《诗学的基本概念》，中国社会科学出版社1992年版。

2. ［美］乔治·桑塔亚那：《诗与哲学》，北京大学出版社1991年版。

3. ［美］S.阿瑞提：《创造的秘密》，辽宁人民出版社1987年版。

4. ［法］雅克·马里坦：《艺术与诗中的创造性直觉》，刘有元、罗选民等译，生活·读书·新知三联书店1991年版。

5. ［法］波德莱尔：《波德莱尔美学论文选》，郭宏安译，人民文学出版社1987年版。

6. ［德］瓦尔特·本杰明：《发达资本主义时代的抒情诗人》，江苏人民出版社2005年版。

7. 赵毅衡选编：《"新批评"文集》，中国社会科学出版社1988年版。

8. ［英］凯伦·阿姆斯特朗：《神话简史》，重庆出版社2005年版。

9. 伍蠡甫主编：《西方文论选》，上海译文出版社1979年版。

10. ［美］苏珊·朗格：《情感与形式》，刘大基等译，中国社会科学出版社1986年版。

11. ［英］艾略特：《艾略特诗学文集》，国际文化出版公司1989年版。

12. [德]威廉·狄尔泰:《体验与诗》,生活·读书·新知三联书店2003年版。

13. [美]汉斯·昆、瓦尔特·延斯:《诗与宗教》,生活·读书·新知三联书店2005年版。

14. [法]丹纳:《艺术哲学》,傅雷译,人民文学出版社1982年版。

15. 《朱光潜全集》第3卷,安徽教育出版1987年版。

16. 《朱光潜美学文集》第2卷,上海文艺出版社1982年版。

17. 王家新、孙文波编:《中国诗歌——九十年代备忘录》,人民文学出版社2000年版。

18. [美]宇文所安:《盛唐诗》,生活·读书·新知三联书店2004年版。

19. [英]马修·阿诺德:《文化与无政府状态》,生活·读书·新知三联书店2008年版。

20. [美]丹尼尔·贝尔:《资本主义的文化矛盾》,生活·读书·新知三联书店1989年版。

21. [日]今道友信编:《美学的将来》,广西教育出版社1997年版。

22. (奥)维特根斯坦:《思想札记》,吉林大学出版社2004年版。

23. [德]约翰·哥特弗里特·赫尔德:《赫尔德美学论文选》,2007年版。

24. [美]保罗·韦斯、冯·O.沃格特:《宗教与艺术》,四川人民出版社1999年版。

25. [美]约翰·杜威:《艺术即经验》,商务印书馆2005年版。

26. [德]阿多诺:《美学理论》,四川人民出版社1998年版。

27. [俄]索洛维约夫:《神人类讲座》,华夏出版社1999年版。

28. [俄]雅科伏列夫:《艺术与世界宗教》,文化艺术出版社1989年版。

29. ［美］吉尔伯特、［德］库恩：《美学史》（上、下），上海译文出版社1989年版。

30. ［英］鲍桑葵：《美学史》，海南出版社2005年版。

31. 《蒂利希选集》（上、下），上海三联书店1999年版。

32. ［波］瓦迪斯瓦夫·塔塔尔凯维奇：《西方六大美学观念史》，上海译文出版社2006年版。

33. ［俄］尼古拉·别尔嘉耶夫：《精神与实在》，中国城市出版社2002年版。

34. ［俄］别尔嘉耶夫：《人的奴役与自由》，贵州人民出版社1994年版。

35. ［俄］别尔嘉耶夫：《自我认识》，广西师范大学出版社2001年版。

36. ［德］席勒：《审美教育书简》，北京大学出版社1985年版。

37. ［美］赫伯特·马尔库塞：《审美之维》，广西师范大学出版社2001年版。

38. ［英］罗素：《罗素文集》，改革出版社1996年版。

39. ［法］帕斯卡尔：《思想录》，商务印书馆1987年版。

40. ［瑞士］奥特：《不可言说的言说》，生活·读书·新知三联书店2003年版。

41. ［罗］米夏·伊利亚德：《神圣与世俗》，王建光译，华夏出版社2003年版。

42. ［英］托马斯·卡莱尔：《论英雄与英雄崇拜和历史上的英雄业绩》，周祖达译，商务印书馆2005年版。

43. 丁来先：《文化经验的审美改造》，中国社会科学出版社2010年版。

44. 丁来先：《自然美的审美人类学研究》，广西师范大学出版社2005年版。

45. 丁来先：《审美静观论》，中国社会科学出版社 2008 年版。

46. 北京大学哲学系编：《中国哲学史》，商务印书馆 2004 年版。

47. 北京大学哲学系美学教研室编：《中国美学史资料选编》，中华书局 1981 年版。